GILLES LEGARDINIER

Gilles Legardinier s'est toujours attaché à faire naître des émotions qui se partagent. Après avoir travaillé sur les plateaux de cinéma américains et anglais, notamment comme pyrotechnicien, il a réalisé des films publicitaires, des bandes-annonces et des documentaires sur plusieurs blockbusters.

Il se consacre aujourd'hui à la communication pour le cinéma pour de grands studios et aux scénarios, ainsi qu'à l'écriture de ses romans. Alternant des genres très variés avec un même talent, il s'est entre autres illustré dans le thriller avec *L'Exil des Anges* (prix SNCF du polar 2010) et *Nous étions les hommes* (2011), et plus récemment dans la comédie, qui lui a valu un succès international avec *Demain j'arrête !* (2011) et *Complètement cramé !* (2012).

**Retrouvez toute l'actualité de l'auteur sur
www.gilles-legardinier.com**

GILLES LEGARDINIER

DEMAIN
J'ARRÊTE !

Fleuve Noir

Pocket, une marque d'Univers Poche,
est un éditeur qui s'engage pour la préservation
de son environnement et qui utilise du papier fabriqué
à partir de bois provenant de forêts gérées
de manière responsable.

© 2011, Fleuve Noir, département d'Univers Poche.
ISBN : 978-2-266-23304-0

1

Vous avez déjà rencontré des gens qui font une fête pour leur divorce ? Moi, oui. D'habitude, ce sont plutôt les futurs mariés qui s'amusent. On les entend klaxonner le samedi quand ils roulent en cortège vers la mairie, on les croise la veille en bandes, dans les rues, habillés en clown ou quasi nus. À grand renfort de trompettes et de tambourins, ils exhibent aux badauds ternes leur joie d'enterrer leur vie de jeunes célibataires – parfois à plus de trente-cinq ans… Mais moins d'un an plus tard, quand les 19 % des statistiques se séparent, plus personne ne lance de confettis. Eh bien, Jérôme, si.

Je n'ai pas assisté à ses deux premiers mariages, mais j'étais présente au troisième. Trois mariages et trois divorces à trente-deux ans, ça interpelle. Le proverbe dit : « À ton deuxième naufrage, n'accuse pas la mer. » La sagesse populaire ne s'est pas aventurée jusqu'au troisième.

De vous à moi, je trouve sa fête de divorce bien plus sympa que ses noces. Plus question de frime, plus de codes sociaux, adieu les passages obligés, envolée la robe dans laquelle on étouffe, rangés les escarpins hauts comme des falaises qui peuvent vous tuer si vous trébuchez, plus de quête pour la réfection de l'église, pas de menu avec des plats qui se la racontent dans des sauces indigérables, et plus aucune blague débile de son oncle Gérard – qui d'ailleurs n'est pas invité. Simplement des gens avec qui il a de vrais liens et à qui il a eu l'honnêteté de dire : « C'est encore loupé mais je tiens à vous. » Je crois que même sa première femme est là.

Et c'est ainsi que je me retrouve, un samedi soir d'octobre, dans un bel appartement bondé, au milieu de gens qui s'amusent vraiment grâce à Jérôme. Il est encore tôt, on sourit, on échange au hasard, et tout le monde parle de ce qu'il a raté, de ce qu'il regrette, dans une ambiance assez surréaliste mais légère. On se croirait aux « Foireux anonymes ». C'est Jérôme qui a ouvert le bal :

— Merci à tous d'être là. Il n'y a rien à célébrer sinon le plaisir que j'ai de vous connaître. Chacun de vous fait partie de ma vie. Je préfère préciser immédiatement que les cadeaux que vous aviez généreusement offerts – enfin surtout pour certains – ne seront pas remboursés. Ce soir, je n'ai plus de beau costume, je ne compte plus sur vous pour financer mon voyage de noces, je n'ai d'ailleurs même plus de femme. Par une perversion dont je ne me savais pas capable, je me demande si ce divorce d'avec Marie n'était pas uniquement motivé par l'envie de cette soirée avec vous. Alors j'assume tout. Je vous fais le cadeau d'être le pire, d'être la référence par le bas, d'être le trente-septième dessous. Si un jour vous vous sentez minable, si vous culpabilisez sur vos échecs et que vous vous en voulez, pensez à moi et j'espère sincèrement que vous irez mieux.

Tout le monde a ri, tout le monde a applaudi, et puis une fille a commencé à raconter comment elle s'était fait virer de son boulot trois semaines plus tôt parce qu'elle a éclaté de rire au nez d'un petit excité qui la draguait. Elle l'a pris pour un commercial testostéroné alors que c'était le jeune et fringant P.-D.G. du plus gros client de son patron… Au chômage et morte de rire. Et tout le monde a suivi.

D'une confidence à l'autre, la soirée a démarré super vite, les gens avaient des choses à se dire. On ne parlait ni de télé, ni de tous ces trucs vains qui accaparent inutilement nos vies. Personne n'a eu besoin de boire pour être drôle et se sentir bien. Nous étions entre nous, entre humains faillibles. Quand on fête un anniversaire, une victoire ou un événement heureux, il n'y a jamais cette ambiance-là. Il y a toujours la vedette ou le couple, seul sur son piédestal, et les autres autour qui regardent. On gagnerait peut-être à célébrer nos ratages… Plus de podium, plus de fausse gloire, simplement le bonheur d'être vivants, côte à côte. On a probablement plus de regrets que de fiertés à partager. En tout cas, ce soir-là, malgré tout ce que j'ai entendu de décomplexant, je n'ai pas osé prendre la parole. Trop peur, trop honte, et il y aurait tellement à raconter. Si je devais confier tout ce que j'ai loupé, il me faudrait des mois, et encore, en parlant vite…

J'étais venue à cette soirée pour être avec Jérôme, tout oublier, passer un bon moment, et je n'étais pas déçue. Ce genre de chose n'empêche pourtant pas le destin de vous garder à l'œil. On ne sait jamais à quel moment il décide de vous tomber dessus, ni par quel moyen. Pour moi, ce fut ce soir-là, et son messager avait une drôle de tête.

Sortie prendre l'air sur le balcon, je m'étais retrouvée en compagnie de tous les fumeurs qui clopent à l'écart, planqués comme des repris de justice en cavale. Il faisait nuit, un peu froid. J'observais le quartier en contrebas. Habitant au cinquième, Jérôme bénéficiait d'une jolie vue sur les toits et le parc voisin. Je me suis appuyée sur la rambarde en alu. Elle était glacée. J'ai pris une grande inspiration et, tant pis pour moi, ce n'est pas l'air frais de la nuit que j'ai humé, mais une bouffée d'un truc pas net que fumait un grand type un peu plus loin. J'ai toussé puis retenté ma chance. Là, c'était bien. Toujours persévérer. L'air frais a empli mes poumons. Sérénité. De ma place, j'entendais les rires échappés du salon, mêlés au brouhaha de la ville qui s'endort. Léger frisson de bien-être.

Je me suis mise à songer à tout ce que j'avais traversé ces derniers mois. Je me sentais suffisamment bien pour y penser avec recul, comme s'il s'agissait de l'histoire d'une autre que je pouvais étudier avec détachement. Pas question de laisser surgir les vraies questions. Celles-là, je n'en viens jamais à bout. Trop nombreuses, trop vraies. Je cherchais simplement une vue d'ensemble, neutre, évaluée froidement, histoire de croire un instant que j'étais en sécurité, dominant en toute impunité le champ de bataille.

C'est alors que j'ai senti un regard insistant posé sur moi. J'ai tourné la tête, et j'ai découvert un type plutôt jeune, vêtu d'un grand pull genre baba cool. Je ne sais pas pourquoi, mais son visage m'a instantanément fait penser à une tête d'écureuil. Des petits yeux noirs rigolos, un nez qui gigote et des dents à faire éclater des noix. Bonjour la tronche du messager du destin. Il me regardait fixement ·

— Salut !

— Bonsoir.

— Moi c'est Kevin, et toi ?

— Julie.

— Tu es une amie de Jérôme ?

— Comme tous ceux qui sont là ce soir.

— Dis-moi, Julie, c'est quoi le truc le plus idiot que tu aies fait dans ta vie ?

Ce n'est pas tant la question qui m'a déroutée que les réponses qui me sont aussitôt venues. J'aurais pu lui raconter la fois où j'ai enfilé un pull en dévalant un escalier, m'effondrant lamentablement avec la tête emprisonnée et les bras coincés par les manches. Un bras cassé, deux côtes fêlées et un bleu au menton qui a mis plus d'un mois à s'estomper. J'aurais pu lui répondre que c'était quand, en réparant une prise électrique branchée, j'ai eu besoin de mes deux mains pour visser le support et que j'ai eu la bonne idée de tenir les fils avec mes lèvres. J'ai vu tout jaune pendant une heure.

J'aurais pu lui donner cinquante réponses, toutes aussi ridicules, mais je n'ai rien dit. Sa question m'a fait l'effet d'une gifle. J'ignore qui était ce Kevin, je crois d'ailleurs ne plus lui avoir dit un mot, mais ma tête s'est mise à bouillir. Le truc le plus idiot que j'aie fait de ma vie ? Il fallait que je réfléchisse, parce qu'il y en avait un paquet. Je pouvais faire la liste par ordre alphabétique ou par ordre chronologique, au choix. Une chose était certaine : pour moi-même, cette fois, j'étais obligée de répondre. Je n'y échap-

11

perais pas. Mon cerveau ne me laissait aucune issue de secours. Comme si c'était le signal qu'il attendait pour me coincer face à une question existentielle que je refusais depuis trop longtemps...

Alors voilà, je me suis dit que j'allais répondre honnêtement, vraiment. C'est pour cela que je viens à vous. Je vais vous raconter le truc le plus stupide que j'aie fait de toute ma vie.

2

C'est magnifique, une orque qui plonge dans l'eau. La fascinante puissance de l'animal, la fluidité et la précision avec lesquelles il fend les flots pour ensuite s'élancer vers sa proie. Mais qu'est-ce qu'on en a à battre quand on vient de se faire larguer ?

Je m'appelle Julie Tournelle, j'ai vingt-huit ans et je flippe. Pas à cause de l'orque qui nous fonce dessus, mais parce que, pour le moment, cette vie ne se déroule pas vraiment comme on me l'avait décrite. Ce qui est certain, c'est que je n'aurais jamais dû accepter cette invitation dans le Sud. Je me suis encore fait avoir. Carole m'avait dit : « Descends nous voir, ça te fera du bien. Ça fait longtemps qu'on n'a pas passé un week-end ensemble. On aura le temps de parler. Et puis tu verras ta filleule. Elle a bien grandi, elle est craquante, ça lui fera plaisir. Allez, viens ! »

C'est vrai que Cindy a bien grandi, et je crois que ce n'est qu'un début. Normal, elle a neuf ans. C'est vrai aussi qu'elle est craquante, mais puisque j'ai promis de vous dire toute la vérité, je dois préciser que le côté « craquant » ne survit pas à la première matinée de vie commune. C'est bizarre que je puisse dire ça, parce que j'adore les enfants. Enfin je crois que j'adorerai les miens, si un jour j'en ai. Et c'est ainsi qu'un beau samedi du mois d'août, vous vous retrouvez à Antibes, dans un parc d'attractions aquatique coincé entre deux autoroutes, avec quelques milliers d'autres personnes, pour voir des gros poissons enfermés dans des gros bassins qui sautent sur des petites sardines. Il fait déjà chaud, le bitume colle et le prix de la bouteille d'eau est indexé sur le baril de pétrole. Vous remontez le parking, rempli de familiales avec des sièges bébé, et vous vous demandez ce que vous faites là. La réponse vient assez rapidement quand arrive le moment d'offrir une barbe à papa à Cindy. Je gardais un bon souvenir des barbes à papa. Petite, je trouvais juste que ça collait un peu aux lèvres. Papa, maman, je vous dois des excuses : les barbes à papa sont une horreur, une épreuve, une abomination. Non seulement c'est toujours trop énorme pour qu'un enfant puisse les finir, mais en plus vous vous en mettez partout. Ça ne colle pas qu'aux lèvres, mais aussi au nez, aux vêtements, aux cheveux. Le pire, c'est quand, dans la file d'attente, un grand type m'a poussée sur Cindy et que sa barbe à papa s'est plaquée sur mon joli top clair. Une gentille dame m'a dit que ça s'appelait « la malédiction Spiderman », rapport à la toile d'araignée qui glue. Et dire qu'on n'était même pas encore entrées dans le parc…

Avant le grand spectacle des dauphins, on s'est farci les petits pavillons pédagogiques avec des bestioles qui nagent et des panneaux qui expliquent. « Les animaux sont nos amis », « Nous sommes responsables d'eux », « La Terre est en danger ». C'est vrai. Mais un jour comme celui-là, bien sombre pour moi malgré le soleil, je suis tentée de dire que moi aussi je suis en danger, et pourtant personne n'en fait des panneaux.

— Oh, regarde, marraine : la tortue, elle s'appelle Julie ! Comme toi !

— Elle a tes yeux, ajoute Carole, hilare. Par contre, on dirait qu'elle a réussi à garder son mec, elle…

Je ne sais pas d'où vient le sursaut d'énergie qui vous permet de sourire à ce genre de blague alors que vous avez seulement envie de pleurer. C'est sans doute la même force que celle qui vous empêche de flanquer une grande baffe à votre amie pour son humour si douloureux. Il fait chaud, Cindy a soif, Cindy veut des peluches, et moi je voudrais mourir.

Le reste du week-end n'est qu'une longue descente aux enfers. Vous êtes invitée dans une vraie famille, avec la maison posée au milieu des fleurs, le break garé devant, les jouets qui traînent dans le salon, les photos sur les murs, les petites blagues qu'ils sont les seuls à comprendre. Et malgré toute la gentillesse dont ils font preuve, vous vous sentez étrangère à ce monde d'affection si banal pour ceux qui ont la chance de le vivre.

Cindy me joue un morceau de flûte. Je ne reconnais pas. *À la claire fontaine* massacré ? *L'Hymne à la joie* trahi et bousillé ? Non. Le générique de la nouvelle série du boutonneux californien qui tapisse les murs de sa chambre. Après, il y a eu la dégustation de cookies brûlés. Si un jour j'ai un cancer, je saurai d'où ça vient. Ensuite, on a joué à « Maquille-moi ». J'aurais dû lui mettre plus de mascara autour des trous de nez parce qu'elle ne s'est pas gênée pour me coller du rouge à lèvres jusqu'au fond des oreilles.

Pourtant, ce n'était pas le pire. Carole n'avait pas menti : on a parlé.

— C'est presque une chance que Didier soit parti. Ce n'était pas un homme pour toi. Il aura toujours dix ans dans sa tête et tu l'aurais eu à charge toute ta vie.

Notez bien que si vous remplacez « Didier » par « Donovan » et que vous ajoutez « il n'en voulait qu'à ta fortune » à la fin, on dirait le dialogue d'une série américaine. Merci, Carole. Tu m'as vraiment aidée.

J'ai pleuré pendant la totalité du trajet de retour en train. J'ai tout essayé pour tenter de me changer les idées. À la gare, dans un accès de faiblesse, j'ai acheté la revue qui parle des bourrelets et des cures de désintoxication des stars. Je n'ai jamais pu comprendre que l'on puisse faire un article sur les enfants qui meurent de faim et que, sur la page d'en face, on vous aligne des top models dans des voitures de luxe en vous vantant les mérites de stupides chiffons importables dont le prix représente six mille ans de salaire pour les petits bouts de chou qui sont peut-être morts depuis que l'article a paru. Qui sommes-nous pour accepter ça ? J'ai tourné les pages jusqu'à l'horoscope. « Lion : sachez écouter votre conjoint sinon le ton va monter. » Quel conjoint ? L'écouter, je n'ai fait que ça, et pour quel résultat… « Santé : évitez les abus de chocolat. » « Travail : On va vous faire une offre que vous ne pourrez pas refuser. » C'est ce qui s'appelle une révélation fracassante. Franchement, je voudrais bien savoir comment on lit dans les astres qu'il ne faut pas abuser du chocolat. Je ne crois pas que Pluton ou Jupiter puissent me dire ce que je dois manger, et ceux qui prétendent le contraire sont au minimum des charlatans. Je n'arrive pas non plus à m'intéresser aux ragots sur des pseudo-stars qui font des déclarations époustouflantes du genre : « Je suis prête à tout pour être heureuse » ou « J'adore quand on m'aime ». J'ai abandonné la revue.

Ensuite, j'ai essayé de comprendre ce que Cindy avait voulu dessiner sur le joli coloriage qu'elle m'avait offert juste avant mon départ. Un chat écrasé dans un Tupperware ? Un acarien au microscope ? Mais rien n'y a fait. J'ai pleuré. Je pensais à Didier. Je me demandais ce qu'il pouvait bien faire à cet instant précis. À quoi avait-il passé son week-end ? Il m'avait plaquée seulement deux semaines plus tôt mais j'étais certaine qu'il avait déjà retrouvé quelqu'un. Un musicien, motard et beau gosse, ça ne reste jamais longtemps célibataire. Il m'a bien eue, celui-là. Quelle ordure, quand j'y pense ! Je l'ai connu à un concert. Pas au Zénith, mais à la salle des fêtes de Saint-Martin, le village d'à côté. Il était chanteur dans un groupe de rock alternatif, les Music Storm. Rien qu'au nom, j'aurais dû me méfier. J'étais avec deux copines. On avait eu des places gratuites, alors on est allées voir. Le son était trop fort, j'en avais les yeux qui sautaient. C'était minable, mais Didier était là, debout dans la lumière, au milieu de ses hystériques de copains qui se prenaient pour des rock stars. Il chantait dans un anglais très approximatif, mais il était beau. Le premier truc que j'ai remarqué, ce sont ses fesses. Ma copine Sophie dit toujours qu'il n'y a que les mauvais garçons pour avoir de belles fesses, et Didier en avait de magnifiques. Après le concert, j'ai vu ses yeux, et tout est allé très vite. Je ne sais toujours pas pourquoi, mais il m'a séduite. Un quart artiste maudit, un quart ado survolté, et une moitié que j'identifiais mal. Un vrai coup de foudre. Quel pourri… On devrait toujours se rappeler ce qui nous plaît chez les gens en premier. J'aurais dû m'en tenir à ses fesses. On est sortis ensemble, je l'ai suivi à tous ses concerts. J'avais passé vingt-six ans sans jamais mettre les pieds dans un café et, en trois mois, j'ai connu tous ceux de la région. Pour lui, j'ai laissé tomber mes amies. Il me disait qu'il avait besoin de moi. Le pire, c'était lorsqu'il « écrivait ». Il était d'une humeur de chien, sauf avec les autres. Il pouvait rester des heures devant la télé sans bouger puis, d'un seul coup, il s'énervait. Il partait faire un tour à moto, il fallait qu'on aille lui acheter des fringues. J'ai toujours entendu dire que les artistes en création traversent ce genre de phases. Je crois que c'est vrai, sauf pour ceux qui ont du talent. On passait tout notre temps ensemble. Je l'écoutais me raconter les milliers de choses qu'il allait faire, je l'observais feuilleter ses revues de motos, je le regardais me faire l'amour quand il en avait envie, je le dévisageais cherchant l'inspiration sur n'importe quoi – Internet ou les paquets de Miel Pops. Qu'est-ce que ça peut inspirer, la composition des Miel Pops ? Ce que j'ai pu être bête… Pour l'aider, j'ai fini par lâcher mes études et j'ai pris un boulot vite fait dans une banque, au Crédit Commercial du Centre. Le jour, je me coltinais des séminaires de motivation pour apprendre à mieux fourguer n'importe quoi à des clients déjà ruinés, et le soir, c'était concerts et crises de nerfs. Je ne vous raconte pas le soir où, pris d'un délire mégaloma-niaque à la fin du deuxième refrain, Didier s'est jeté dans « son » public pour se faire porter comme une rock star, sauf que, dans la petite salle des fêtes de

Monjouilloux, les vingt pelés présents se sont écartés et qu'il s'est écrasé par terre comme un vieux yaourt. J'aurais dû y voir un signe.

Logiquement, Didier est venu emménager chez moi. Je payais tout. Il me traitait comme une groupie. Je m'en rendais bien compte mais je lui trouvais chaque fois des excuses. L'histoire a duré deux ans. Je me disais bien qu'on ne pourrait pas passer notre vie ensemble mais souvent, je vous l'ai déjà avoué, j'ai du mal à affronter la réalité bien en face. Alors voilà, le chanteur est parti et je reste prisonnière de ce boulot alimentaire dans cette banque « qui est la seule à être honnête ». À partir de là, tout s'est effondré. D'abord la solitude, puis les soirées avec d'autres copines célibataires. On joue à des jeux débiles, on se fait croire qu'on est libres et que la vie est vachement mieux sans ces abrutis de mecs. On se répète ces discours qui ne tiennent plus dès que l'une d'entre nous tombe enfin amoureuse. On se rassure comme on peut. Je dis « l'une d'entre nous », mais c'était plutôt « l'une d'entre elles », parce que pour moi ce fut la traversée du désert. Rien, nada, que dalle, oualou. On était de moins en moins nombreuses à ces soirées. Parfois, des anciennes revenaient. Un club de plaquées. Finalement, quand j'y repense, le plus touchant, c'était ce qu'on ne se disait pas. Ces regards qui allaient au-delà de la comédie que l'on se joue pour tenir. Il y avait une sorte d'affection compatissante, maladroite, sourde, mais réelle. Ce n'était pas pour les jeux idiots que l'on revenait, c'était pour ça, pour cette solidarité pleine de pudeur. Et quand on rentre chez soi, seule, les vraies questions vous attendent : Ai-je déjà été amoureuse ? Mon tour viendra-t-il ? Est-ce que l'amour existe vraiment ?

En sortant de la gare après avoir pleuré deux heures et dix-sept minutes dans le train, j'en étais là. J'ai traversé la moitié de la ville à pied. C'était une belle soirée d'été. J'avais hâte de retrouver ma rue, mon petit monde, mais le sort n'en avait pas fini avec moi. On croit connaître son environnement, pourtant parfois il suffit qu'un détail change et vous ne vous doutez pas que c'est toute votre vie qui va y passer. Et ça, on ne le voit jamais venir.

3

J'aime bien ma rue. Il y a une vraie vie, une ambiance. Les immeubles sont anciens, à taille humaine ; il y a plein de trucs sur les balcons, des plantes, des vélos, des chiens. Côté commerces, on est super bien servis ; on trouve de tout, de la petite librairie à la laverie. Ce n'est pas une grande artère, alors ceux qui viennent là ont toujours quelque chose à y faire. Il y a une légère pente, vers l'ouest. Quand le soleil se couche, on pourrait croire que plus loin, en bas, on trouvera le port, l'horizon, la mer, même si la première côte est à des centaines de kilomètres. J'ai grandi à deux pâtés de maisons d'ici. Quand mes parents sont partis s'installer dans le Sud-Ouest pour leur retraite, j'ai voulu rester. Je connais tout le monde et je me sens chez moi. La seule fois où j'ai eu envie de m'en aller, c'était juste après le départ de Didier. Trop de souvenirs – enfin, surtout trop de mauvais avec lui. Mais, très vite, les bons ont repris le dessus. J'admire ceux qui partent découvrir le monde, ceux qui font leur valise pour vivre un an au Chili, celles qui épousent un Australien, ceux qui prennent un billet d'avion et qui verront sur place.

Je n'en suis pas capable. Il me faut mes repères, mon univers, et surtout ceux qui le peuplent. Il est vrai que je m'attache facilement. Pour moi, la vie, c'est d'abord ceux avec qui on la fait. J'adore ma famille mais je les vois deux fois par an, alors que mes copains, je les rencontre presque tous les jours. Un quotidien partagé est souvent plus puissant qu'un degré de parenté. Même ma boulangère, Mme Bergerot, fait partie de cette drôle de famille. Elle voit ma mine, elle me parle, elle me connaît depuis que je suis toute petite et je sais que parfois, malgré mon âge, elle hésite encore à me glisser un bonbon avec ma monnaie. Son magasin est juste à côté de celui de Mohamed, une épicerie qui s'appelle d'ailleurs « Chez Mohamed ». C'est tout le temps ouvert. C'est le troisième Mohamed que je connais. Je crois que seul le premier s'appelait vraiment comme ça et que ceux qui ont repris ensuite ont préféré se faire appeler pareil plutôt que de changer l'enseigne.

Plus j'avance dans ma rue, mieux je me sens. Si un jour je perds toute notion du temps, si je deviens folle, j'ai un moyen imparable pour savoir quel jour on est. Le truc, c'est la vitrine du traiteur chinois, M. Ping. Parfois, je me demande si, pour lui aussi, ce ne serait pas un faux nom. En cinq ans, il n'a pas vraiment amélioré son français, mais je suis presque certaine que c'est un genre qu'il se donne. Pour connaître le jour de la semaine, il suffit de lire sur sa devanture : le vendredi, il fait une grande promo sur les crevettes nature. Le samedi, c'est sur les crevettes sautées au sel et au poivre. Le dimanche, les crevettes sont aux cinq épices. Le lundi, elles sont à la sauce aigre-douce – surtout aigre. Le mardi, au piment du Sichuan et, le mercredi, à la diable. Si vous venez dans le coin, n'en achetez jamais après le dimanche. Une fois, quand je venais d'emménager, j'en ai pris un mercredi soir. J'ai été malade comme une bête. Pendant trois jours, j'ai vécu exclusivement dans les toilettes. À la fin, j'en étais à lire l'annuaire.

Ce lundi-là, quand je suis rentrée, il faisait encore jour et la température était douce. J'ai savouré ce moment. Je suis passée devant chez Nathalie, il y avait de la lumière à ses fenêtres. En approchant de chez moi, j'éprouvais un sentiment comparable à celui de quelqu'un qui glisse ses pieds fatigués dans ses charentaises préférées. Après trois jours chez Carole, je me retrouvais enfin à ma place, sur mes terres. Je crois que même cet abruti de Didier savait qu'il n'avait pas intérêt à revenir dans le coin. Mohamed était en train d'empiler des abricots avec des gestes d'artiste.

— Bonsoir, mademoiselle Julie.

— Bonsoir, Mohamed.

En arrivant devant la porte de mon immeuble, tout était à sa place. J'ai fait le code, j'ai poussé le battant et je suis allée directement au bloc de boîtes aux lettres. J'ai ouvert la petite porte de la mienne. Deux factures et de la pub. Sur une enveloppe, il était écrit en gros que je pouvais gagner un an de nourriture pour mon chat. Je n'ai pas de chat et je n'en suis pas encore à manger des croquettes. Après, ils vont nous dire d'économiser le papier pour sauver la planète. Si déjà ils arrêtaient de nous inonder…

C'est en refermant que j'ai remarqué le nom sur la boîte voisine. Je savais que le couple du troisième était parti pour cause de deuxième enfant, mais j'ignorais que le nouveau avait déjà emménagé. « M. Ricardo Patatras. » Tu parles d'un nom. C'est à se demander s'il y a un cirque dans le coin et si le clown a décidé de vivre ici… Sérieux, c'est pas bien de se moquer, mais quand même. Je suis restée quelques secondes à lire et relire l'étiquette du nouveau avec un sourire stupide en travers du visage. Le premier du week-end.

Je suis montée chez moi. J'ai appelé Carole pour lui dire que j'étais bien rentrée et que, tant pis, le grand brun qui était assis sur le siège face au mien dans le train n'avait pas essayé d'abuser de moi. J'ai mis une machine à tourner. Je suis allée prendre une douche, et devinez quoi ? Je n'arrêtais pas de penser à ce nom. Quel âge pouvait-il avoir, ce Ricardo Patatras ? Quelle tête ? Avec un nom pareil, admettez que votre imagination s'enflamme. Si « François Dubois » vient habiter à l'étage au-dessus, vous avez l'impression de tout savoir, à tort peut-être. Sûrement d'ailleurs, parce que, en y repensant, j'ai connu un François Dubois au CM2 et la dernière fois que j'en ai entendu parler, c'était par la fleuriste qui venait de consoler sa mère parce qu'il avait été condamné à deux ans avec sursis et une grosse amende pour trafic d'huile d'olive frelatée. Comme quoi… Mais Ricardo Patatras, c'est quand même autre chose. Ça sonne grand, ça sonne fort, comme le nom d'un aventurier argentin qui défend la cause des orangs-outans, comme le patronyme de l'inventeur de la torréfaction en haute altitude, ou comme le nom d'un grand magicien espagnol qui s'est exilé parce qu'il a embroché sa partenaire avec ses épées et qu'il ne s'en est jamais remis car il en était secrètement amoureux. Ce simple nom raconte beaucoup de choses, mais pas un banal voisin d'immeuble. Et là, tout à coup, sous ma douche, je me suis découvert un nouveau but dans la vie : savoir à quoi il ressemblait. J'ai coupé l'eau et j'ai attrapé la serviette. C'est alors que j'ai entendu des pas dans la cage d'escalier. Je me suis précipitée pour aller voir par l'œilleton si ce n'était pas lui qui montait. J'ai démarré comme une folle et j'ai glissé. Si j'aimais les jeux de mots faciles, j'aurais pu dire « patatras », mais c'était plutôt « badaboum ». Je me suis retrouvée nue sur le sol, étalée de tout mon long et traversée de douleurs indicibles. Quelle abrutie ! Je n'avais même jamais vu ce type et déjà, il me faisait faire un truc stupide. C'était la première fois. Ce n'était ni la dernière, ni la pire.

4

Je ne sais pas s'il existe des gens qui aiment travailler dans une banque, mais moi je déteste. Pour moi, les banques symbolisent la faillite de nos civilisations. Les clients et le personnel sont tous aussi malheureux d'y venir, mais personne n'a le choix.

Chaque matin, en arrivant à l'agence, nous devons vérifier l'état des automates bancaires et, si quelque chose ne va pas, le signaler aux équipes de maintenance. Si ce n'est qu'un problème de nettoyage, on est obligés de s'en charger nous-mêmes. Vous vous rendez compte ? Ils installent des guichets automatiques partout pour nous virer et, en plus, on doit en prendre soin. C'est comme si vous deviez nourrir, brosser les dents et pomponner le parasite extraterrestre qui finira par vous bouffer. Ce matin, il n'y avait rien sauf un autocollant pour un groupe de rap. Et soudain, je me suis imaginée tombant sur un autocollant des Music Storm annonçant leurs tournées minables. Là, pas besoin de me contraindre pour que je fasse le ménage. J'y mets le feu direct.

Pour entrer dans l'agence avant l'heure d'ouverture, on doit passer par le sas. Chaque fois que je me retrouve enfermée dans la boîte en verre, je flippe à l'idée que cette andouille de Géraldine se trompe de bouton et qu'au lieu d'ouvrir la porte intérieure elle me balance la dose de gaz tranquillisant qui attend son heure dans le plafond. Je m'imagine très bien suffoquant comme un poisson dans son sac de fête foraine crevé, en faisant des grands gestes. Quelle serait ma dernière pensée ? J'ai beau me dire que je serais capable de sortir un truc sage et historique, je crois quand même que ce serait : « Quelle naze, cette Géraldine ! » Elle ne serait jamais devenue adjointe si elle n'avait pas des jambes inversement proportionnelles à la longueur de ses jupes.

Ce jour-là, j'ai survécu au sas et la porte s'est ouverte.

— Bonjour, Julie. Mais, dis donc, tu boites ! Qu'est-ce qui t'est arrivé ?

— J'ai glissé dans ma douche.

— Tu faisais encore des folies de ton corps !

Je n'ai pas répondu. Pauvre Géraldine. C'est sûr qu'avec son physique de rêve, elle ne doit pas pouvoir prendre de douche sans faire des folies de son corps. Même en descendant les poubelles, elle doit faire des folies de son corps. Je crois qu'au fond elle n'est pas méchante ; d'ailleurs, je l'aime bien. Mais quand on voit une jeune femme magnifique changer de mec comme elle veut et en plus réussir sa carrière, on est bien contente de pouvoir se dire qu'elle est gourde parce qu'on est un peu jalouse.

J'allais prendre mon poste derrière le guichet quand M. Mortagne a passé la tête hors de son bureau.

— Mademoiselle Tournelle, vous voulez bien venir me voir, s'il vous plaît ?

Mortagne, c'est le patron de l'agence. Un coq qui règne sur ses poules. Une purge. Parfois, j'ai l'impression qu'il est vraiment convaincu de ce que disent les prospectus qu'on donne aux clients. Son costume, on dirait une panoplie. Il faut que notre monde ait salement dérapé pour que ce genre de type puisse avoir des responsabilités.

— Asseyez-vous, Julie.

Il se pose dans son fauteuil comme un Airbus avec deux réacteurs en panne. Il plisse les yeux pour déchiffrer son écran. On est mardi matin, le premier jour de notre semaine, et il va me mettre la pression avec les « objectifs ».

— C'est bien vous qui gérez le compte de Mme Benzema ?

« Évidemment, pignouf, c'est écrit sur sa fiche client. »

— Oui monsieur, c'est bien moi.

— La semaine dernière, elle était à deux doigts de signer son assurance auto et habitation avec nous. Elle voulait aussi ouvrir un compte d'épargne pour sa fille. Et puis, tout à coup, plus rien. Vous l'avez reçue en rendez-vous, n'est-ce pas ?

— Oui monsieur, jeudi dernier.

— Alors pourquoi ne lui avez-vous pas fait signer les papiers ?

— Elle m'a demandé conseil…

— Tant mieux, c'est très positif. On est là pour conseiller.

— Elle était prête à prendre tout ça parce que vous lui avez accordé une facilité de caisse en échange.

— C'est vrai. Avec elle, j'ai conclu un accord gagnant-gagnant. C'est aussi notre métier.

Non mais, regardez-le avec son air de vainqueur, sa petite cravate et son gel dans les cheveux. Pauvre abruti. Aucune moralité, aucun bon sens. Si j'étais un mec, j'adorerais me lever et uriner sur son bureau, comme ça, juste pour lui montrer par un moyen simple et primaire à quel point je le méprise. En fait, je ne suis pas certaine que les femmes soient foncièrement plus élégantes que les hommes. Le vrai problème, c'est qu'elles sont plus limitées lorsqu'il s'agit de faire pipi partout.

— Vous m'avez entendu, mademoiselle Tournelle ?

— Bien sûr, monsieur.

— Alors expliquez-moi.

— Je n'ai pas eu le cœur de lui forcer la main. J'aurais eu l'impression d'abuser de sa confiance…

— Mais vous vous croyez où ? On n'est pas chez les Petits Frères des pauvres ! Dans ce monde, il n'existe qu'une seule règle : manger ou être mangé. Alors, quand il s'agit de faire signer un honnête contrat à des clients que l'on a la gentillesse d'aider par ailleurs, je ne vois pas en quoi il s'agit de leur forcer la main ! Il faut que vous compreniez la philosophie de ce métier, sinon vous passerez votre vie à l'accueil.

Il ressemblait à un pitbull avec un doctorat d'escroquerie. Puis soudain, son rictus de haine s'est effacé et il a dégainé un sourire comme quand on s'électrocute. Sur un ton radouci, il a ajouté :

— Bon, je ne m'acharne pas. Vous avez l'air assez fragilisée comme ça avec votre patte folle. Je laisse passer pour cette fois, mais le prochain coup je serai obligé de vous coller un malus.

Je me suis levée et je suis sortie. N'oubliez jamais

cette vérité absolue : ce qu'il y a de pire dans ce monde, ce ne sont pas les épreuves, ce sont les injustices.

Malgré ce début de journée assez calamiteux, je n'ai pas déprimé une seconde. Je ne pensais qu'à une chose : ce soir, j'allais monter la garde près de ma porte pour surveiller par l'œilleton. Dans quelques heures, enfin, j'allais découvrir à quoi ressemblait ce mystérieux Ricardo Patatras.

5

En arrivant chez moi, j'ai relevé mon courrier et, m'étant assurée que personne ne descendait l'escalier, je me suis hissée sur la pointe des pieds pour voir si la boîte de M. Patatras contenait quelque chose. J'ai aperçu deux ou trois enveloppes qu'il n'avait pas encore ramassées, ce qui laissait supposer qu'il n'était pas rentré. J'avais donc une chance de l'apercevoir lorsqu'il passerait devant ma porte. À moins qu'il n'ait simplement oublié, auquel cas j'allais faire le pied de grue pour des prunes.

Bien décidée, je suis montée. Le programme de ma soirée était chargé. Je m'étais prévu beaucoup de choses. J'avais récupéré un de ces journaux gratuits remplis d'offres d'emploi locales. Après le petit numéro de Mortagne, je commençais à me dire qu'il était temps de faire évoluer ma carrière ailleurs. Je me suis mise à l'aise, la bouilloire pour le thé était en train de chauffer.

Mon plan est si simple qu'il en devient infaillible. Je m'installe à ma table, sans musique pour une fois, j'épluche les petites annonces et, dès que j'entends des pas dans l'escalier, je me précipite – en ayant pris soin d'avoir les pieds secs et de vérifier que rien ne viendra entraver ma course jusqu'à la porte. En fait, j'exagère un peu, parce que entre mon coin-salon et ma porte, il doit bien y avoir deux mètres soixante-dix…

J'en suis aux alléchantes annonces pour le démarchage à domicile – l'horoscope a l'air plus crédible, c'est vous dire – lorsque j'entends du bruit. Je m'approche à pas de loup, et je colle mon visage contre la porte pour regarder par l'œilleton. Quelqu'un a déclenché la minuterie. Je vois clairement la cage d'escalier, toute déformée, arrondie, comme dans l'œil d'un poisson. J'entends des pas qui montent, traînant quelque chose de lourd. Le martèlement est régulier. Je m'use les yeux à essayer de voir qui arrive. Pourvu que ce soit M. Patatras ! Le truc lourd, c'est sûrement ses colis de déménagement. S'il est vieux ou s'il a l'air sympa, je sors et je l'aide. Je lui dois bien ça. J'ai pensé à lui toute la journée. Soudain, dans le virage qui débouche du premier étage, j'aperçois une ombre. Impossible d'identifier la silhouette. Je perçois un souffle fatigué. J'entrevois une main sur la rampe usée, des pas comptés. Tout à coup, un visage : Mme Roudan, la vieille dame du quatrième. D'habitude, je suis heureuse de la voir, mais pas cette fois. Elle traîne sa poussette de marché remplie à ras bord – c'est étrange pour une femme âgée qui vit seule. Ce n'est pas la première fois que je la remarque avec son fardeau. Elle ne doit pourtant pas manger beaucoup vu son épaisseur. Qu'est-ce qu'elle peut faire avec autant de nourriture ?

Je suis déçue, et en plus je suis mal à l'aise. Si je sors pour aider Mme Roudan, elle va être gênée que quelqu'un la surprenne et elle va croire que je passe mon temps à espionner les allées et venues de mes colocataires. Et si je ne sors pas, j'ai mauvaise conscience de la laisser tirer une telle charge. C'est vrai, elle est gentille Mme Roudan, toujours un mot aimable. Je ne l'ai jamais entendue dire du mal de personne. Et puis j'ai de la tendresse pour elle, parce qu'elle est seule et que les gens seuls me bouleversent. Quand j'ai le cafard, un vraiment gros, je me dis que dans quarante ans je serai comme elle, à me nourrir pour survivre en n'attendant personne. Malgré mon élan, je ne suis pas convaincue que sortir l'aider soit une bonne chose. Pendant que je me mettais d'accord avec moi-même, elle a eu dix fois le temps d'arriver chez elle. Nulle.

Je me suis replongée dans les petites annonces. Déprimant. Autant aller élever des chèvres dans les Pyrénées. En plus du fromage, on peut tisser des couvertures avec les poils, et avec le reste, j'ai appris que l'on peut faire du saucisson et du pâté. Ce n'est pas pire que de vendre des crédits à la consommation.

J'ai mangé une pomme et il y a eu encore du bruit. Je suis retournée à mon poste d'observation. Cette fois, les pas étaient plus vifs. Je ne vois pas qui ça pouvait être hormis la jeune fille du quatrième, mais je crois qu'elle est partie en vacances. C'est idiot, mais mon cœur s'est mis à battre plus vite. Une nouvelle ombre est apparue, une main d'homme. Une silhouette assez grande. Il allait déboucher du virage quand la minuterie s'est arrêtée. Tout est devenu noir et je ne sais pas qui c'était, mais il est tombé, et pas à moitié. Ça a fait le bruit d'une demi-douzaine de porcelets qu'on jette dans un escalier. Il a juré. Je n'ai pas compris ce qu'il disait mais, au ton, Dieu en prenait pour son grade, peut-être avec une pointe d'accent. J'étais comme une folle. J'aurais voulu ouvrir la porte, rallumer la lumière et rentrer assez vite pour qu'il ne me voie pas afin de l'observer bien à l'abri derrière mon œilleton. Il a dû se faire un mal de chien. Il s'est frictionné. Je ne sais pas où, il faisait noir. Il a redit deux gros mots, puis il est monté à tâtons. Là, tout de suite, j'aurais crevé les yeux du crapaud qui avait réglé la minuterie si courte. Ricardo Patatras est là, je sens sa présence, j'entends ses pas juste de l'autre côté de ma porte. Il appuie sur l'interrupteur près de ma sonnette. La lumière revient, mais impossible de le voir sous cet angle. J'ai beau m'écraser la figure sur le battant et me tordre, il n'y a rien à faire. Même les poissons ont des limites. Il poursuit son ascension. C'est fichu. Gros trou d'air au moral. Une soirée foutue. Une vie gâchée. De toute façon, l'univers finira par exploser.

6

Ce n'est pas facile, mais j'ai promis d'être honnête avec vous. Alors voilà : à partir de cette soirée-là, j'ai vécu comme un animal, en proie à l'obsession maladive de tenter de l'apercevoir. J'allais au boulot comme un zombie. Je ne savais même pas à qui je parlais. Je disais oui à tout le monde. Je ne payais même plus mes factures… Ça a duré toute une journée.

Pour la deuxième soirée consécutive, je suis rentrée en courant, j'ai vérifié qu'il y avait du courrier dans sa boîte aux lettres. J'ai même perfectionné la technique. Je soulève le volet de la fente et j'éclaire avec une petite lampe électrique pour bien vérifier que ce ne sont pas les mêmes lettres que la veille. Une vraie folle ! Si Hitchcock m'avait connue, il aurait fait de moi son plus grand film. Je suis en planque permanente derrière ma porte. Je ne mange plus. Je me retiens d'aller aux toilettes. C'est épouvantable, mais j'ai même hésité à installer un pot de chambre près du judas. Mais je vous jure que je ne l'ai pas fait.

J'ai pris mon poste à 18 h 15 et, jusqu'à 23 h 30, je ne l'ai plus quitté. Une vie de garde-frontière en

Corée. J'ai vécu l'enfer de l'attente, l'exaltation de la minuterie qui s'allume, l'excitation des pas dans l'escalier. À chaque arrivée, l'espoir, les mains moites, l'adrénaline, l'œil qui fatigue à force de voir le monde comme une truite. Et, tout à coup, l'apparition, avec chaque fois une hystérie intérieure comparable à celle éprouvée à mon sixième Noël, lorsque je déballais mes paquets en espérant découvrir la poupée qui crie « youpi ! ».

J'en ai vu passer des gens. M. Hoffman, qui siffle tout le temps la même chanson, Mme Roudan, encore avec sa poussette, le prof de gym du quatrième qui se prend pour un dieu vivant même quand il est seul dans l'escalier. Je ne décollais plus de la porte. J'avais la marque des moulures gravée dans la joue. Je pourrais vous réciter la liste des va-et-vient de tout l'immeuble, minute par minute. Tout cela m'a au moins appris une chose : le mauvais sort existe. Parce que figurez-vous que pendant ces longues heures d'affût, il est passé plusieurs fois, M. Patatras, mais chaque fois, Dieu m'a fait payer quelque chose.

La première fois, il était passé dans le noir. Ce soir-là, il est monté avec un grand carton qui le cachait à moitié. J'ai vu ses jambes, ses pieds et quatre doigts. Quand il est repassé, c'est ma mère qui a téléphoné. Notre conversation a duré dix secondes, mais ça m'a distraite et il en a profité. Une vraie malédiction.

Je ne vais pas vous faire lanterner. J'ai fini par le voir, mais rien que d'y penser, ça me fait encore mal. C'était le troisième jour et, comme chaque matin, je suis passée par la boulangerie prendre un croissant avant d'aller à l'agence.

— Bonjour, Julie. Tu marches mieux aujourd'hui.

— Bonjour, madame Bergerot. Ça va mieux, en effet.

Je ne sais pas comment elle fait. Toujours la même énergie, le même sourire, la même attention sincère portée aux gens. C'est une des seules femmes que j'aie vue vraiment amoureuse de son mari. Lui faisait le pain, elle le vendait. Et puis voilà trois ans, brutalement, il est mort. Un infarctus, cinquante-cinq ans. C'est la seule fois où je l'ai vue pleurer. Le lendemain de l'enterrement, elle a ouvert. Elle n'avait rien à vendre, mais elle a ouvert. Ça a duré une semaine. Les clients venaient. Elle était derrière sa caisse comme d'habitude, mais désemparée. On lui disait un petit mot, on osait à peine regarder les présentoirs vides. Pendant quinze jours, dans le quartier, personne n'a mangé de pain. C'est aussi pour cela que j'aime cet endroit. Mohamed n'en a pas profité pour vendre des biscottes ou faire dépôt. Il la surveillait du coin de l'œil, à travers la vitrine. C'est lui qui a fait passer une annonce et, un mois plus tard, elle embauchait Julien, le nouveau boulanger. Il est jeune et le pain est meilleur, mais personne ne le lui dira jamais.

Ce matin, comme d'habitude, ça sentait les viennoiseries chaudes. Vanessa, la vendeuse, alignait les croissants dans les vitrines. J'ai toujours adoré ce parfum délicieux et unique. À chaque fournée, ça embaume jusque dans la rue. J'aurais donné n'importe quoi pour habiter l'appartement au-dessus et respirer ce parfum-là tout le temps par les fenêtres ouvertes. On a échangé trois mots et Mme Bergerot m'a emballé mon croissant. Au moment où j'allais lui dire au revoir et sortir, elle m'a retenue :

— Attends, je vais venir avec toi. Il faut que je

dise deux mots à Mohamed, il a encore empiété sur mon trottoir avec ses légumes.

— Je peux lui dire, si vous voulez.

— Non, ça me fait un peu d'exercice, et puis j'essaie de lui faire comprendre que ce n'est pas bien de coloniser les terres des autres.

— Je crois qu'il sera d'accord avec vous, madame Bergerot…

— Alors pourquoi il met ses légumes contre ma publicité pour les glaces ?

Elle m'a suivie dehors et j'ai cru qu'elle allait se lancer dans une de ses tirades économico-politiques dont elle matraque le pauvre Mohamed. On dirait deux multinationales qui se disputent des marchés de plusieurs milliards de dollars.

Changeant complètement de sujet, tout à coup, elle a lâché :

— Au fait, il est mignon, le nouveau, dans ton immeuble.

— Qui ?

— Monsieur… Pataillas.

J'ai cru que j'allais m'étouffer.

« Soyez précise. Il s'appelle Patatras. Décrivez-le-moi en détail, immédiatement. Vous n'avez pas une photo ? Personne n'a attendu cet homme autant que je l'ai fait. Tous les soirs, je poireaute à la maison pour lui. Pourquoi serais-je la seule à ne pas le voir ? Bon sang, je vais être la dernière à découvrir son visage alors que j'ai sûrement été la première à me moquer de son nom. »

Je me contiens :

— Ah bon. Et il est sympa ?

— Je trouve qu'il a un petit charme. Il part après toi le matin, mais tu le croiseras sûrement bientôt.

Cette phrase-là m'a rendue dingue. Est-ce que je suis du genre à me satisfaire d'un « bientôt » ? Je me suis alors fixé un ultimatum. Le soir même, par n'importe quel moyen, je le verrais. S'il le fallait, je ferais la morte dans l'escalier jusqu'à ce qu'il rentre et qu'il me trouve. Je camperais sur son palier en jouant les amnésiques aveugles, ou mieux, j'irais sonner à sa porte pour vendre des calendriers avec six mois d'avance, histoire de prendre les pompiers et les éboueurs de vitesse. Peu importe comment, mais je me suis fait le serment solennel que je n'attendrais pas une soirée de plus l'œil collé à la porte.

Je n'ai même pas entendu Mohamed et Mme Bergerot se chamailler comme ils le font tous les jours. Je suis partie à l'agence comme on monte au front. Ce jour-là, j'ai dit non à tout le monde. À l'heure pile, j'ai rangé mon bureau et je suis rentrée comme une fusée. C'est en arrivant que le drame a eu lieu.

7

D'abord, l'inspection de la boîte aux lettres. Je suis sur la pointe des pieds. J'éclaire l'intérieur et j'aperçois trois enveloppes. Il reçoit beaucoup de courrier pour quelqu'un qui n'a emménagé que depuis quelques jours. J'entrevois un pli officiel, peut-être d'une préfecture ou d'un ministère. Qu'est-ce que c'est ? Si j'arrive à savoir, je tiens ma revanche. Puisque tout le monde a vu sa tête avant moi, je vais découvrir son métier la première. Ensuite, à mon tour, je pourrai déclarer d'un air ingénu : « Ah bon ? Vous n'étiez pas au courant ? »

J'essaie d'éclairer au mieux mais l'enveloppe du dessus gêne la lecture. En me servant de ma lampe, juste à la bonne taille pour passer dans la fente, je dois pouvoir la repousser. Je glisse ma lumière le plus loin possible. Il manque encore quelques centimètres. Je la tiens du bout des doigts, je fais encore un petit effort. J'y suis presque et soudain : badaboum dans la boîte de Patatras ! La malédiction frappe encore. Ma lampe est tombée sur son courrier, allumée. D'un seul coup, sa boîte aux lettres ressemble à une petite maison de poupée éclairée. Alors là on va mettre le salon, ici la cuisine, et la poupée Youpi entrera quand elle aura la clé. Non mais je déraille ! J'ai encore fait une ânerie. Il faut que je récupère ma lampe. Alors je passe les doigts – après tout, elle n'est pas si loin. Je dois pouvoir y arriver, j'ai les mains fines. Je force. Cette méchante poupée Youpi pourrait m'aider. Je me sens comme ces pauvres petits singes pris dans les pièges des braconniers avec leurs minuscules mimines qui ne veulent pas lâcher la cacahuète dans la noix de coco. Je touche la lampe, le bout de mon majeur l'effleure. Elle glisse. Retiens-la, poupée Youpi, ou je t'arrache la tête ! Je n'ai pas le choix, j'enfonce encore plus ma main. La paume est presque entièrement rentrée, mais la lampe m'échappe toujours. Il n'y aura pas de seconde chance, alors je pousse de toutes mes forces, quitte à me faire mal. Ça y est, je me suis broyé la main, mais la paume est passée. Maintenant, c'est le poignet qui souffre, le cerclage métallique de la fente me détruit la peau après m'avoir laminé la main. Tout à coup : le cauchemar, l'effroi. J'entends le grésillement de la gâche électrique de la porte de l'immeuble. Quelqu'un a fait le code et s'apprête à entrer. Il va me trouver comme une gourde suspendue à la boîte du voisin. Je sais maintenant ce qu'éprouve un lapin pris dans les phares d'un camion qui fonce. Mon Dieu, je vous en supplie, faites que ce soit un des vieux qui ne voient pas bien clair ! Ou alors faites que je devienne invisible ! Je suis tellement paniquée que je crois que j'ai demandé ça à voix haute. Vous réalisez tout ce que Dieu doit entendre comme prières stupides ? C'est presque mieux s'il n'existe pas, ça fait un témoin de moins de notre stupidité. La porte s'ouvre. Avec le contre-jour et la main immobilisée qui m'empêche de me retourner, je n'arrive pas à identifier de qui il s'agit.

— Qu'est-ce qui vous arrive ?

Une voix d'homme. C'est lui, il est là, je reconnais ses quatre doigts et ses chaussures. Je vais tomber dans les pommes. Mon corps restera suspendu par ma main prisonnière de sa boîte aux lettres. Je titube, ma vue se brouille.

— Mais vous êtes bloquée ! Attendez, je vais vous aider.

Mon Dieu, faites qu'il y ait une explosion ! Que quelqu'un tombe dans l'escalier avec une bonbonne de gaz pour faire diversion ! Pas Mme Roudan, elle est gentille, mais ce débile de prof de gym ce serait bien. Le sort s'acharne encore contre moi. Rien n'explose. C'est qui le saint patron des coincés ? Qu'est-ce qu'il attend pour intervenir ?

Il s'avance, il est plutôt grand. Il me saisit le poignet. Sa main est chaude, douce. L'autre aussi. Il est près de moi. Et il dit :

— Mais c'est ma boîte !

Est-ce qu'il existe un truc plus fort que tomber dans les pommes mais moins fort que mourir ? Parce que c'est ce qui va m'arriver. Ce n'est pas mon cerveau qui explose, mais tout mon corps. C'est la première fois que je rencontre ce garçon avec un nom rigolo, et je suis telle la souris coincée par la tapette. Maintenant, je comprends les rois, les chevaliers et les saintes qui, dans ce genre de situation, ont juré que s'ils s'en sortaient, ils feraient construire une basilique. Le problème, c'est qu'avec mon compte d'épargne, j'ai seulement les moyens de faire bâtir une niche ou un grand terrier. Mais je promets de le faire. Dans l'immédiat, je ne suis pas en mesure de lever la main pour jurer, mais le cœur y est. En plus, depuis qu'il tire dessus, je souffre le martyre. Je suis à deux doigts de la béatification. Sainte Julie, madone des boîtes aux lettres. Il faut se rendre à l'évidence : je ne suis pas certaine de pouvoir retirer ma main un jour. Il y a eu un effet harpon. C'est rentré mais ça ne sortira plus. Je vais certainement passer le reste de ma vie avec sa porte de boîte aux lettres comme bracelet. Vous imaginez le calvaire pour enfiler une robe un peu moulante ?

Il se place derrière moi et m'enlace.

— Je vais vous soulever. Ça vous soulagera et ce sera plus facile pour vous dégager. Mais comment avez-vous fait ?

Ses bras m'entourent, son torse se plaque contre mon dos. Je sens son souffle dans mon cou. C'est scandaleux mais je me fiche complètement de mon poignet, je suis bien. Plus tard, je soignerai mon articulation, je lui mettrai une attelle, des compresses, des pommades bio, mais pour le moment je ne sais pas ce qui m'arrive. Je m'envole.

— Vous êtes drôlement coincée. S'il vous plaît, parlez-moi. Vous n'allez pas faire un malaise ?

Je suis prête à rester des heures contre lui, la main dans un piège à loup de la poste.

— On n'arrivera pas à vous sortir de là comme ça. Il faut des outils.

Il me repose délicatement, mon bras se tend à nouveau et j'ai l'impression que la boîte me l'arrache. La douleur m'aide à reprendre mes esprits. À bout de forces, je lui murmure :

— Dans l'immeuble d'à côté, au 31, il y a une

cour. Au fond, dans un garage, vous trouverez Xavier, il aura les outils…

— Vous ne préférez pas que j'appelle les pompiers ?

— Non, allez voir Xavier, il a ce qu'il faut.

— Essayez de tenir bon, je reviens tout de suite.

Ses mains se sont ouvertes, glissant sur mes avant-bras. Il s'est éloigné. J'ai eu froid. Il est sorti en courant. Il m'avait touchée, il m'avait parlé à l'oreille, il m'avait serrée contre lui, mais je n'avais toujours pas vu son visage.

8

« Ici repose Julie Tournelle, morte de honte il y a une heure. » Voilà ce qui aurait été marqué sur ma tombe, avec à côté des petites plaques en marbre déposées par mes proches : « Je vais vendre moins de croissants » – sa boulangère. « Ça t'apprendra à toucher aux affaires des gens que tu connais pas » – Géraldine. « Vous avez fait un mauvais placement avec votre main » – signé Mortagne avec le logo de la banque.

Je ne suis pas restée longtemps toute seule accrochée à la boîte aux lettres, mais ça m'a semblé durer une éternité. En attendant, j'ai essayé de choisir quelle attitude adopter pour être la plus digne possible à son retour. Je n'ai rien trouvé de satisfaisant. M. Patatras est revenu avec Xavier et une pince à découper la tôle. À eux deux, ils ont bousillé sa porte de boîte et m'ont libérée. Xavier s'est inquiété, mais lorsqu'il a vu que j'allais survivre et que j'étais entre de bonnes mains, il est reparti souder ses ferrailles. M. Patatras m'a emmenée à la pharmacie un peu plus bas, et M. Blanchard, le patron, m'a soignée. Mon sauveur a été d'une discrétion absolue, expliquant simplement que je m'étais blessée dans une porte. En revenant, il me soutenait par mon bras valide, comme une grand-mère.

— Mais vous boitez, aussi…

« C'est l'autre soir, je suis tombée à poil comme une andouille quand je courais pour voir ta tronche dans l'escalier. »

— Ce n'est rien, une mauvaise chute.

Quand on est entrés dans l'immeuble, j'ai eu un réflexe de recul en voyant les boîtes aux lettres. Maintenant, je sais ce que ressentent les anciens du Vietnam en revoyant des cages en bambou. La petite porte en tôle gisait sur le sol, déchiquetée comme si on avait posé une bombe. Il l'a ramassée d'un geste élégant en disant :

— Je ne vais pas vous laisser comme ça, venez chez moi.

Je n'osais tellement pas y croire que j'ai cru qu'il parlait à sa petite porte. Pourquoi il la vouvoie ? Elle est à lui, quand même.

Et c'est ainsi que je me retrouve assise à sa table, au milieu des cartons. J'essaie de le regarder sans qu'il s'en aperçoive. Je trouve Mme Bergerot sévère lorsqu'elle prétend qu'il a un petit charme. Il est carrément à tomber, oui ! Des yeux noisette, deux, une mâchoire de mec, un vrai sourire, des cheveux bruns courts mais pas trop. Et il doit faire du sport. Pas de la gonflette, du sport. Et moi, quelle tête je dois avoir ? Un cochon d'Inde qui a pris la foudre et qui le dévisage béatement.

— Je suis désolé, déclare-t-il, la cafetière est

quelque part dans une de ces caisses. Je n'ai que de l'instantané à vous proposer.

— Ce sera parfait.

Je déteste le café. Je n'aime pas l'odeur et c'est un désastre écologique. Je ne comprends pas comment ce jus a pu devenir un code social aussi universel. Comme quoi on peut faire accepter n'importe quoi aux gens si on insiste longtemps. Mais je ne vais pas lui dire ça. Je vais me taire et le boire.

Il a des gestes sereins. Il n'hésite pas. Tout est fait dans l'ordre, avec assurance, et cela se sent même lorsqu'il pose une tasse. Il se tourne et va vers l'évier. Il a des fesses magnifiques. L'angoisse m'envahit. Faites que ce ne soit pas un mauvais garçon…

— Vous jouez d'un instrument de musique ?

Par-dessus son épaule, il me jette un regard amusé :

— Pourquoi cette question ? Vous craignez pour la tranquillité de l'immeuble ?

— Non, simple curiosité.

— Je n'en joue pas. Et pour le calme de l'immeuble, n'ayez aucun souci, je suis quelqu'un de discret.

Pendant qu'il fait chauffer l'eau, je scrute tout ce qui traîne. Ses vêtements sont bien pliés. C'est la première fois que je vois un garçon ranger ses habits alors qu'il n'attendait aucune visite. Il est peut-être gay ? J'aperçois une truelle. Il est peut-être maçon ? Ça lui irait bien, un casque et une chemise à carreaux ouverte sur ses pectoraux. Sur une caisse, il y a un ordinateur portable ouvert. Il n'a pas perdu de temps pour se connecter. Il passe peut-être des heures à jouer en ligne ?

Il revient à la table et s'assoit en face de moi. Il

verse l'eau chaude dans ma tasse et la fait glisser vers moi. Ça pue le café.

— Combien de sucres ?

« Trente-huit, pour ne plus sentir le goût écœurant. »

— Deux, merci.

— Comment vous sentez-vous ?

— Mieux. Je suis vraiment désolée pour votre…

— Aucune importance. Un jour, vous me direz comment vous vous êtes retrouvée ainsi.

— Je voulais récupérer ma lampe…

Il n'insiste pas. Il me regarde, posément.

— Vous habitez ici depuis longtemps ? demande-t-il.

— J'ai toujours vécu dans le quartier, mais je suis dans l'immeuble depuis presque cinq ans. Deuxième gauche.

— Dites donc, il est spécial, votre copain Xavier. Dans son garage, j'ai aperçu une sorte de grosse voiture bizarre. On dirait un vaisseau de science-fiction en cours de construction. Il fabrique cet engin lui-même ?

— Depuis qu'il est gamin, il est passionné par les véhicules blindés. On se connaît depuis la maternelle. Il aurait voulu s'engager dans l'armée mais il a été recalé aux tests. Un vrai drame pour lui. Alors il s'est mis en tête de s'en construire un.

— Tout seul ? Dans son garage ?

— Il y passe tout son temps libre. C'est quelqu'un de bien. Vous verrez, il y a des gens vraiment sympas dans le coin. Si vous avez besoin de savoir quoi que ce soit sur le quartier, un resto, une balade, n'importe quoi, vous n'avez qu'à me demander.

— C'est gentil. Je viens d'arriver et je ne connais pas la ville. Je teste petit à petit. Pour ce soir, j'ai acheté des crevettes à la diable chez le traiteur asiatique.

« Adieu Ricardo, je ne te reverrai jamais. Je suis bouleversée. »

J'avale mon café pour me donner une contenance. Il regarde sa montre.

— Mais je suis là à vous faire perdre votre temps, dis-je. Vous avez sûrement beaucoup à faire.

— Je gère. Personne ne m'attend. Par contre, chez vous...

— Personne ne m'attend non plus.

— Si j'avais su, j'aurais pris plus au chinois et je vous aurais invitée.

« Assassin ! »

— Vous en avez déjà assez fait pour moi aujourd'hui.

Il m'a raccompagnée. Sur le pas de son appart, on était comme deux empotés. Si j'avais été honnête, je lui aurais dit de ne pas toucher aux crevettes. Je n'ai pas osé. La honte me ronge encore. J'ai préféré qu'il soit malade comme un chien plutôt que de risquer d'être ridicule une deuxième fois. C'est moche.

— Au fait, s'exclame-t-il en retournant à sa table, n'oubliez pas votre lampe. Vous devez y tenir beaucoup pour avoir pris tous ces risques...

Je me demande si, à défaut d'un quelconque accent, il n'y a pas un soupçon d'ironie. J'ai souri bêtement – ça, je sais faire. J'ai pris ma lampe et nous nous sommes séparés. Il a refermé la porte. À sa place, je me serais directement collée à l'œilleton.

En descendant, j'étais dans un drôle d'état. Peut-être la douleur au poignet, sans doute la peur d'être passée pour la reine des quiches. Malgré tout, je me sentais étrangement bien. Troublée, en fait. Je ne crois pas que ce soit le café qui produise cet effet-là.

9

C'est bête, mais il m'a tout de suite manqué. J'avais envie d'être avec lui. J'aurais pu l'aider à déballer ses cartons. Je me serais même contentée de le regarder. Ça ne m'a jamais fait ça avec personne. Pas fascinée, pas exaltée. Autre chose. De mon appartement au sien, si on passe à travers le plafond et quelques cloisons, il doit y avoir quinze mètres. Où dort-il ? Est-ce qu'il dort ? Toute la nuit, je me suis demandé comment réparer les dégâts causés à sa boîte aux lettres. J'ai d'abord envisagé de lui proposer de faire boîte commune avec moi, mais j'ai renoncé. J'imagine déjà la tête des autres habitants de l'immeuble si, moins d'une semaine après son arrivée, ils découvrent nos deux noms accolés. Bonjour la réputation. Même Géraldine ne va pas aussi vite.

Vers 2 heures du matin, j'ai eu l'idée de génie : j'allais demander à Xavier de refaire une porte et, en attendant, M. Patatras n'aurait qu'à prendre ma boîte pendant que mon courrier occuperait la sienne, béante. C'était décidé.

Le matin suivant, en partant à l'agence, je lui ai glissé un message sous sa porte :

« Cher Monsieur,

« Je vous remercie encore de votre gentillesse et de votre aide hier. J'espère que vous voudrez bien pardonner... blabla, blabla... » et je termine : « Je vous déposerai ma clé de boîte ce soir vers 19 heures. Si vous n'êtes pas là, passez chez moi. Amicalement, Julie. »

Ce simple petit mot m'a demandé plus de travail que tout mon mémoire de fac. Écrire un rapport de deux cent dix pages sur « la réadaptation nécessaire de l'aide aux pays en voie de développement » aura été plus simple que de lui griffonner quelques lignes. Une vraie superproduction hollywoodienne. Cent vingt-cinq brouillons, plus de six milliards de neurones sur le projet, trois dictionnaires, cinq millions d'hésitations, plus de deux heures pour décider si je conclus par « À bientôt » ou « Cordialement », « Amicalement », « Affectueusement » ou « De tout mon corps et de toute mon âme ».

Ensuite, il a fallu mettre au point le pliage de la missive, opter pour la glisser au ras sous la porte ou l'envoyer le plus loin possible à l'intérieur. Est-ce qu'il y a plus de chances pour qu'il marche dessus sans la voir ou que la porte la rabatte contre le mur et qu'il la découvre quand il déménagera ? Si chaque rencontre entre deux humains pose autant de problèmes, il est clair que l'on ne va pas se reproduire assez vite pour empêcher les chats de prendre le contrôle de la planète.

Après avoir déposé le mot, je suis passée à la boulangerie acheter mon croissant. Dès que je suis entrée, j'ai senti qu'il y avait de l'électricité dans l'air. Et ce n'était pas à cause de la petite dame qui achetait sa demi-baguette. Au début, j'aurais parié pour une nouvelle passe d'armes avec Mohamed.

— Comment ça va aujourd'hui, madame Bergerot ?

— C'est compliqué, ma Julie. Il y a des jours comme ça.

— Qu'est-ce qui ne va pas ?

Il faut vraiment que j'arrête ces questions-là. Chaque fois, je sais que ça va me retomber dessus, mais je n'arrive pas à m'en empêcher. Ma mère dit que je me soucie trop des gens.

— Ma pauvre Julie, je viens à peine de repousser une tentative d'invasion de Mohamed que Vanessa m'annonce qu'elle va démissionner.

La vendeuse débouche de l'arrière-boutique, au bord des larmes.

— Un croissant pour Mlle Tournelle, s'il te plaît, lui lance sa patronne sèchement.

Vanessa se met à sangloter. Si elle se penche davantage, elle va pleurer sur mon croissant. Comme un cri du cœur, elle lâche :

— Je suis enceinte et Maxime ne veut plus que je travaille.

Ça y est, ça dérape. Il faut que je dise quelque chose pour désamorcer la situation. Je me lance :

— Mais c'est merveilleux !

Pourquoi j'ai dit ça ? Mme Bergerot ne m'a pas souvent grondée. La dernière fois, j'avais huit ans et j'avais oublié de lui dire au revoir en sortant de sa boutique. Ce matin, il ne fallait pas l'asticoter. « C'est merveilleux… », tu parles ! Elle a levé les bras et elle a démarré en trombe :

— C'est pas la question ! J'ai mis deux ans à la former. Pendant des mois, j'ai fait le boulot pour deux en lui laissant le temps d'apprendre. Elle commence enfin à connaître le métier, et c'est maintenant qu'elle me laisse tomber ! Dans trois semaines, c'est la rentrée... Comment je fais, moi ?

Entre deux tremblements, Vanessa me jette des regards désolés. D'un autre côté, quelque chose dans son œil trahit son soulagement de voir la patronne crier sur quelqu'un d'autre qu'elle. J'ai laissé passer l'orage et je n'ai pas oublié de dire au revoir en sortant.

En arrivant à l'agence, la vie n'en avait pas fini avec moi. J'ai tout de suite remarqué que Géraldine n'allait pas bien. Elle n'avait pas son regard habituel, celui du castor alcoolique qui découvre le monde. J'ai pris mon poste et elle est immédiatement venue me voir. Elle a fait semblant de fouiller dans l'armoire blindée des chéquiers.

— Julie...

— Qu'est-ce qu'il y a ?

— Ne te retourne pas. Il nous observe, a-t-elle murmuré en désignant discrètement les caméras de sécurité installées à chaque angle du plafond.

J'ai fait semblant d'écrire. Je l'ai même fait avec application. En fait, j'aime plutôt ça, parce que j'ai toujours rêvé de jouer dans un film d'espionnage. Je serais l'agent JT – Julie Tournelle ou Jolie et Travailleuse –, une super-espionne, et Géraldine aurait pour mission de me remettre un document secret d'une importance vitale pour l'avenir du monde. Elle serait l'agent GD – Géraldine Dagoin ou Grave Déjantée – et elle aurait caché le microfilm, pas dans son soutien-gorge puisqu'elle n'en met jamais, ni dans son string parce que même si c'est un agent débutant elle sait

54

que c'est des coups à se blesser. Ça y est, je sais. Elle l'aurait dissimulé dans une de ses grosses bagues hideuses. C'est ça.

— Tu as l'air contrariée, Géraldine…

Elle renifle. Elle va pleurer. La menace qui plane sur le monde est-elle si terrible ? C'est la deuxième jeune femme que je vois pleurer ce matin, il s'agit sûrement d'un complot…

— Tu es enceinte ? je demande.

— Pourquoi tu dis ça ? Tu sais bien que je suis célibataire depuis deux semaines…

— C'est pour ça que tu es dans cet état ?

— Non. Hier soir, Mortagne m'a fait passer mon entretien d'évaluation intermédiaire.

— Déjà ?

— Il a décidé de prendre de l'avance. Il ne m'a pas loupée. À l'entendre, je suis nulle. Je ne fais rien comme il faut. Il m'a démontée, traînée dans la boue. Ça m'a tellement dégoûtée que j'en ai vomi.

Tant pis pour les caméras, je me retourne. Géraldine semble anéantie. Je lui prends la main.

— Tu sais comment il est. Il n'en pensait sûrement pas la moitié. C'est son côté petit soldat. Prends ça d'où ça vient…

— Je le déteste.

— Tout le monde le déteste. Sa mère a fui en Inde pour ne plus le voir.

— C'est vrai ?

— Non, Géraldine, je plaisante.

— Tant mieux si tu as le cœur à rigoler, parce qu'il m'a dit que tu allais y passer ce matin. Tiens, le voilà qui sort de son bureau…

10

Faut-il qu'ils nous prennent pour des imbéciles… La carotte et le bâton. Chaque année, nous sommes des millions à avoir droit au grand cirque des entretiens annuels. « Une rencontre informelle pour échanger librement sur les comportements de chacun et savoir ce qui peut être amélioré pour renforcer l'entreprise à travers l'épanouissement de tous. » T'as qu'à croire. Quiconque en a déjà passé sait l'abîme qui sépare cet aguichant programme de la réalité des faits.

Le plus souvent, un ou deux petits chefs vous expliquent pourquoi « malgré des efforts indéniables », vous n'aurez pas d'augmentation cette année. Si vous résistez, si vous argumentez, la rencontre « informelle et libre » se transforme en procès d'inquisition. On vous déballe tout, on ne vous épargne rien. Des dizaines de fois, j'ai dû consoler des copains et des copines parce qu'on les avait rabaissés plus bas que terre. Avec des sourires mièvres, des principes à deux balles, on vous donne des leçons, on vous piétine. Au final, c'est juste un moyen de légitimer le fait que vous ne recevrez pas davantage du gâteau que d'autres se partagent. À se demander si on a encore envie d'en manger…

Je suis assise face à Mortagne, il me débite son discours parfaitement rodé. Vous connaissez la cécité des neiges ? C'est ce phénomène qui survient quand vos yeux ont été trop exposés à l'aveuglante lumière du soleil reflétée par les glaces et que vous ne voyez plus. En l'occurrence, dans son petit bureau qui sent encore le vomi de Géraldine, ce serait plutôt la surdité de la bêtise. J'en ai trop entendu, alors mes oreilles ne fonctionnent plus. Je suis aveugle du tympan. Je le regarde qui gesticule en alternant sourires complaisants et air réprobateur. Il bouge ses mains comme un candidat à la présidentielle qui passe à la télé. Dommage pour lui, il a un poil qui lui sort du nez et c'est tout ce que je vois. Tout ce gel, ces jolis vêtements achetés en solde sur Internet, cette montre qui n'est qu'une imitation, et vous voilà pourtant réduit à un simple poil disgracieux.

De toute façon, je sais ce qu'il est en train de me dire : cette noble et grande banque est déjà bien bonne de me garder parce que franchement, à la note d'« esprit d'entreprise », j'ai eu 0. Je n'ai même pas ramené quelqu'un de ma famille à l'agence. Je n'ai pas fourgué un seul produit bancaire à mes copines. Mauvais dealer.

Je ne sais pas depuis combien de temps je suis assise devant lui, mais ça n'a pas d'importance. J'ai mal au poignet. Ce rustre ne m'a même pas demandé de nouvelles malgré le bandage. Grossier personnage. Misérable insecte. Ce soir, tu seras fier de toi. Tu pourras faire ton petit rapport à ton sur-chef. Tu auras régné sur ton royaume. Tu auras détruit Géraldine et tu m'auras paillassée. Pas grave. Ça glisse. Et quand j'en aurai assez, mon Ricardo viendra te faire exploser ta sale tête de rat.

— On est bien d'accord, Julie ?

« M'en fous, j'ai rien écouté. »

Il insiste :

— Vous me promettez d'y réfléchir ? C'est dans votre intérêt que je dis ça…

« Ben voyons. »

Je n'ai même pas répondu. Je me suis levée et j'ai quitté son bureau. Géraldine m'attendait :

— Alors ? Comment ça s'est passé ? Il t'a gardée un bon moment.

— Super bien. Il me trouve géniale et il a décidé de me donner 30 % d'augmentation.

Géraldine s'est figée. Elle est devenue aussi écarlate que si elle avait avalé d'un coup un grand bol de chocolat brûlant, cuillère comprise. Quand on dit que quelqu'un est en train de bouillir, on doit parler de cet état-là. Je n'ai pas eu le temps de lui dire que je blaguais. Elle s'est précipitée vers le bureau de Mortagne en hurlant. Elle n'a pas frappé – enfin pas à la porte. Elle est entrée. Il y a eu du vacarme et des beuglements. Au bruit, je pense qu'elle s'est jetée sur lui par-dessus son bureau. Je crois qu'elle a tout renversé. Mortagne a juste crié :

— Mais qu'est-ce qui vous prend ?

A suivi le son retentissant d'une baffe comme je n'en avais jamais entendu. Une claque de bûcheron à vous assommer un bœuf. Puis plus rien. Géraldine a fini par ressortir, un peu débraillée mais soulagée. Dans l'agence, le temps était suspendu. Je me suis demandé si Mortagne était toujours vivant. Je n'ai pas voulu aller voir. J'ai préféré l'imaginer, inconscient, la joue cramoisie et la tête en biais, explosé dans son fauteuil comme un mannequin de la Sécurité routière après un impact à 130 km/h contre un container rempli de fers à repasser. Pour la première fois, un calme harmonieux a flotté dans nos locaux. Quelque chose a changé ce jour-là, à l'agence et en moi.

11

J'aime bien rendre visite à Xavier. Cela faisait un bon moment que je ne l'avais pas fait. Son immeuble est mitoyen du mien, mais l'ambiance y est tout à fait différente. Nous, c'est un petit escalier, des appartements modestes, alors que lui, il a une gardienne, une grande cour avec des garages au fond et, au-delà, on aperçoit les peupliers du square. Xavier a toujours habité là, dans l'appartement de ses parents. Quand il était en retard à l'école, il escaladait les toits des garages, traversait le petit jardin public et arrivait directement au préau par le trou dans le grillage. On a souvent joué ensemble. Aussi loin que je m'en souvienne, c'était lui le grand costaud de notre bande. Un mec réglo, pas d'histoires, la moyenne partout, quelques copines. Tranquillement, il a fait son petit bonhomme de chemin, jusqu'à l'échec à l'armée. On n'a pas su pourquoi. Il n'a jamais voulu en parler. Pourtant, il a la réputation d'avoir de l'or dans les mains. Dans le quartier, dès qu'il faut souder, sitôt qu'on a besoin d'un expert en chalumeau, en métal ou en tuyau de cuivre, c'est Xavier qu'on va chercher. Il a un bon job dans une entreprise de plomberie industrielle. En quatre mois, il est devenu chef d'équipe, mais ça ne lui plaisait pas parce qu'il ne touchait plus au métal. Alors il a demandé à changer de poste. Il bosse de nuit sur des gros chantiers et, le reste du temps, il travaille sur son prototype.

Xavier, c'est une horloge. Tous les jours, été comme hiver, vous êtes certain de le trouver à son atelier à partir de 17 h 30. Au fond de la cour, il a acheté deux garages. Chaque jour, il ouvre les portes en grand et traîne son monstre mécanique dehors. Il a récupéré une vieille voiture dont seul le moteur était encore bon. Et puis il a tout repensé pour en faire un véhicule blindé à rendre jaloux le Président des États-Unis. Chaque pièce est une œuvre d'art. Les enfants viennent le voir, les voisins lui demandent où il en est. Si une petite dame a des problèmes de plomberie, elle l'appelle par sa fenêtre. Depuis que ses parents ont divorcé quand il avait dix-huit ans, je ne l'ai plus jamais vu prendre de vacances.

Aujourd'hui, comme prévu, je le trouve allongé sous son monstre de métal. Seules ses jambes dépassent.

— Xavier ?

Il se dégage.

— Salut Julie. Comment va ton poignet ?

— Mieux. C'est gentil. Et toi, ton bolide ?

— Je lui ai trouvé un nom : XAV-1. Xavier Armoured Vehicle One. Qu'est-ce que t'en dis ?

— Pas mal du tout. Tu avances comme tu veux ?

— J'adapte les suspensions. Avec mes modifs, XAV-1 pourra dévaler un chemin défoncé à pleine vitesse sans une seule secousse pour les passagers. Aucun constructeur n'a jamais réussi cet exploit. Il sera aussi beau qu'une Rolls et plus solide qu'un char. On ira faire un tour, si tu veux.

— J'y compte bien. Et quand penses-tu que XAV-1 sera opérationnel ?

Xavier a l'air tout heureux en m'entendant nommer son engin.

— D'ici deux mois. J'en vois le bout.

— Il faudra fêter ça.

— T'as raison. C'est toi qui lanceras la bouteille de champagne sur la calandre !

— Avec plaisir. Mais, en attendant ce grand jour, je suis passée te remercier de m'avoir sortie du pétrin hier.

— Normal. Tu l'as fait tellement souvent pour moi.

— J'ai aussi une question. Est-ce que tu crois que tu pourrais refaire une porte en tôle pour la boîte ?

— Aucun problème. Facile. Je te fais ça ce week-end si tu veux.

— Il n'y a pas urgence. De toute façon, je vais donner ma boîte au nouveau en attendant.

— Il pourra la garder. Pour toi, je vais faire une porte aux petits oignons.

— Ne te complique pas trop.

— Quand même. C'est la première fois que tu me demandes un coup de main métallique !

Heureux de rendre service, c'est tout lui. Je suis restée encore un peu. Je suis bien avec Xavier. Il y a quelque chose de rassurant à grandir près de ses copains d'enfance. On garde le lien avec le passé, on continue ensemble. Peu importe ce que l'on dit ou ce que l'on fait, on est toujours là.

On a parlé, il m'a montré ses suspensions, je n'ai rien compris mais j'ai bien aimé sa façon d'expliquer et son enthousiasme. Les gens sont beaux quand ils font ce qu'ils aiment. Je n'ai pas vu filer le temps et, lorsque j'ai regardé l'heure, il devenait urgent de rentrer. Il me restait à peine une demi-heure avant d'aller frapper chez mon charmant voisin. Après ma calamiteuse prestation de la veille, j'étais résolue à l'éblouir.

Je me suis plantée devant ma penderie et tout y est passé. J'ai même hésité à remettre la robe que j'avais achetée pour le mariage de Manon. Quelle image donner ? Simple et accessible ? Trop facile. Sophistiquée et, inaccessible ? N'importe quoi. À moins dix, il y en avait partout dans la chambre et le salon. J'ai opté pour un pantalon en lin et un joli chemisier brodé que je ne mets jamais parce qu'il ne se nettoie qu'à sec. À moins deux, j'étais devant le miroir de la salle de bains à retoucher ma coiffure. Mèche détachée ? Barrette ? Pendant ce temps-là, les chats, eux, n'hésitent pas. Ils font des chatons dans tous les buissons.

À 19 heures pile, je toque à sa porte. J'attends, à l'affût du moindre bruit. Rien. 19 h 01, je frappe à nouveau, plus fort. J'attends. Toujours rien. Il n'est pas là. Pire, il n'a pas trouvé le mot. Encore pire, il l'a trouvé mais il s'en fiche parce qu'il est parti coucher avec Géraldine. Au bout de quatre minutes, je ne suis plus que l'ombre de moi-même. Mon plan pour le revoir a échoué. Je redescends vers le deuxième et, au moment où je vais ouvrir ma porte, une voix m'interpelle.

— Mademoiselle Tournelle !

Il monte les escaliers quatre à quatre. Il arrive sur mon palier.

— Je me doutais que vous seriez à l'heure. J'ai fait aussi vite que possible. Vous n'avez pas trouvé mon petit mot, glissé sous votre porte ?

À cette seconde, si j'avais été en train de passer un électrocardiogramme, il y aurait eu un grand trait en travers de l'écran.

— Non, je suis désolée. Je viens juste de rentrer.

Il tient son courrier à la main. Je vais rougir. Il ne faut pas, mais je vais rougir.

— C'est gentil pour votre boîte, dit-il, mais ce n'est pas la peine.

— J'y tiens.

— Alors j'accepte. On ne contrarie pas une jolie demoiselle.

Je vais rougir et clignoter.

— Vous savez, ajoute-t-il, on aurait dû échanger nos numéros de portable. On n'aurait pas été obligés de s'écrire, comme ça.

Je rougis, je vais clignoter et un de mes bras va se décrocher. J'éclate d'un rire cristallin, comme les gourdes qui n'ont pas compris la question ou qui ne veulent pas répondre.

— C'est vrai, dis-je. Mais vous devriez d'abord m'appeler Julie.

— Avec joie. Et moi, mes proches ont l'habitude de m'appeler Ric.

Il me tend la main :

— Enchanté, Julie.

Je lui tends ma main bandée.

— Très heureuse, Ric.

Il me prend délicatement les doigts. C'est merveilleux. On est là, tous les deux dans l'escalier, et on se rencontre enfin comme je l'avais voulu. On est devant ma porte. En pareille circonstance, théoriquement, je devrais l'inviter à boire un verre pour lui donner ma clé, mais mon appart est rempli de fringues étalées partout. Je crois même que ma culotte est sur l'évier. Il ne doit entrer sous aucun prétexte. S'il essaie, je vais être obligée de lui crever les yeux avec mes pouces. Il a l'air d'attendre. C'est un cauchemar. Qu'est-ce que je pourrais demander de bien stupide à Dieu pour me sortir de là ? Une secousse sismique serait idéale. Magnitude 3, s'il vous plaît. Pas trop forte mais bien flippante. Ric me prendrait dans ses bras, il m'emporterait hors de l'immeuble et, de là, il n'aurait aucune chance de voir ma culotte. On aiderait les gens en évitant les pots de fleurs qui tomberaient des fenêtres avec les vélos et les chiens. Ce serait bien.

Il n'y a pas eu de secousse. Et ce n'est pas Ric qui m'a sauvée, mais M. Poligny, le retraité du syndic, qui est arrivé en portant un paquet énorme. Avec une énergie suspecte, je me suis écriée :

— Laissez-moi vous aider ! Ça a l'air très lourd.

Ric s'est naturellement emparé du colis et nous sommes tous montés à l'étage du dessus. M. Poligny est rentré chez lui et, par un coup magistral, nous nous retrouvons désormais devant la porte de Ric. Je sors la clé de boîte de ma poche :

— Alors voilà... N'oubliez pas de changer l'étiquette, sinon je serai obligée de vous déranger tous les jours pour prendre mon courrier.

— Ce ne serait pas un problème.

Dites-moi franchement, je suis en train de clignoter là, non ? Je rigole encore. Quelle rigolarde, cette Julie. Il reprend :

— Je ne vous invite pas à prendre un verre parce que j'ai du travail. Mais on s'organisera ça un de ces jours, après le travail, vous voulez bien ?

« Et comment mon Ricou ! »

— Avec plaisir. Et vous travaillez dans quoi ? Si ce n'est pas indiscret…

— L'informatique. Je répare des unités déprogrammées, ce genre de choses. Et vous ?

— Dans une banque. Mais ce ne sont pas mes lingots que je compte. Je suis à l'agence du Crédit Commercial du Centre.

— Vraiment ? J'ai hésité à y ouvrir un compte. Puisque je viens d'arriver, je fais aussi le tour des banques. Ce serait drôle…

Réfléchis vite, Julie. S'il ouvre un compte, tu le verras souvent, tu sauras tout ce qu'il fait en surveillant ses opérations et, en plus, tu pourras te vanter d'avoir apporté un client. Réfléchis bien, Julie, de toutes ces raisons, une seule est honnête. Toutes les autres sont révoltantes.

— Si vous voulez, je vous donnerai des documents. Vous pourrez choisir.

Il approuve d'un mouvement de tête et dit :

— Je dois vous laisser. À une prochaine fois.

On va encore se séparer. On ne se connaît pas assez pour s'embrasser. On se connaît trop pour se serrer la main. Alors on reste comme deux manchots.

Une fois chez moi, je me suis rendu compte que l'on n'avait pas échangé nos numéros de portable. Malédiction ! Ce n'est pas grave. J'ai trouvé une idée imparable pour le revoir dès le lendemain.

12

J'ai passé chaque détail de mon plan au crible :
il est parfait. Demain, samedi, je ne travaille que le
matin. En rentrant, je passe voir Ric et je lui raconte
que mon ordinateur est en panne. S'il est l'homme
que je crois, il ne me laissera pas tomber. Mais, avant
de savourer le plaisir de le voir se précipiter à mon
secours, je dois d'abord mettre mon ordinateur hors
service. Il ne faut pas que je fasse les choses à moitié.
Même si je n'y connais absolument rien, je ne peux
pas me contenter de désinstaller un logiciel. Il faut
éviter qu'il puisse me sortir de l'impasse en cinq
minutes. Les grands sauvetages doivent au minimum
durer une heure. Sinon, il n'y a aucun romantisme,
et c'est frustrant. Je suis donc décidée à employer les
grands moyens, quitte à y passer la soirée. Du coup,
plutôt que d'aller, comme prévu, dîner chez Sandra,
j'ai prétexté un inexplicable mal de tête pour rester
chez moi, à comploter toute seule pour saboter mon
propre matériel.

Bien qu'ayant possédé de nombreux ordinateurs,
je n'avais jamais eu l'occasion d'en démonter aucun.
Aujourd'hui, j'en ai deux. Un gros que j'ai récupéré

par le travail d'un copain, qui est sur mon bureau, et un portable qui me sert pour les messageries. Je ne suis pas une accro d'informatique. J'ai constaté que souvent, plus les gens s'y intéressent, plus ils sont déconnectés de la vie. C'est un bel outil mais qui peut conduire à des illusions, celle de savoir, celle d'avoir compris, et celle d'avoir des centaines d'amis. Pour moi, la vie se joue ailleurs que devant un clavier.

Je peux toujours faire la maligne et critiquer, mais l'informatique va au moins me servir à revoir Ric. L'idée est de cacher mon portable et de pleurer sur le sort de mon poste principal. C'est pour cela que j'ai un tournevis à la main et que l'arrière de mon PC est béant devant moi.

Je n'avais jamais vu l'intérieur d'un ordinateur. Toutes ces cartes couvertes de composants mystérieux… Un vrai labyrinthe à électrons. C'est ultra compact, rempli de petits bidules soudés les uns à côté des autres. Mon innocente victime se cache parmi eux. J'hésite, j'évalue, je suppute, et j'en choisis un petit rond, tout long, coincé près d'un microprocesseur et strié de jolis anneaux rouges et orange. Délicatement, je passe la lame du tournevis dessous et je le soulève. Il ne résiste pas longtemps. Une des pattes soudées s'arrache. Victoire ! À présent, comme le ferait la célèbre espionne JT, je vais tout remonter soigneusement, puis j'effacerai mes empreintes. Ensuite, s'il n'est pas trop tard et que ça ne risque pas de déranger les voisins, j'éclaterai d'un rire démoniaque dans mon deux pièces.

Il m'a fallu plus d'une heure pour tout refermer. J'avais bêtement mélangé toutes les vis, et l'une d'entre elles était tombée. Sans doute une amie du composant électronique que j'ai abîmé qui a voulu me faire payer ce crime. J'ai eu du mal à la retrouver. Ensuite, je suis passée à la phase deux de mon plan diabolique : rendre mon appartement irrésistible pour qu'il s'y sente bien.

Je ne reçois pas beaucoup et, le plus souvent, ce sont des copines ou des copains qui ne sont pas très regardants sur le ménage. Même si j'ai fait du vide après le départ de Didier, la dernière fois que j'ai tout briqué à fond, c'était pour la visite de mes parents en mai. C'est fou ce que tout se salit en trois mois. Après l'étape récurage, il a fallu revoir la déco. J'ai dû faire des choix pour tout. Je garde les photos de mes voyages au mur, mais je range mon nounours à l'abri des regards. Il s'appelle Toufoufou. Je lui fais un bisou, je lui demande pardon mais il va passer son samedi dans mon tiroir à sous-vêtements. Je range la vaisselle. Je fais les cent pas en observant tout avec les yeux d'un homme. Qu'est-ce que Ric va déduire de moi en découvrant mon intérieur ? Je mets les CD de jazz en évidence et je planque ceux d'Abba. Je vire le programme télé et je pose *Les Raisins de la colère* à la place. Je pense que même à la Maison Blanche ils ne font pas d'opérations de communication aussi poussées. J'ai nettoyé les deux médailles de natation gagnées en sixième. J'ai dégagé tous les bouquins qui parlent de maigrir mais pas ceux de cuisine. Maman dit que les hommes apprécient les femmes qui cuisinent. Dans la salle de bains – même si je ne sais pas ce qu'il pourrait aller y faire –, j'ai retiré la moitié des produits de soin sur l'étagère. Lorsque j'ai fini, je regarde l'appartement et je me dis que j'adorerais connaître la fille qui habite ici. Mon chez-moi n'a jamais été si propre et si rangé. Mais il est plus de 2 heures du matin. Je suis à la fois épuisée et contente. J'ai l'impression d'avoir passé la soirée avec lui. Cela faisait des mois que je n'avais pas fait quelque chose de sérieux pour quelqu'un. Soudain, mon esprit me place brutalement face à la réalité de la situation et la honte s'empare de moi : ce que j'ai fait pour Ric, ce soir, c'est orchestrer une mise en scène mensongère pour l'attirer à la maison. Je suis une horrible mystificatrice mais je m'en fous : demain, il sera là.

13

La matinée est passée super vite. D'habitude, le samedi est chargé, mais ce matin-là, sans doute à cause de l'ambiance estivale et de mon état, tout fut léger. Mortagne était absent « pour convenances personnelles » ; Géraldine tenait l'agence, radieuse. J'ai réussi à partir avec un quart d'heure d'avance et c'est d'un pas bondissant que je suis rentrée, prête à accomplir mon noir dessein.

En montant l'escalier, j'ai réajusté mon chemisier. J'ai respiré profondément, puis j'ai frappé chez Ric. Il y a eu du bruit et il a ouvert presque tout de suite.

— Bonjour, je suis désolée de vous déranger…

— … On a oublié de se donner nos portables.

— C'est vrai ! Mais je suis aussi passée voir si vous pourriez me rendre un petit service. Voilà, je suis très embêtée de vous demander ça, mais mon ordi est en panne et j'ai une présentation à rendre pour lundi. Est-ce que par hasard…

— Vous voulez que j'y jette un œil ? Pas de problème. Ça vous arrange maintenant ?

« Julie, tu devrais avoir honte d'abuser de la gentillesse de ce garçon. Le crime ne paie pas. Bien mal

71

acquis ne profite jamais. Tant va la cruche à l'eau qu'à la fin elle est pétée. »

— Je ne veux pas abuser.

— Aucun souci. J'attrape mes clés et j'arrive.

Il disparaît chez lui et revient aussitôt, son trousseau à la main. Je lui demande :

— Vous n'avez pas besoin d'outils ?

J'ai peur d'avoir gaffé. Comment pourrais-je savoir qu'il va devoir tout démonter ? L'agent JT s'est peut-être grillé...

— Avant d'éplucher la carte mère, on va déjà voir ce qui se passe... Souvent, ce n'est pas grand-chose.

« Compte là-dessus, mon gars... »

Ma porte ouverte, je l'invite à entrer pour la première fois. J'essaie d'avoir l'air le plus naturel possible. Tout l'enjeu consiste à adopter une attitude détachée. Pour être dans le rôle, je tente de me convaincre que ce niveau de rangement est tout à fait habituel dans mon logis. Mais je n'y arrive pas. Ça doit être ça, la sincérité...

— Où est la bête ?

— À droite, dans la chambre, sur le bureau.

« Je t'en supplie, Toufoufou, ne dis pas un mot ou mon plan serait fichu ! »

Ric va directement à l'ordi. Il n'a regardé rien d'autre. Il se tape complètement de mes quatre heures de ménage. C'est bien les mecs, ça. J'aurais pu écrire « Épouse-moi » en gros sur le mur de l'entrée et « Arrache-moi mes vêtements » sur celui de la chambre, il ne l'aurait même pas remarqué.

Il commence par vérifier la prise. Toujours ses gestes précis. Il s'assoit sans hésiter, comme s'il était chez lui, et appuie sur le bouton de démarrage. Je m'approche.

— Comment vous êtes-vous rendu compte qu'il était en panne ?

— Hier soir, je travaillais sur ma présentation et tout à coup, plus rien. Il n'a pas voulu redémarrer.

« Et l'Oscar de la meilleure mytho est attribué à Julie Tournelle ! La salle entière se lève, je remercie le public et je pleure devant le milliard de téléspectateurs qui suit la cérémonie en direct. »

Ric attend de voir si « l'unité centrale », comme il dit, réagit. Il est calme. Je m'approche encore. Je fais celle qui s'intéresse à l'écran noir, mais je ne songe qu'à mon menton qui est à deux doigts de frôler son épaule. Il sent bon.

— Il a effectivement un problème, lâche-t-il en tentant une combinaison de touches bizarre sur le clavier.

« Un peu qu'il a un problème. Qu'est-ce que je suis contente ! Je ne dirai plus jamais de mal des ordinateurs. C'est formidable l'informatique, même en rade, ça réunit les gens. Et ça va durer des heures. Je suis si heureuse que mon ordi soit cramé. »

Je sens la chaleur de sa joue qui irradie sur la mienne. Il ne se rend pas compte que j'ai quasiment la tête posée sur son épaule. C'est trop bien les mecs, ça ne remarque rien.

Il tente une autre combinaison de touches. On dirait un enfant de quatre ans qui essaie maladroitement de jouer du Chopin sur un piano trop grand pour lui. Le problème, c'est qu'il réussit à faire une note. L'ordinateur démarre. Je me relève brutalement, stupéfaite que l'engin puisse fonctionner après mon charcutage.

« Mais c'est impossible ! J'ai moi-même arraché

un composant pas plus tard qu'hier soir ! Je n'arrive pas à y croire... »

Je suis scandalisée, mais je ne peux rien dire. Ric commence à pianoter sur le clavier.

— Finalement, ce n'est pas grave, dit-il. Je pense que vous avez dû avoir un micro court-circuit et qu'il a planté. Il a l'air d'installer tout à fait normalement. Ce sera réglé dans cinq minutes.

La colère me dévaste, je suis folle de rage à l'intérieur. Je vais mettre le feu à cet ordinateur. Quand on veut qu'il marche, il plante, et quand on veut qu'il plante, il marche. C'est insupportable ! Il y a dix mille machins dans cet appareil et j'ai bousillé le seul qui ne servait à rien.

Pendant que j'essaie de me contenir, Ric vérifie plein de logiciels. Il « fait tourner », comme il dit encore. Il a l'air content pour moi. Et je ne peux rien lui dire. Je dois sourire, avoir l'air soulagée, peut-être même sautiller de joie. Je n'ai même pas eu le temps de lui offrir un verre, même pas eu le temps de le regarder en train de me sauver. Un peu de chaleur, un parfum, c'est tout ce que j'aurai eu.

— Eh bien voilà, dit-il en se levant déjà. Tout est OK.

— Vous voulez boire quelque chose ?

— Non, désolé, je dois finir de préparer mes interventions aujourd'hui, sinon je n'aurai pas le temps d'aller courir demain.

— Vous courez ?

— Le plus souvent possible. Ça m'apaise. Ça me vide la tête et, en ce moment, j'en ai besoin.

« Julie, parfois, dans la vie, certaines occasions se

74

présentent et il ne faut surtout pas les laisser passer. Lance-toi ! »

Je m'entends dire :

— Moi aussi je cours. Enfin, quand je ne boite pas !

— C'est vrai ? Quelle distance ?

— Je ne sais pas trop, en fait ce sont les paysages qui décident pour moi. Quand je trouve que ça devient moche, je rentre !

« Trop poétique la fille. Pauvre andouille. T'as qu'à lui raconter que t'as fait un jogging jusqu'en Suisse et que, puisque c'était joli, t'as continué jusqu'en Autriche en passant par le nord de l'Italie parce que c'est magnifique. »

Il sourit. Je le trouve beau. Je suis certaine que c'est à cause de son sourire que j'ai osé ajouter :

— Ça vous ennuie si je viens courir avec vous ?

Au moment même où je prononce ces paroles, je sais que je vais le payer cher, mais la raison n'a plus son mot à dire dans cette affaire. À partir de maintenant, cette histoire est une fable qui s'intitule : « Le beau gosse, la nouille et la malédiction pourrie ». La morale ne va pas tarder…

Il sourit davantage. L'idée n'a pas l'air de lui déplaire. Je suis folle de joie.

— Avec plaisir, répond-il. Là où je vivais avant, il m'arrivait aussi de courir avec un voisin. Mais vous êtes beaucoup plus jolie que lui ! D'habitude, je pars à 8 heures du matin. Il fait encore bon. Ça vous va ?

— Parfait.

— Je passe vous chercher à moins cinq ?

— Je serai prête.

Il rejoint l'entrée. Il va me quitter.

— Bon courage pour votre présentation.

Là, il hésite. Je crois que son élan serait de me faire la bise, mais il n'ose pas. Je sais ce que ferait un chat à sa place. Il ouvre la porte et sort. Il se retourne une dernière fois :

— Alors à demain matin ?

— À demain, et merci de m'avoir à nouveau sauvée.

— Ce n'est rien.

Un petit signe et il remonte chez lui. Je referme la porte. Je crois que je vais pleurer. Pour tellement de raisons.

14

C'est dans l'adversité que l'on découvre la vraie nature des gens. Du fond du trou, on a un point de vue unique et très révélateur sur les âmes. Il ne reste plus alors que deux sortes d'individus autour de vous : ceux qui vous aident et ceux qui abusent de votre détresse. Autant lever l'ambiguïté immédiatement : je n'ai jamais couru de ma vie. Au lycée, on avait un prof qui a bien essayé de nous faire galoper sur la piste d'athlétisme autour du stade, mais il a fini par renoncer. On tombait, on riait, on se cachait dans les haies pour couper quand il avait le dos tourné – autant de comportements incompatibles avec la pratique de la course à pied. Depuis, j'ai beaucoup marché ; certes, une fois je me suis même enfuie « en courant » sur trente mètres parce que l'horrible petit chien d'une gentille vieille dame avait failli me dévorer, mais sinon, mon compteur affiche zéro. L'autre problème, c'est que je n'ai ni vêtements pour courir, ni chaussures. Et c'est là que j'en reviens à ce que les gens vous infligent quand ils ont le pouvoir sur votre destin.

La seule copine sportive que je connaisse s'appelle Nina. Elle a tout pratiqué, de l'équitation à la gymnastique en passant par la danse. Je la soupçonne d'être accro aux compétitions et aux médailles. Une vraie machine. Elle est ceinture noire de tennis et elle a eu son chamois d'or de natation haut la main. C'est vrai que je ne l'ai pas vue depuis des mois et que ce n'est pas forcément correct de débarquer à l'improviste pour lui emprunter toute la panoplie. Cela ne justifie pas pour autant ce qu'elle a eu le culot de me demander en échange. Elle est cliente au Crédit Commercial du Centre et, en me regardant droit dans les yeux, elle a dit : « Mes frais bancaires à zéro pendant six mois, sinon tu n'as qu'à courir pieds nus. » Une belle personne, donc. Si j'avais été un poney, en plus, j'aurais pris un coup de cravache. Le plus honteux, c'est que j'ai cédé.

Le soir, j'ai lavé tout ce qu'elle m'a prêté pour que ça sèche pendant la nuit. Le short rappelle un peu les costumes de scène du groupe dont j'ai caché les disques – sans les paillettes ; le tee-shirt est fluo et les chaussures ont sans doute été conçues par les ingénieurs de la Nasa pour une mission sur Pluton.

J'ai essayé de manger léger, je me suis couchée tôt et j'ai mis le réveil à 6 heures pour avoir le temps de m'échauffer. Je vais vous confier un autre secret : si le ridicule tuait, je serais morte ce matin-là. Pour dérouiller mon pauvre corps, j'ai essayé de me souvenir des mouvements d'éducation physique du primaire. J'ai fait des étirements, des flexions et des moulinets avec les bras, ce qui a failli me coûter ma seule applique murale. Toufoufou était assis sur le lit, encore contrarié de sa captivité. Mais, à son regard, je sentais bien qu'il me prenait pour une déjantée.

À 6 h 45, j'étais au top de ma forme. J'aurais

pu décharger un camion de poissons ou porter Mme Roudan sur mon dos avec sa poussette. À 7 h 13, je tremblais, assise sur une chaise, épuisée par la nuit trop courte et une activité physique inhabituelle. À 7 h 28, je fouillais ma pharmacie comme une droguée en manque à la recherche de vitamines. J'ai trouvé deux comprimés effervescents que j'ai pris en oubliant l'eau. À 7 h 47, j'étais comme une pile nucléaire, prête à mettre une grande claque au premier qui me ferait peur. À 7 h 55, il a doucement frappé à la porte. Ponctuel, comme moi. J'adore ça.

J'ouvre. À voix basse, il déclare :

— Bonjour. Prête pour le marathon ?

« Mon pauvre ami, si tu savais… »

D'un rapide regard, il m'évalue de la tête aux pieds. Sans que je puisse deviner son verdict, il ajoute :

— On y va ?

La lumière est magnifique et la rue déserte, comme si le monde n'existait que pour nous. Il étend les bras. Il porte un pantacourt bleu et un tee-shirt noir. Ses chaussures ont l'air normales. Il propose :

— Est-ce que ça vous va si on monte vers le parc des anciennes usines ? Ce n'est pas trop loin et ça m'a paru joli.

« Pas trop loin ? En hélico peut-être, mais à pied… »

— C'est parfait.

Il se passe la main dans les cheveux et se lance, très à l'aise. Je démarre derrière lui, comme à l'école. Je reste en retrait en espérant qu'il ne remarquera pas ma foulée qui est loin d'être aussi aérienne que la sienne.

— Qu'est-ce qui vous arrive ? demande-t-il.

D'un gentil geste de la main, il m'invite à me placer à sa hauteur. Et là, il se produit un truc incroyable.

Nous courons côte à côte, parfaitement en rythme. On se croirait dans une scène de film. Tout est idéal, ils s'aiment, on dirait qu'ils volent vers leur bonheur, sauf qu'il y aurait de la musique avec des violons et que la fille aurait une doublure.

Je me sens bien près de lui. J'ai l'impression de le connaître depuis des années. Il dégage quelque chose de rassurant. Sa foulée est régulière, il n'a pas l'air de forcer. Je l'observe du coin de l'œil. Même en courant, il reste élégant. J'aime bien le léger balancement de ses épaules. À le dévorer des yeux, je ne me rends pas compte que mon corps m'envoie déjà des signaux d'alerte. Au bout de la rue, j'ai le cœur qui bat la chamade et je ne sens plus mes pieds.

— Le rythme est bon pour vous ? demande-t-il sans même paraître essoufflé.

Je hoche la tête positivement, mais je mens. Son profil attirant, ses grands cils et ses lèvres me distraient encore un peu mais, à la moitié du boulevard, je ne peux plus ignorer ma limite physique. Je vais me disloquer ou m'écraser contre un mur comme une poire trop mûre. On passe devant le square, puis l'école. D'habitude, je mets dix minutes pour arriver jusqu'ici, et là on en a mis moins de deux. Pour me motiver, j'imagine que nous sommes en train de fuir un immense danger. Derrière nous, une gigantesque coulée de lave déferle en faisant fondre les immeubles. Ou alors, des scarabées géants veulent nous manger. La ville est déjà détruite, les scarabées ont torturé Toufoufou. Ric et moi sommes les deux derniers spécimens humains encore en vie, alors nous courons le plus vite possible. Nous sommes l'ultime espoir du monde. Quand nous serons à l'abri, nous serons obligés de beaucoup faire l'amour pour repeupler le monde. Merci les scarabées !

J'aperçois le clocher de l'église. Il y a des années que je ne suis pas venue par ici. Je sors de mon périmètre de vie habituel. Il m'arrive d'aller plus loin en voiture, mais c'est à la fois trop proche et trop éloigné à pied pour m'y aventurer sans une bonne raison. Je passais par là quand ma mère m'accompagnait à l'école. Tout a changé. Le quincaillier est devenu une agence immobilière, la teinturerie s'est transformée en solderie. La nostalgie pointe, mais un début de crampe m'offre une excellente diversion. Je veux tenir. Je le dois, pour rester avec Ric, pour continuer à le regarder. On voit qu'il aime courir. Il n'a même pas une trace de sueur sur le front.

Au-delà de ma condition physique déplorable, je me sens quelque part mal à l'aise vis-à-vis de lui. Je suis proche de lui et j'en ai envie. Je devrais être heureuse et, malgré tout, je sais que je ne suis pas à ma place. J'ai l'impression d'usurper, de lui mentir, de ne pas être moi-même. Cela m'empêche d'apprécier. Cette fois, c'est un point de côté qui me torture. J'expire profondément mais, du coup, je n'inspire plus assez pour maintenir mon souffle. Je vais suffoquer en m'emmêlant les pieds. Promis, je vais me remettre au sport. En attendant, je négocie avec chaque partie de mon corps pour qu'elle tienne jusqu'à l'ultime limite. Mes jambes en ont marre, elles sont à deux doigts de faire grève. La gauche semble moins hargneuse mais les revendications augmentent. Mes poumons me sont reconnaissants de n'avoir jamais fumé mais ils n'en peuvent plus. Ma trachée me brûle, elle ne me répond même plus quand je lui parle. Mon dos essaie de me convaincre de me coucher par terre. Pendant ce temps, Ric court toujours, la mèche au vent, libre et capable. Avec sa barbe de la veille, il a l'air encore plus sauvage.

En quelques minutes, on a largement dépassé le centre-ville. On remonte vers le nord. J'aperçois la rue où j'ai grandi. La pointe du toit de notre ancienne maison et notre grand cerisier dépassent. Je n'y suis pas revenue depuis le déménagement de mes parents. Ce jour-là, je m'étais cachée au fond du jardin pour pleurer. La maison est toujours là, mais ce n'est plus chez nous. J'ai gardé un caillou de la bordure de l'allée. Je suis passée des milliers de fois devant lui sans y prêter attention et, le dernier jour, je l'ai embarqué parce que c'était le seul qui était descellé. Cet objet insignifiant est devenu essentiel. C'est ma relique, la preuve que tous mes souvenirs ont bien existé. La nostalgie retente une attaque par la gauche, mais fort heureusement je me tords la cheville. La douleur ne laisse la place à aucun sentiment. C'est décidément un drôle de voyage que j'accomplis ce matin, sur mes pieds et dans ma tête.

Je dois être cramoisie. Mes cheveux collent à mon front baigné de sueur. Comment fait-il, lui ? C'est peut-être un cyborg, un robot ultrasophistiqué qui a pris forme humaine. C'est bien ma chance. Qui a encore gagné le gros lot ? C'est bibi. Les extraterrestres débarquent et ils ont commencé la conquête de la planète par mon immeuble. Toute l'histoire de ma vie. Je me disais bien qu'il avait un nom bizarre. Tels que vous nous voyez, il m'entraîne hors de la ville, vers le vaisseau mère qui attend, camouflé en fête foraine. Une fois dedans, il arrachera son enveloppe corporelle et apparaîtra sous son vrai jour : un poulpe avec des balais à la place des bras et des pruneaux farcis en guise d'yeux.

Ça y est, mon esprit flanche, je perds la raison. Le sang n'arrive plus au cerveau, il reste dans les fesses. Pour trouver la force de continuer, je me fixe des buts. Au prochain carrefour, j'autorise mes épaules à se plaindre. Dans deux passages piétons, mes yeux peuvent pleurer. Ric se tourne vers moi :

— Je ne veux surtout pas vous paraître cavalier, mais je crois que l'on pourrait se dire « tu »...

Où trouve-t-il assez d'air pour prononcer autant de mots sans ralentir ? Qu'est-ce qu'il vient de dire ? Se dire « tu » ? On pourrait même se dire « toi mon amour ». Respire, Julie !

— Tout à fait d'accord.

Je n'ai pas eu assez de souffle pour prononcer la fin du dernier mot. Il me regarde.

— Tu es certaine que ça va ? Dis-moi si ma vitesse te convient. Ne te gêne pas. Ménage-toi, c'est une reprise, avec ta jambe...

C'est la première fois qu'il me dit « tu » et c'est pour prendre soin de moi. Il est 8 h 29 et nous sommes le 10 août. Tout est parfait, sauf mon rythme cardiaque.

On a dépassé le quartier pavillonnaire et on va arriver au parc des anciennes faïenceries. Il me regarde de plus en plus souvent, il semble inquiet. Quelle tête je dois avoir...

Le parc apparaît derrière ses hautes grilles. Ric déclare :

— On va faire une pause.

— Pas la peine.

— Je crois que si.

Il s'arrête devant l'entrée.

— On se trouve un banc et tu récupères un peu.

— Je ne veux pas te ralentir.

C'est la première fois que je lui dis « tu ». Il me désigne le banc le plus proche.

— Allez viens, pose-toi. Prends le temps. Et si tu veux qu'on rentre, aucun problème. On aura d'autres occasions.

J'ai honte, je ne veux pas qu'il s'arrête de courir à cause de moi.

— Continue, tu en as besoin, c'est toi-même qui l'as dit.

— Tout va bien. Je suis content d'être avec toi.

Quand il me dit des trucs comme ça avec ces yeux-là, il me bouleverse. Mais la mauvaise conscience est là. Soudain, une idée me vient :

— Je n'ai qu'à t'attendre ici. Tu finis ton tour et tu passes me rechercher. D'ici là, tout ira mieux et on rentrera ensemble.

Il me jauge.

— Tu es sûre ?

— Tout à fait. File et profites-en. Je t'attends.

Il m'accompagne jusqu'au banc. Je m'assois et il s'agenouille face à moi. Il vérifie sa montre.

— Si je reviens d'ici une demi-heure, ça va ?

— Très bien, pendant ce temps je reprends des forces et on pourra même faire la course jusqu'à chez nous.

Il sourit et se relève :

— Alors à tout de suite.

J'essaie de sourire. Je lui fais signe d'y aller. Il s'élance. Je le regarde s'éloigner, léger, souple. Quand il parle, il est absolument charmant, mais quand il est de dos, c'est vraiment un très mauvais garçon.

15

C'est une magnifique journée d'été qui commence. Le ciel est d'un bleu absolu. Les rayons du soleil chauffent ma peau et illuminent les feuilles du tilleul près duquel je suis assise. Un vent léger agite le feuillage vert tendre. Des mésanges piaillent et se poursuivent de branche en branche. Le parc est encore désert, à l'exception d'un vieux monsieur qui promène son chien à l'autre bout de l'allée principale. Qu'est-ce que je fais ici ?

J'attends un homme que je connais à peine et avec qui j'ai des dialogues de couple : « Je suis content d'être avec toi. » « File et profites-en. Je t'attends. » « Faire la course jusqu'à chez nous. »

Fascinée par Ric, je n'ai même pas pris conscience de l'endroit où je me trouve et de tout ce que cela réveille dans ma mémoire. Cette fois, la nostalgie va réussir son assaut, et elle risque de franchir les lignes de défense avec quelques complices.

La dernière fois que je suis venue dans ce parc, j'avais seize ans. Il faisait beaucoup moins beau. J'étais élève au lycée des Grandes Espérances. Une de mes meilleures amies, Natacha, habitait juste à côté.

Elle avait un frère aîné, David. On était nombreuses à le trouver mignon. Le 6 mars, un samedi matin, il s'est tué avec le scooter que ses parents venaient de lui offrir. La nouvelle nous a fait à tous l'effet d'un coup de poing en pleine figure. C'était la première fois que l'on perdait quelqu'un de proche, si jeune et si violemment. Ce fut le premier enterrement auquel j'ai assisté. Je n'oublierai jamais. Tous ces gens en noir devant le cercueil. Les larmes, cet insupportable sentiment d'impuissance, la découverte de l'infranchissable frontière entre l'avant et l'après.

Du jour au lendemain, la famille de Natacha s'est retrouvée détruite. Ils ont vécu l'absence, la culpabilité. C'est en les voyant que j'ai compris une chose essentielle : la mort se tient tout près de nous et elle ne manque jamais de saisir ceux qui passent à sa portée. La perte de David nous a tous fait vieillir. En consolant Natacha pendant des heures, j'ai pris la décision d'aimer les gens tant qu'ils sont là et de leur dire ce que je pense tant qu'ils sont présents. Depuis, je garde un sentiment d'urgence, une peur sourde, la crainte que chaque au revoir puisse être un adieu.

À l'époque, j'ai passé beaucoup de temps avec Natacha pour essayer de lui remonter le moral. On venait dans ce parc quasiment tous les soirs. On s'installait sur le banc situé un peu plus haut sur l'allée latérale. Je l'aperçois d'ici. Les lauriers ont grandi. On parlait longtemps, souvent jusqu'à la nuit. Il nous est même arrivé de prendre des averses, mais on restait assises, ruisselantes, transies de froid mais heureuses de pouvoir résister à cette petite épreuve. J'avais presque oublié tout ça. Déjà douze ans.

La famille n'a pas voulu rester. Tout leur rappelait

David : le gymnase où il jouait au handball, les écoles, la supérette devant laquelle il retrouvait ses potes et où il travaillait l'été, sa chambre, la maison, le bruit des scooters... Vivre ici leur est devenu insupportable. Ils ont déménagé.

Je suis restée en contact avec Natacha mais, au fil des années, les rencontres se sont de plus en plus espacées. Elle n'a plus jamais parlé du drame. Aujourd'hui, on ne s'envoie plus que quelques messages de temps en temps. Elle vit en Angleterre. Et moi je suis là, toute seule, prise au piège d'une émotion que je ne m'attendais pas à voir resurgir, pas ce matin, pas de façon aussi surréaliste. Parfois, il y a des choses que je voudrais oublier.

Mes jambes se détendent, mon souffle revient. J'ai tellement soif que je songe à aller boire l'eau croupie du bassin central. Je pense à Ric. S'il est à l'heure, il devrait revenir d'ici dix minutes. Je crois qu'il sera ponctuel. Mais qu'est-ce que j'en sais ? Je ne le connais pas. Je l'ai rencontré depuis moins d'une semaine et il occupe déjà toutes mes pensées. Est-ce lui qui me fait cet effet-là, ou est-ce que je lui donne autant d'importance parce que je n'ai pas grand-chose d'autre dans ma vie ? La question mérite d'être posée. Pourtant, je sens qu'avec lui c'est différent. Il me fait réagir. D'abord son nom, puis son courrier, ses mains, ses yeux et tout le reste. Objectivement, je crois qu'il n'est pas un prétexte. De toute façon, personne ne m'a jamais fait ressentir tout ça.

Lorsque je l'ai aperçu au loin, mon premier élan a été de courir vers lui pour lui sauter au cou. J'ai réussi à me contrôler parce que je sais que c'est à cause de ce genre de comportement que les garçons nous prennent pour des folles. Je l'ai laissé venir. Il n'est toujours pas essoufflé. Il se plante devant moi, mains sur les hanches, à contre-jour. Une vraie statue grecque.

— Tu as meilleure mine. Je suis désolé de t'avoir imposé un tel rythme.

— Tu n'y es pour rien. J'aurais dû reprendre l'entraînement avant de me lancer avec toi. J'espère que tu ne m'en veux pas.

Il hausse les sourcils :

— Tu rigoles ! Je me sens tellement responsable que si ta jambe t'avait trop fait souffrir, je t'aurais portée jusqu'à ton appart.

« Ma jambe me fait horriblement mal. S'il te plaît, ramène-moi dans tes bras sur cinq kilomètres et serre-moi bien fort pour ne pas laisser cette saleté de nostalgie se glisser entre nous. »

Nous sommes rentrés au petit trot. C'était presque agréable physiquement. J'ai senti quelque chose de neuf entre lui et moi, comme si paradoxalement le fait d'avoir été séparés une demi-heure nous avait rapprochés. Je suis vraiment folle. Je commence à croire que mes rêves se réalisent.

En arrivant devant notre immeuble, un sentiment de profonde tristesse m'a envahie. Nous allions nous séparer et je n'avais aucun plan pour le revoir vite. On est montés. Il m'a déposée devant ma porte.

— À bientôt ! a-t-il lancé avec son joli sourire.

« À bientôt » : quelle expression détestable. Pour moi qui panique à l'idée de perdre les gens, ces simples mots sont une horreur. Ils signifient que l'on ne sait pas quand on se reverra. On accepte que le hasard décide. C'est insupportable. Je veux être certaine de retrouver tous ceux auxquels je tiens tellement. C'est à ce prix que je peux espérer avoir une chance de dormir paisiblement. Je veux même savoir exactement quand. On ne devrait jamais dire « À bientôt », mais préciser « Rendez-vous dans la semaine », ou « On se retrouve dans deux dodos » ou encore mieux : « On se revoit dans 18 jours, 16 heures et 23 minutes. » Une chose est certaine, en ce qui concerne Ric, je ne me vois pas attendre 18 jours.

16

La dernière fois que j'ai fait la sieste, j'avais sept ans et ma mère m'avait obligée. Ça m'avait mise dans une telle rage que je lui avais fait la tête pendant trois jours, un record. Elle n'a plus jamais essayé. Je déteste la sieste. J'envie parfois ceux qui réussissent à prendre le temps d'en faire une, mais pour moi, c'est perdre un peu du temps que la vie nous offre. Pourtant, ce dimanche après-midi, lorsque je me suis posée dans mon fauteuil pour « réfléchir », je me suis écroulée. Ce voyage au bout de la ville et de mes souvenirs m'avait vraiment chamboulée. C'est l'appel de ma mère qui m'a réveillée vers 17 heures.

— Ça va, ma chérie ?

— Tout va bien. Tu ne vas pas le croire, je m'étais assoupie.

— Toi ? Tu manges assez, au moins ?

— Évidemment, maman, ne t'en fais pas. Et vous, comment ça va ?

— Les Stevenson sont repartis ce matin, ils t'embrassent. Ton père rôde dans le jardin. Comme chaque été, il claironne qu'il va faire construire une piscine.

Il dit que ça te fera venir plus souvent… et que ça servira aux petits-enfants.

« Sortez les gros sabots : voici la 1 798ᵉ allusion à la descendance que mes parents attendent impatiemment. Au rythme où vont les choses, papa a le temps de creuser sa piscine à la petite cuillère, et même si les chats sont plus rapides à faire des bébés, ils n'aiment pas l'eau… »

On a papoté cinq minutes. Même si on ne se dit rien de révolutionnaire, ce coup de fil du dimanche après-midi est une coutume à laquelle je suis attachée. Cet appel-là était assez étrange parce que j'avais envie de parler de Ric à maman, mais j'ai trouvé que c'était prématuré. Par contre, la semaine prochaine, il sera grand temps.

Ce soir, je ne vais pas déprimer en me demandant ce qu'il fait parce que je pars dîner chez Sophie. C'est chez elle qu'a lieu le dîner du mois avec toutes les copines. On sera un peu moins nombreuses que d'habitude parce que beaucoup sont en vacances, mais ce n'est pas plus mal. Les voyageuses nous raconteront leurs périples en septembre, en nous obligeant à regarder leurs photos. Je me demande si je vais leur parler de Ric.

Sophie habite à deux rues de chez moi, dans un appartement neuf qui donne sur le carrefour de la République, en plein centre-ville. Ce soir, c'est à moi d'apporter le dessert, ce sera des glaces. J'aime bien Sophie. On se connaît depuis plus de sept ans. Nous avons commencé nos études supérieures ensemble. On s'est tout de suite bien entendues. En y réfléchissant, c'est souvent par l'humour que nous nous rejoignons elle et moi. Ce sont généralement les mêmes travers de la vie ou les mêmes aberrations qui nous font rire. Côté mecs, elle est beaucoup plus aventureuse que moi, mais nous n'en parlons vraiment que lorsque l'une des deux souffre. On a assez à faire avec nos consœurs... On s'est un peu perdues de vue lorsque je vivais avec Didier parce qu'elle lui en voulait beaucoup de m'avoir fait arrêter mes études et qu'elle le lui disait. Sophie, elle a toujours eu le don de voir juste dans la vie des autres et de se faire avoir dans la sienne. Sa copine, Jade, c'est un peu le même genre. Je ne la connais qu'à travers ces dîners, mais je sais qu'elle a toujours des problèmes avec ses mecs. Si elle en a, c'est un drame, et si elle n'en a pas, c'est une catastrophe. Elle cherche le prince charmant alors, forcément, elle est toujours déçue.

— Salut ma belle !

Ce n'est pas Sophie qui a ouvert. C'est Florence. J'ai vraiment du mal avec elle. Elle prend les autres pour des abrutis et ça se voit. Elle commence toujours ses phrases par « Moi je » et elle ne manque jamais de te glisser un petit « Pas étonnant que ça ne marche pas si tu t'y prends comme ça ».

— Bonjour, Florence.

— T'as acheté tes glaces à la supérette ? T'aurais dû les prendre au MaxiMag, ça t'aurait coûté 10 % moins cher.

« J'aurais dû les piquer, ç'aurait été gratuit. »

Je lui tends le sac.

— Mets-les au congélateur, s'il te plaît.

Sophie sort de sa chambre et vient nous rejoindre dans le salon.

— J'étais en train de consoler Jade, me glisse-t-elle. Elle est complètement déprimée.

Pourquoi Sophie est-elle hilare ?

— C'est fini avec Jean-Christophe ?

— Non, lui, c'est déjà terminé depuis deux semaines. Celui-là s'appelle Florian et porte le dossard numéro 163.

Je sens qu'elle va exploser de rire. Je l'entraîne à l'écart dans sa minuscule cuisine.

— Comment peux-tu rire de son malheur ?

— Elle a encore parlé de se suicider...

Sophie a du mal à se contenir, le fou rire n'est pas loin. La simple mention de la tentative de suicide de Jade m'arrache un petit rire nerveux. C'est nul de se moquer, mais quand même.

— Se suicider... comme la dernière fois ?

— Oui, mais elle va sûrement doubler la dose !

À présent, Sophie ne contrôle plus les larmes qui lui montent aux yeux pendant qu'elle sourit à belles dents. Soudain, elle éclate de rire pour de bon. Il faut vous dire que, la dernière fois que Jade a essayé de se tuer, elle a avalé dix gélules d'ultra-levure. Tout juste de quoi avoir des gaz pendant deux heures. C'est ce qui s'appelle vouloir en finir... Le pire, c'est qu'elle a appelé SOS Médecins. Heureusement que c'est une femme qui a débarqué, sinon elle serait instantanément tombée amoureuse de son sauveur. Elle est comme ça, Jade. Bien sûr, elle n'est pas morte, mais elle a eu les cheveux bien brillants et des ongles solides pendant un mois.

Sophie se réfugie devant l'évier en faisant semblant de s'affairer pour laisser passer le fou rire. Je me penche vers elle :

— Tu imagines, si elle essaie de se pendre avec du papier toilette...

On est toutes les deux secouées par l'hilarité devant le robinet. La voix de Jade qui geint au loin nous parvient.

— Et toi, comment ça va ? demande Sophie en s'essuyant les yeux.

— Ça a pété à la banque, j'en ai vraiment marre.

— Reprends tes études, tu étais douée.

— Là, je ne me sens pas…

Sophie capte quelque chose dans mon regard. Je tourne la tête, rouge comme une pivoine.

— Julie…

Florence fait irruption. C'est bien la première fois que je suis contente de la voir.

— Alors, mes chéries, qu'est-ce qu'on se boit ?

« Si elle m'appelle encore une seule fois ma chérie ou ma belle, je lui dis ce que je pense de sa coiffure et de son chemisier à faire crever un caméléon. »

On repasse au salon. Sonia vient d'arriver. Elle est tout excitée parce qu'elle a trouvé le mec de ses rêves. Elle se dépêche de nous raconter. Il s'appelle Jean-Michel. Il est gentil, il a un bon job, il veut cinq enfants comme elle. Juste un bémol : il est un peu bizarre parce qu'il se prend pour un ninja. À part ça, tout est parfait.

— Comment ça, il se prend pour un ninja ? demande Florence.

— Il collectionne les livres, les sabres, tout ce qu'il peut trouver. Il s'est même fabriqué des *mizu gumo*, des chaussures flottantes munies de sacs gonflés qui permettent de se tenir debout sur l'eau pour espionner. Dans l'appart, il se balade en costume traditionnel avec sa cagoule et il pousse des petits cris. Il a accroché des cibles un peu partout et il jette des *shurikens* dessus sans prévenir…

— Des quoi ?

— Des *shurikens*, des étoiles en métal aux branches tranchantes comme des rasoirs…

— Et c'est pas dangereux ?

— Il dit qu'il va s'améliorer. Pour le moment, c'est vrai qu'il vise souvent à côté… Il a crevé la penderie et les papiers du salon sont lacérés. Il a aussi éventré une poupée dans ma chambre.

— Sérieux ? s'étonne Sophie.

— Grave. Faut juste que je fasse gaffe quand ça le prend. Mais sinon, il est cool. Sauf la semaine dernière. Il avait le moral à zéro parce que, pour marquer son passage au grade mental supérieur, il a voulu se faire tatouer un grand symbole ninja sur le dos et les épaules. Mais le tatoueur lui a dit que ça ne se verrait pas.

J'ose un « pourquoi ? ».

— Parce qu'il est black.

Il faut vraiment que j'arrête avec ces questions. Sophie s'enfuit dans la cuisine. Je reste seule face à Sonia, imaginant son étonnant Jean-Michel, le ninja black, et essayant de me contenir.

Pour changer de sujet, je demande des nouvelles de Sarah, notre obsédée des pompiers. Celle-là aussi elle est spéciale. Elle ne jure que par les soldats du feu. Elle a épuisé toutes les casernes de la région et elle a même agrandi son terrain de chasse. Elle s'organise des week-ends dans d'autres villes, ou même ailleurs en Europe, pour aller draguer les cibles de tous ses fantasmes. Déjà au lycée, elle déclenchait de fausses alertes à l'incendie pour voir arriver les gros camions rouges remplis d'hommes en uniforme prêts à la prendre dans leurs bras ou à lui faire du bouche-à-bouche. Quand je vous dis qu'on a des cas... L'été, on ne la voit pas souvent, Sarah, parce qu'elle parcourt le pays pour profiter un maximum des bals des pompiers. Et à Noël, au moment des calendriers, elle est sur les dents. Elle n'arrête pas. Elle peut rappliquer chez vous à l'improviste, juste pour ne pas louper la tournée des sapeurs qui sonnent aux portes. Elle se renseigne sur leur parcours, elle économise. Oui, elle économise, parce que rien qu'en décembre dernier, elle en a acheté cinquante-trois, des calendriers...

Jade sort de la chambre et s'assoit à côté de moi, la mine défaite. Je l'embrasse :

— Sophie m'a tout raconté. Tiens bon. Tu dois être courageuse.

Les yeux éperdus de reconnaissance, elle s'agrippe à moi, en pleurs. Pendant ce temps, cette andouille de Sophie, en embuscade dans la cuisine, me la mime en train d'avaler ses gélules. J'ai un petit rire nerveux et Jade croit que je pleure avec elle. Elle va être gratinée, la soirée... Je l'imagine d'avance. Pourtant, vous vous souvenez peut-être de ce que je vous ai dit : on pense connaître les choses, et soudain un détail surgit et tout change. Ça m'est encore arrivé ce soir-là, et c'était bien plus qu'un détail.

On était à l'apéro, un petit muscat de Beaumes-de-Venise frais et sucré que je savourais en regardant par la fenêtre. Le carrefour s'étendait sous mes yeux. Je m'attardais sur les ombres joliment étirées par la chaude lumière de cette fin de journée. Tout à coup, une silhouette qui courait a attiré mon regard. Ric. J'ai d'abord cru que j'hallucinais et que mon obsession pour lui me jouait des tours, mais non, c'était bien lui ! Son pantacourt, sa foulée. Aucun doute.

Il remonte le grand boulevard, exactement comme ce matin. Il n'a pas eu son compte ? Et pourquoi porte-t-il un sac à dos ? Qu'y a-t-il dedans ? Où va-t-il ?

À cet instant, ma raison me hurle de me calmer, mais mon instinct crie encore plus fort que quelque chose de louche se trame.

— Julie, tu m'as entendue ?

Florence m'a parlé. Je n'arrive pas à détacher mes yeux de la silhouette de Ric. Sophie me pose la main sur le bras :

— Ça va ?

— Je sais pas.

— Comment ça, tu sais pas ? Tu en fais une tête, on dirait que tu as vu un fantôme ! Ce n'est pas...

« Non, si c'était Didier, j'aurais simplement ouvert la fenêtre pour lui balancer Florence dessus. »

Sophie regarde dehors. Elle passe en revue les dizaines de badauds, mais elle ne remarque pas le petit point qui s'éloigne en courant.

17

Est-ce que ça fait la même chose à tout le monde ?
Chaque fois que je suis amoureuse, je commence toujours par une phase où je veux tout savoir de lui.
Ça frise la boulimie. Qu'est-ce qu'il lit ? Qu'est-ce
qu'il pense ? Qu'est-ce qu'il fait ? 24 heures sur 24,
7 jours sur 7. C'est épuisant, mais impossible d'y
échapper. Je suis en plein dedans. Même la tête en
vrac, il me reste encore assez de lucidité pour m'apercevoir que ça n'avait jamais atteint des proportions
pareilles. Avec Ric, c'est carrément violent. Je me
rends compte que, malgré moi, ma mémoire photo-
graphique a fait des prodiges dans son appartement.
L'agent JT s'est surpassé. Je peux vous décrire tout
ce que j'ai vu jusqu'au plus infime détail. Il y aurait
un championnat du monde des sept erreurs sur son
appart, je serais certaine de gagner. À vous, je peux
confier que ce matin, en le regardant courir, je l'ai
entièrement cartographié. Je pourrais vous raconter ses
avant-bras, comment il pose les pieds quand il court,
son menton, son port de tête, sa façon de plisser les
yeux face au soleil, son sourire, la manière particulière
qu'il a de relever son sourcil gauche lorsqu'il parle

sérieusement. Rien ne m'a échappé. Cette envie de tout savoir, d'approcher au plus près, n'a jamais été aussi virulente.

Évidemment, il y a un revers à la médaille. Quand on en est là, on se construit une idée des gens, on les imagine dans tout ce qu'ils font. Ça nous rassure, ça nous attache. Le grand malheur, c'est qu'à la moindre surprise, au plus petit décalage entre ce que l'on se raconte et les faits, c'est la cata, la douche glacée. On a l'impression soudaine, brutale, d'avoir été trompée, de s'être fait rouler dans la farine. Encore trahie. Le vrai problème, c'est cette atroce sensation qui en résulte : on se retrouve convaincue qu'il nous échappe et nous abandonne. Pour un petit geste, une phrase de rien, le moral s'écroule et le cœur tombe en miettes.

Ce soir-là, chez Sophie, je n'ai presque plus prononcé un mot de tout le dîner. C'est très inhabituel de ma part. Du coup, les filles ont mis leurs histoires entre parenthèses pour s'occuper de moi. Je n'en demandais pas tant, surtout que malgré leurs adorables attentions elles ne pouvaient rien changer à mon état. Même au milieu d'elles et de leur gentillesse, j'étais seule. Affreusement.

Je suis rentrée comme un zombie, incapable de dormir. Pendant des heures, les yeux ouverts dans le noir, je me suis demandé pourquoi il était reparti courir. Soit c'est un acharné, soit il y a un mystère là-dessous, et je me méfie des mystères. Je ne trouverai le repos que lorsque j'aurai découvert la clé de l'énigme.

À bien y réfléchir, ce garçon est trop bien pour être vrai. Gentil, éduqué, beau gosse, il plie ses affaires même lorsqu'il n'attend personne. Bien sûr, j'aurais dû m'en douter ! C'est comme les chats angoras qui ne perdent pas leurs poils partout : ça n'existe pas. Sous des dehors charmants se cache sûrement un meurtrier en cavale. Froid, méthodique, il me séduit pour me piquer mes économies. Il va être déçu. Bien fait pour lui. Après quoi, il me saignera comme un lapin et me pliera comme une de ses chemises avant de m'enterrer dans le parc des faïenceries.

J'ai passé la nuit, et la journée du lundi dans la foulée, à me torturer là-dessus. C'est fou. Nous les filles, quand on pense à quelqu'un, on y pense tout le temps. Il occupe chaque recoin de notre esprit à chaque seconde. Vous vous démenez pour tenter de vous changer les idées et le moindre petit détail vous y ramène. Prisonnière d'une obsession. Je donne un prospectus sur l'assurance famille à une cliente, et je rêve de celle que je pourrais fonder un jour avec lui. Je lave ma théière, elle est presque de la même couleur que ses yeux. Je feuillette un livre de recettes « Spécial quiches et tartes » – oui, j'en suis là – eh bien, dans « quiches » il y a un « c » comme dans Ric. Un pli au rideau et c'est le tombé de sa chemise sur son torse que je revois. Tout est bon, tout est prétexte. Je suis comme une droguée mais je n'ai pas envie de décrocher. Alors j'essaie de me distraire. J'envoie quelques mails, mais du coup j'en profite pour faire des recherches sur lui et là, le résultat est surprenant : je ne trouve rien. Aucune trace sur aucun site. Pas d'anciens copains, pas de compétition communale, pas d'études dans un obscur lycée ou de diplôme d'informatique. Comme si Ric n'existait pas. Ou plutôt comme si Ric n'existait que dans la vraie vie. Je revois ses gestes, je réécoute ses mots, comme autant de pièces d'un dossier judiciaire. Et ensuite, c'est une véritable audience de tribunal qui se tient dans ma tête. Parfois j'endosse la robe de l'avocate et chaque indice prouve son innocence, d'autres fois je me tiens derrière le pupitre du procureur et tout l'accuse. Mais au fond, quelle que soit la sentence, je rêve d'être son gardien.

Pour me changer les idées, j'ai essayé de passer des coups de fil à des copines pour papoter, mais à quoi bon… Je me suis aussi forcée à sortir pour profiter du soleil mais, là encore, je n'ai fait que le tour du pâté de maisons, laborieusement, sans rien voir de ce qui m'entourait parce que je me demandais encore et toujours pourquoi il était ressorti courir. J'ai fini par rentrer pour me sentir plus près de lui. Vous devez me prendre pour une cinglée. Lorsque je suis arrivée à mon appartement, j'ai eu l'envie soudaine de monter jusqu'à sa porte, pour être quasiment chez lui, pour être presque avec lui. J'aurais pu rester là, assise sur la dernière marche ou couchée en rond sur son paillasson comme un chien. À un moment, il y a eu du bruit et j'ai fait un bond surnaturel jusqu'au bas de l'escalier. J'aurais pu me tuer mais il était hors de question qu'il me trouve là. J'ai tourné comme un lion en cage dans mon appart. Ric était l'objet de toutes mes pensées et la question revenait sans cesse. J'ai vécu un véritable cauchemar.

À défaut d'être en mesure de trouver la sérénité sur cet aspect-là de ma vie, j'ai décidé de ne plus subir les autres. Point par point, j'ai passé en revue ma petite existence et j'ai décidé d'éradiquer tout ce qui me la compliquait. Puisque le principal m'échappait, j'allais au moins faire le ménage sur le reste. Du coup, je n'ai jamais pris autant de décisions que durant cette soirée-là.

18

Le mardi matin, en arrivant à l'agence, j'étais déjà fatiguée. Je me suis même demandé si c'était à cause de mon état lamentable que je trouvais que Géraldine avait plus d'allure que d'habitude. Lorsqu'elle m'a ouvert et que je l'ai découverte debout derrière le guichet, je ne me suis pas dit qu'elle était belle – ça, tout le monde le sait –, je me suis dit qu'elle avait plus de noblesse qu'avant.

— Bonjour, Julie ! Toi, tu as fait la fête tout le week-end.

« Elle dit ça parce que je boite ou parce que j'ai des valises sous les yeux ? »

— Pas vraiment, Géraldine. Et toi, en forme ?

— La grande forme.

Je ne l'avais jamais vue réagir avec un tel enthousiasme. Comme quoi, de temps en temps, en coller une aux abrutis, ça fait du bien.

Je suis allée poser mes affaires dans mon coin. Mon premier rendez-vous ne devant pas arriver avant une demi-heure, je décide d'en profiter pour aller parler à Géraldine. Je la rejoins devant l'armoire blindée. Elle est en train de classer les derniers chéquiers arrivés.

Pour chacun d'eux, il faut joindre un feuillet. Géraldine essaie de les faire tenir avec des trombones, mais ils sont trop petits, alors à chaque fois le bidule lui saute à la figure comme un ressort. Je lui demande :

— Je peux te déranger une minute ?

— Évidemment. Je suis en train de me battre avec ces saletés. On ne nous a pas appris ça en stage. Comment tu fais, toi, pour que ça tienne ?

— Je prends les trombones de la boîte qui est là, ils sont plus grands.

Le visage de Géraldine s'illumine. Ça y est, maintenant, je sais la tête que Christophe Colomb a faite quand il a découvert l'Amérique. C'est encore plus fort pour Géraldine parce qu'il y a également de la reconnaissance dans ses yeux. Son menton tremble. Je crois qu'elle va pleurer. Là, tout de suite, je me dis que c'est peut-être une erreur de me confier à elle. Surtout quand mon avenir est en jeu. Je recule le plus naturellement possible.

Elle réessaye avec un trombone plus grand, et chaque feuillet de remise tient parfaitement à chaque chéquier. Elle observe, fascinée, émue de ne plus se prendre l'attache dans les yeux. Elle se retourne vers moi :

— Tu voulais me dire quelque chose. Tu as besoin de moi ?

Il y a dans son regard quelque chose de sincèrement bienveillant. Je suis toujours bouleversée par ce genre de manifestation de gentillesse. Mes réticences s'envolent.

— En fait, je voulais t'annoncer quelque chose et te demander un conseil.

— Dis-moi.

C'est à ce moment-là que Mortagne a passé la tête hors de son bureau. D'habitude, il nous aurait sèchement fait remarquer que les conversations personnelles n'ont pas leur place dans l'agence et que, si notre échange est d'ordre professionnel, on peut très bien se téléphoner d'un bureau à l'autre parce que ça impressionne le client. Il nous l'a déjà dit, et pas qu'une fois. Mais étrangement, ce matin, il s'est contenté de sourire niaisement et il a dit :

— Excusez-moi, mademoiselle Dagoin. Lorsque vous aurez une minute, vous pourrez passer me voir ? C'est pour le dossier de Mme Boldiano.

Il me voit et ajoute :

— Bonjour, mademoiselle Tournelle. Vous avez l'air très en forme. Le week-end a été bon ?

Là, si Géraldine avait su qui c'est, elle aurait contemplé sur mon visage la tête qu'Alfred Nobel a faite lorsque son premier bâton de dynamite lui a pété à la figure. Je suis sciée. Et Géraldine lui répond comme si tout était normal :

— Dès qu'on a fini, j'arrive. Mais là je suis occupée.

— Merci, Géraldine.

Je suis stupéfaite. Le petit roquet rentre dans sa niche. Elle se tourne vers moi et enchaîne :

— Qu'est-ce que tu veux m'annoncer ? Tu es enceinte ?

Sans même attendre la réponse, elle se met à pousser des petits gloussements en sautillant. Elle insiste :

— Je connais le père ? Tu veux me demander si tu dois le garder ? Tu sais Julie, un enfant, c'est un miracle…

Ça y est, elle a démarré en trombe. Elle joint les

mains, regarde vers les cieux – en l'occurrence, le néon – et me parle d'amour, de bonheur… Du pur Géraldine qui se fait son film. Je lui pose la main sur le bras :

— Géraldine, je vais démissionner.

Elle se fige.

— Tu vas quitter l'agence ?

— C'est un peu l'idée.

— Tu as rencontré quelqu'un de riche et tu n'as plus besoin de travailler ?

— Pas vraiment. Mais je n'en peux plus. Ce travail me pèse. Enfin, ce n'est pas tant le travail que la mentalité dans laquelle on doit le faire. Je suis mal à l'aise vis-à-vis des clients, je ne suis pas d'accord avec la hiérarchie. Je ne peux pas continuer comme ça. Je n'ai pas envie de me résigner à faire ce boulot jusqu'à une hypothétique retraite, pas à mon âge. Je veux essayer de trouver un emploi qui me ressemble plus.

Géraldine reste immobile un instant et, tout à coup, me prend dans ses bras. Elle me serre contre elle avec une émotion sincère. Son gros pendentif informe me défonce la poitrine. Je n'ose pas bouger. Tant pis, j'aurai la marque de son bijou biscornu jusqu'à la fin de mes jours. Elle me relâche enfin et me regarde droit dans les yeux :

— Tu sais, Julie, de toutes les collègues que j'ai eues, tu es la seule avec qui j'aurais voulu devenir amie. Pas copine, amie. Tu es une fille bien. Je suis triste si tu t'en vas. Mais avant, réfléchis, ne fiche pas ta carrière en l'air pour rien.

— Quelle carrière ? Si je reste, c'est ma vie que je fiche en l'air. Alors voilà : je voudrais te demander si tu sais quand je pourrais partir. En liquidant mes congés, je dois peut-être pouvoir raccourcir le préavis…

Elle fait mine de réfléchir. C'est toujours un peu inquiétant chez Géraldine.

— Pas de panique. Je vais me renseigner. Je te dis ça très vite.

Mon premier rendez-vous est arrivé à l'heure. Je vais vous confier un truc infaillible pour savoir à quelle heure arrive un rendez-vous. Lorsqu'un client vient pour demander quelque chose, il est ponctuel. Si c'est pour un projet essentiel pour lui, il a même de l'avance. Par contre, s'il vient sur votre invitation pour se voir proposer un placement, il est toujours en retard – quand il n'annule pas. Celui-là voudrait un crédit pour s'acheter une voiture de collection, « une affaire à saisir ». Je consulte son dossier : marié, deux enfants, bonne situation professionnelle mais rien qui lui donne raisonnablement les moyens d'une collection de tacots. En listant ses dépenses, il est clair qu'il investit plus dans sa passion pour les voitures que dans le confort de sa famille. Dois-je le laisser endetter son ménage aux seules fins d'assouvir une passion adolescente qui fait long feu ? N'en déplaise à la banque, j'ai fait mon travail en mon âme et conscience et j'ai essayé de le convaincre qu'il n'aurait pas son prêt pour ce genre de projet…

La vie est étrange. Maintenant que j'ai pris la décision de partir, je regarde l'agence d'une autre façon. Pour un peu, je me sentirais presque nostalgique. Fabienne qui avale café sur café, l'affiche avec la jolie fille qui essaie de nous faire croire qu'avoir un compte ici la rend folle de bonheur, Mortagne et ses discours imbéciles, Mélanie et sa plante verte à qui elle parle. Même eux, je n'ai pas envie de les quitter. Ne perdre personne, jamais. Avec Mortagne, ça doit s'expliquer par le syndrome de Stockholm, on finit par s'attacher même à ses geôliers. Pour Mélanie et sa fougère qui n'en finit pas de crever, je ne sais pas. C'est d'autant plus étonnant que je suis seule responsable de mon départ et qu'au plus profond de moi, je sais que j'ai raison. Dehors, il y a mon avenir. Dehors, il y a la vie. Dehors, il y a Ric.

19

Une des plus grandes qualités de Xavier, c'est de toujours tenir ses promesses. Cette fois, il n'a pas fait exception à la règle. Il m'avait dit qu'il me ferait une belle porte de boîte aux lettres et il n'a pas menti. On peut même aller jusqu'à dire qu'il s'est déchaîné…

En pénétrant dans mon immeuble, j'avais la tête farcie de mes questions sur Ric et sur mon orientation professionnelle. Pourtant, dès que je suis entrée dans le hall, j'ai tout de suite remarqué ma nouvelle porte. Xavier s'est surpassé. Je me demande s'il n'a pas pris modèle sur une portière de sa limousine blindée. En fait, non, je sais : pour ma boîte aux lettres, il a fait une réplique exacte de la porte du coffre-fort du capitaine Nemo dans le *Nautilus*. Je m'approche, mi-fascinée, mi-terrifiée. Un beau cerclage de cuivre, des gros rivets, du métal épais, une jolie patine. Tout est parfaitement ajusté, poli. Je pense que cette œuvre d'art pèse deux tonnes et qu'elle va provoquer la chute de tout le panneau des boîtes. À côté des autres portes en tôle peinte, la mienne ressemble à celle de la cellule de l'homme au masque de fer.

Je vais devoir remercier Xavier parce qu'il a fait un

boulot incroyable. Personne ne parviendra jamais à me piquer mes prospectus. L'argent de la banque serait plus en sécurité derrière cette porte-là qu'à l'agence. Mais quand même, j'aurais bien voulu quelque chose de plus simple, de plus sobre…

C'est bien fait pour toi, Julie. Cette porte est ta croix. Si tu n'avais pas tripatouillé la boîte de Ric, rien de tout cela ne serait arrivé. Ta punition sera donc la suivante : tous tes voisins te prendront pour une malade rien qu'en regardant cette infamie métallique et, dans quatre ans au plus, affaiblie par l'âge, tu n'auras même plus la force de l'ouvrir…

Il y a un petit mot qui dépasse du rabat de la fente. Je tire dessus en me méfiant de ne pas me faire manger la main. « Si tu veux revoir ton courrier, viens chercher la clé, je suis à l'atelier. Xavier. »

Dans la rue, devant son immeuble, une famille rentre tout juste de vacances. Les parents vident la voiture pendant que les enfants jouent déjà au ballon dans la cour. J'évite leur balle de justesse en poussant un petit cri, ce qui les fait bien rire.

L'énorme voiture de Xavier est sortie devant son garage, entourée d'outils qui jonchent le sol. La tôle rayonne, elle doit être brûlante avec le soleil qu'il a fait aujourd'hui. Intérieurement, je répète déjà ce que je vais lui dire. « C'est la plus belle porte que j'aie jamais vue ! » C'est trop. Il va falloir trouver autre chose. J'aperçois les pieds de Xavier qui dépassent de sous son engin. Surprise : il y a une autre paire de pieds juste à côté et je crois même que ça rigole. Je marque un temps. Je reconnais bien les vieilles tennis de Xav, mais à qui sont les deux autres jambes ? Un instant, je me dis qu'il s'est peut-être enfin trouvé une copine, et que, comble de bonheur, c'est aussi une fana de mécanique. Mais les poils contredisent l'hypothèse, à moins qu'elle ne s'épile plus parce qu'elle passe tout son temps à s'occuper de son camion. Misère, je crois que je deviens comme Géraldine, je me fais des films. Elle m'a sûrement passé son virus quand elle m'a prise dans ses bras.

Sous la voiture, ça rigole encore. Les voix me parviennent étouffées. Des voix d'hommes. Ça parle jargon mécanique :

— Bloque le longeron pendant que je passe l'axe.

— OK, mets la clavette.

Si je reste là sans rien dire, je vais passer une heure à voir bouger des pieds, alors j'ose me manifester.

— Xavier ?

Violent bruit de choc. Je pronostique une tête contre du métal.

— Julie ? C'est toi ? Ne bouge pas, j'arrive.

Xavier se tortille pour s'extraire. Il rigole. Ce n'est pas lui qui s'est cogné. L'autre corps ne bouge pas et gémit. Xavier secoue la limaille de ses vêtements et me demande, hilare :

— Tu viens chercher ta clé pour le courrier ?

Je n'arrive pas à détacher les yeux des autres jambes, dont le propriétaire commence à s'extirper à son tour. Xavier ajoute :

— Alors, tu la trouves comment ta porte ?

Son acolyte apparaît enfin. C'est Ric. Je murmure :

— Magnifique…

— Qu'est-ce que tu dis ?

— Je dis que ta porte est magnifique. Solide, large d'épaules, bien bâtie, jamais rien vu d'équivalent.

Xavier se frotte les mains.

— Je mérite bien un petit bisou, dit-il en me tendant sa joue.

Je l'embrasse. Ric se relève en se frictionnant la tête. Xavier pouffe de rire.

— Quand il a entendu ta voix, il s'est redressé comme un ressort ! Tu lui fais de l'effet !

Les deux rigolent comme des gamins de maternelle. C'en est gênant. Un jour, il faudra que quelqu'un m'explique pourquoi les mecs s'entendent aussi vite et aussi bien. À les voir côte à côte, on dirait qu'ils sont copains d'enfance, qu'ils ont fait trois guerres ensemble en se sauvant la vie à tour de rôle. Et ces deux spécimens ne constituent pas un cas isolé. Vous mettez deux garçons dans la même pièce, sur un même chantier, ou n'importe où d'ailleurs, et en trois minutes ils se tutoient, en cinq ils rigolent en faisant des sous-entendus qu'ils ont l'air de tous comprendre et, une heure après, leurs mères jureraient qu'ils sont frères. Comment est-ce possible et pourquoi ce n'est pas la même chose chez nous, les filles ?

Ils sont là devant moi. Xavier envoie même un coup de poing dans l'épaule de Ric qui lui fait des peintures de guerre sur le front avec la graisse qu'il a sur les doigts. Si je ne connaissais pas aussi bien Xavier, je croirais qu'il est ivre, mais non. Je ne sais pas ce qui est le pire : qu'il se comporte ainsi à jeun ou qu'il soit alcoolique. J'essaie de rationaliser le débat :

— Vous travaillez ensemble maintenant ?

— Ric voulait me demander un truc et je me débattais avec une pièce trop longue que je dois assembler par le châssis. Alors il m'a proposé un coup de main.

« Ric avait un truc à te demander ? Xavier, au nom de notre amitié, je te conjure de me dire ce que c'est.

L'information sera versée au dossier et, méfie-toi, ce type est peut-être un tueur en série. »

Xavier va jusqu'à son établi et revient avec deux clés attachées par un fil de fer.

— Voilà pour toi, dit-il.

Je saisis les clés et je l'embrasse à nouveau :

— Merci beaucoup. J'aimerais bien te dédommager pour ton temps et les matériaux…

— Hors de question. C'est un cadeau.

— Merci d'avoir fait aussi vite. En plus, c'est du solide !

— Alors là, Julie, je te promets que personne ne pourra te la forcer. D'ailleurs, évite de te coincer la main dedans parce que, pour te dégager, il faudrait plus de matériel que la dernière fois…

Et les voilà repartis à rire, en se payant ma tête en plus. Tant de complicité, tant de camaraderie, ça donne envie d'en gifler un. Lequel je tarte ? Mon copain d'enfance ou le beau gosse qui me rend dingue ? Vous ne perdez rien pour attendre, mes cocos…

20

Quitte à changer des choses dans ma vie, je n'ai pas fait les choses à moitié. La teinturière, située juste à côté de la banque, m'a parlé d'un groupe de filles qui, trois fois par semaine, se donnent rendez-vous à l'entrée du jardin public pour aller courir. Pas toujours les mêmes filles, mais toujours le même circuit. D'après sa sœur qui les a longtemps fréquentées, l'ambiance est sympa. J'avoue que je suis tentée par la possibilité d'aller m'entraîner avec mes semblables avant de m'exposer à nouveau à l'appréciation de Ric. J'ai d'autant moins envie de m'humilier devant lui maintenant que je sais qu'ensuite il va en rire avec Xavier, son nouveau meilleur ami. Mais je ne suis pas du genre à baisser les bras et, qui sait, le prochain coup, il sera peut-être ébloui ?

Autre grande résolution : je vais cuisiner. J'ai d'ailleurs ressorti tous les livres que maman m'a offerts et je vais tester des recettes. Il faudra que je m'en achète des plus adaptés parce que je ne me vois pas servir de la blanquette au jus de truffe ou des potées avec du cassoulet en plein mois d'août. Je compte inviter tous les gens que j'aime bien mais, soyons honnête, mon but premier est surtout de m'entraîner à bien recevoir Ric. J'ai déjà envisagé une liste de cobayes. D'abord, je vais convier les moins exigeants et puis, peu à peu, je me risquerai avec ceux qui ne laissent rien passer ou qui ont l'estomac fragile. Ce n'est peut-être pas joli-joli, mais les chats aussi ramènent des souris crevées ou des moineaux décapités pour montrer leur affection. Et il faut bien qu'ils s'exercent avant.

Nous en arrivons à présent au point le plus important de mon grand programme de reprise en main de mon existence. Il va se jouer dans quelques minutes et je n'ai pas toutes les cartes en main. Devant mon miroir, juste avant de sortir, je vérifie mon allure. Jean noir, veste en coton. Sérieuse mais pas trop. J'ai l'estomac serré. Il faut dire que je joue gros. Cela va peut-être vous paraître une idée farfelue, pourtant je peux vous dire que j'ai beaucoup réfléchi.

Je remonte la rue et je pousse la porte de la boulangerie. Trois clients. À un quart d'heure de la fermeture, il ne reste plus grand-chose. Vanessa me salue, elle emballe deux tartelettes aux mirabelles pour un petit monsieur.

J'attends mon tour. La pression monte. Juste avant moi, une jeune femme grogne parce qu'il n'y a plus de pain de mie. Le petit garçon qu'elle tient par la main tire de toutes ses forces pour aller se coller à la vitrine des bonbons. Combien d'enfants ont rêvé devant ces boîtes remplies de friandises, les doigts cramponnés à la cornière en bois usé ?

Mon tour arrive.

— Qu'est-ce que je vous sers ?

— Mme Bergerot n'est pas là ?

Vanessa semble surprise. Instinctivement, elle pose la main sur son ventre, comme si elle redoutait une contrariété. Une dame entre dans la boutique, l'air pressée. Je m'approche pour glisser à la vendeuse :

— Je vais vous prendre une demi-baguette mais si c'était possible, j'aurais bien aimé dire un mot à Mme Bergerot.

Vanessa est rassurée. Elle passe la tête dans l'arrière-boutique et, d'une voix suraiguë, hurle :

— M'dame Bergerot ! Quelqu'un pour vous…

Je me décale sur le côté. Ma tension artérielle est celle d'un gazoduc caucasien. Je suis à deux doigts du boulon qui pète. J'ai les mains moites. Si on m'avait dit qu'un jour ma vie se jouerait ici, je ne l'aurais pas cru. Et pourtant…

La patronne arrive. Elle n'a pas l'air de bonne humeur. Elle déboule derrière sa caisse et se tourne vers Vanessa avec un regard interrogateur. La vendeuse me désigne du menton.

— Ah ! Bonsoir, Julie. Excuse-moi, je n'ai pas ma tête ce soir. Dis donc, ce n'est pas ton heure. Papa et maman arrivent et tu veux commander un gâteau ?

Je fais ma timide :

— Non, je souhaitais vous parler…

— Eh bien, je suis là.

Je sens bien qu'elle se demande ce que je lui veux.

— C'est assez personnel…

Elle comprend que je suis gênée.

— Qu'est-ce qui t'arrive, ma fille ? Allez, viens derrière. On sera plus tranquilles.

Elle m'entraîne dans l'arrière-boutique. En plus de vingt-cinq ans, je n'y étais jamais entrée. Quand j'étais petite, bien des fois j'ai tenté d'imaginer cet endroit mystérieux dont sortaient des voix et des bruits étranges. En fait, c'est une simple petite cuisine, remplie de bric-à-brac, de paniers, d'étagères, avec une table couverte d'une toile cirée à carreaux. Les calendriers des postes s'accumulent au mur, et sur le buffet sont entreposées les réserves de boîtes à gâteaux en carton. Il y a une autre porte, entrouverte, qui donne sur l'atelier de boulangerie.

— Alors, Julie, raconte-moi ce qui t'arrive.

— Vanessa vous quitte toujours ?

— Elle part dans quinze jours, et ça me complique bien la vie. Pourquoi ?

— Vous allez embaucher une nouvelle vendeuse ?

— Dès que je pourrai en trouver une, il faut bien, mais en plein mois d'août, ça ne va sûrement pas se bousculer…

— Est-ce que vous seriez prête à me donner ma chance ?

— Je ne comprends pas.

— Est-ce que vous croyez que je pourrais devenir votre vendeuse ?

Mme Bergerot me fixe avec des yeux ronds.

— Tu as été renvoyée du Crédit Commercial ?

— Non. C'est moi qui ai décidé de partir.

Elle tire une chaise et s'assoit. C'est la première fois de ma vie que je la vois autrement que debout.

— Tu sais, Julie, je t'aime bien et je vais être franche avec toi. Je te connais depuis toute petite, je sais que tu es une fille intelligente. Tu as fait des études. Vendeuse chez moi, ce n'est pas vraiment un métier d'avenir. Si tu avais vingt ans de plus ou des enfants, je te dirais d'accord, mais là, je ne suis pas certaine…

118

— Je vous promets que j'ai réfléchi. Je ne vous garantis pas que je resterai dix ans, mais je ne vous laisserai pas tomber non plus. Un an ou deux, peut-être. Et je vous précise que je ne suis pas enceinte.

Elle sourit. Je la connais assez pour me rendre compte qu'elle ne rejette pas l'idée.

— Ma foi, ton idée me fait drôle. Je te promets d'y songer. Je serais contente d'avoir une fille comme toi avec moi.

— Alors, s'il vous plaît, dites-moi oui.

21

Le calme du mois d'août, cette année, ce n'est pas vraiment pour moi. Ça s'emballe de partout. Je crois que Mme Bergerot va accepter. Elle m'a proposé de venir faire une matinée d'essai, ce dimanche. Du coup, Vanessa me fait carrément la tête. Même si c'est elle qui a décidé de partir, elle se comporte comme si je lui piquais sa place.

Je dors super mal. Je me réveille en sursaut en me posant plein de questions sur ce nouveau travail. J'ai beau savoir que c'est sérieux et que cette décision m'engage, je considère presque l'idée de travailler à la boulangerie comme des vacances. Je crois que je ne vais pas en parler à mes parents tout de suite. Par contre, j'en ai parlé à Sophie, qui a eu le même genre de réaction que celle qu'ils auront sans doute :

— Mais t'es complètement folle ! Boulangère ! Franchement, Julie, l'autre soir tu étais déjà bizarre mais là, c'est le pompon. Ton treizième mois, tes vacances, ta mutuelle, tu y as pensé ? Tu vas bosser le jour de Noël et à chaque fois que les autres feront la fête. Et puis bonjour la stimulation intellectuelle !

— Tu as sûrement raison. Pourtant, tu n'imagines

pas comme je me sens mieux à l'idée d'être simplement utile aux gens. Plus question de les coincer, plus question de leur vendre des services à la noix, juste leur proposer des choses qu'ils aiment manger.

Elle n'était pas déçue de mon appel, Sophie, d'autant que ce n'était pas tout ce que j'avais à lui dire. J'ai essayé d'y aller sur la pointe des pieds :

— Qu'est-ce que tu fais demain matin à 8 heures ?

— Pourquoi cette question ?

— Parce que je voudrais bien que tu viennes avec moi.

— Où ça ? Y a aucun magasin d'ouvert aussi tôt.

— Tu n'as rien de prévu ?

— Si, Julie, c'est samedi, je compte dormir. Mais qu'est-ce que tu nous fais en ce moment ?

— J'ai décidé de me remettre à courir et je me suis dit que tu pourrais venir avec moi.

Silence étouffé, puis elle lâche :

— Tu te remets à courir quand l'été est presque fini ? Et à 8 heures du matin ? C'est au printemps que l'on fait ce genre de stupidité, et pas à l'aube !

— Le soleil se lève à 6 h 12, j'ai vérifié. Et puis j'ai trouvé un groupe de filles qui fait ça régulièrement, mais j'ai pas envie d'y aller toute seule. Ça te ferait du bien en plus…

— Alors récapitulons : tu me téléphones pour me dire que tu vas devenir boulangère et que je suis grosse !

— C'est pas ça du tout. Je dirais plutôt que ma vie change et que j'ai envie que ma meilleure amie soit là pour m'accompagner.

« Julie Tournelle, tu es la reine des garces. Cet

argument relève de la pure manipulation, voire du coup bas. »

Pour ne pas lui laisser le temps de réagir, j'en rajoute :

— D'ailleurs, Sophie, je te propose aussi que notre prochain dîner de filles ait lieu chez moi.

Nouveau silence. Je crois entendre un bruit, peut-être la mâchoire de Sophie qui est tombée sur son parquet.

— Sophie ?

— Qu'est-ce qui se passe, Julie ? Tu sais que tu peux tout me dire.

— À quel sujet ?

— Ta vie. C'est quoi ce bordel ? D'habitude, quand on a un coup au moral, on change les rideaux ou on va chez le coiffeur. On ne fout pas toute sa vie en l'air.

— Je ne fous pas toute ma vie en l'air. J'arrête un job qui me ronge, je me remets à courir – avec toi j'espère – et je vous invite toutes à dîner. C'est tout.

— Il y a un mec là-dessous.

— S'il y avait un mec, ce n'est pas notre joyeuse bande de célibataires frappadingues que j'inviterais à dîner.

— Ne me prends pas pour Jade. Je te connais et je suis prête à parier qu'il y a un garçon derrière tout ça. La dernière fois, c'était ce débile de Didier et tu m'as traînée à tous ses concerts miteux pendant des mois. Là, qu'est-ce que c'est ? Tu as flashé sur un marathonien et tu veux le rattraper ?

C'est pour ça que je l'aime, Sophie. Comme dirait Xavier, elle en a sous le capot. N'étant plus à une bassesse près, j'ai répondu :

— Tu n'as qu'à venir courir demain matin avec moi et je te raconterai tout !

— Espèce de…

— Merci, ça me fait super plaisir. 7 h 45, en bas de chez moi. Sois à l'heure.

— Non mais…

— Il faut que je te laisse, moi aussi je t'adore. À demain !

J'ai raccroché.

22

7 h 44. Je frôle le mur et j'appuie sur le bouton qui déclenche l'ouverture de la porte de l'immeuble. Avec précaution, j'entrebâille le battant en me plaçant comme j'ai vu faire dans les films de guerre. Sophie est sûrement là à m'attendre et, la connaissant, elle doit être prête à me bondir dessus. Aveuglée par la lumière du matin, je passe la tête pour inspecter le périmètre. Sa voix me fait sursauter :

— Tu as intérêt à me raconter du croustillant, sinon c'est pour m'échapper que tu vas avoir envie de courir.

Sophie est tranquillement adossée contre le mur, en train de prendre le soleil. On s'embrasse.

— Merci d'être venue. Je m'en veux un peu…

— N'ajoute pas le mensonge à l'infamie. Tu n'éprouves aucun remords. Alors maintenant que tu as réussi à m'embringuer dans ton plan foireux, raconte.

— Tu sais, il n'y a pas grand-chose à dire.

Elle me fixe. Je ne la connaîtrais pas, j'aurais peur. En fait, même en la connaissant, j'ai peur. Il va falloir que je parle, que je lui dise même ce que je ne sais pas. On remonte la rue en direction du jardin public. Il fait le même temps que lorsque nous avions couru avec Ric. Qu'est-ce que je peux confier à Sophie ? Je ne sais même pas moi-même où j'en suis…

— Je l'ai déjà vu ?

— Non.

— Il est d'où ?

— Je ne sais pas.

— Il a de la famille dans le coin, quelqu'un qu'on connaît ?

— Je ne crois pas.

Sophie me saisit le bras.

— Julie, à quoi tu joues ?

— Je te jure, je ne sais presque rien de lui. Il a emménagé dans mon immeuble, au troisième. C'est son nom qui m'a attirée.

— Comment s'appelle-t-il ?

— Ricardo Patatras.

Sophie étouffe un rire.

— Écoute, si tu te moques de lui, je ne te dis plus rien.

— Excuse-moi, mais avoue que c'est spécial comme nom.

J'esquisse un sourire. Sophie s'en aperçoit et nous rions ensemble. Je concède :

— C'est même parce que c'est ridicule que je m'y suis d'abord intéressée.

Au coin de la rue, on croise Mme Roudan avec sa poussette toujours aussi chargée.

— Bonjour, madame.

— Bonjour, Julie. Te voilà bien matinale.

— On va faire un peu de sport.

— C'est bien, vous êtes jeunes, profitez-en.

Elle s'éloigne, l'air vaguement gênée. Qu'est-ce

qu'elle trimballe dans sa poussette ? Elle héberge du monde en douce ?

— Tu la connais ? me demande Sophie.

— Elle habite mon immeuble. Super gentille, mais je ne sais pas ce qu'elle trafique avec sa poussette.

— N'essaie pas de changer de conversation. Parle-moi de ton Roméo. Vous sortez ensemble ?

— Tu rigoles ! On en est encore à la phase d'observation, enfin surtout moi parce que lui, je crois qu'il me trouve juste gentille.

— C'est pas bon du tout ça, tu ne devrais peut-être pas t'accrocher.

— Plus facile à dire qu'à faire. Si tu crois que j'ai le choix ! Je ne contrôle rien. Ce garçon a tout envahi dans ma vie.

Les grands arbres du jardin public sont en vue. Devant l'entrée, un petit groupe de filles s'est réuni, certaines s'échauffent déjà. Il y en a de tous les âges, des grandes, des petites, des minces, des plus enveloppées. Une femme d'une quarantaine d'années, le corps sculpté par une évidente pratique sportive intensive, nous accueille :

— Hello les filles ! Puisque c'est votre première fois, bienvenue. Avec nous, vous verrez, tout est simple. Pas de cotisation, pas de questions, pas de compétition. Le but n'est pas de préparer les championnats du monde ! Chacune va à son rythme. On part ensemble mais on est libres.

La demi-douzaine de coureuses nous fait signe. On leur répond.

Je connais bien le jardin public mais je ne me serais jamais imaginé qu'il servait de lieu de rendez-vous à ce genre de groupe. À la sortie des écoles, on y trouve les mamans avec les enfants. Plus tard dans la journée, ce sont les jeunes qui s'y réunissent, et encore après, les amoureux s'y retrouvent. À midi, ceux qui déjeunent dehors pendant leur pause viennent s'y réfugier. Je trouve étonnant que des univers tellement différents cohabitent dans un même lieu, sans jamais se mélanger.

Le petit groupe s'élance. Sophie et moi suivons. Dès les premiers pas, on se rend bien compte que toutes n'ont pas la même façon de faire. La petite jeune qui semblait si sportive ne s'y prend pas très bien et celle qui avait l'air d'être un peu ronde va toutes nous laisser sur place. Sophie court en regardant ses chaussures.

— Qu'est-ce que tu fais ? Relève la tête ou tu vas te manger un poteau.

Elle ne quitte pas ses pieds des yeux et me répond :

— Ça fait dix ans que je ne les ai pas vus bouger aussi vite. C'est fascinant.

— Tu vas finir par me remercier de t'avoir entraînée dans cette galère...

— Ne rêve pas. Pour le moment, je n'ai pas eu mon compte de croustillant...

Je pourrais lui raconter que Ric m'a prise dans ses bras, qu'il a les mains les plus douces que je connaisse, que ses yeux sont presque aussi bouleversants que ses fesses. Tout est vrai et cela apaiserait sans doute sa curiosité, mais cela trahirait la pureté de ce que je ressens et ça, je ne le veux pas.

— Vous vous voyez souvent ?

— J'essaie de le voir tout le temps. J'utilise n'importe quel prétexte. Je me suis déjà retrouvée dans des situations ridicules pour arriver à le voir.

— À t'entendre, on dirait que tu le fréquentes depuis des semaines.

— J'ai moi-même l'impression que je lui cours après depuis des années.

— Tu as essayé de lui parler, de lui dire ?

— Tu es folle ! Il va me prendre pour une excitée qui saute sur tout ce qui bouge.

Le groupe de coureuses commence à nous distancer. Sans même nous en rendre compte, Sophie et moi ralentissons. Ralentir est un euphémisme. Là, on pourrait à peine doubler une palourde à marée basse. On n'aura pas fait partie du club très longtemps.

— Puisque tu ne sais rien de lui, qu'est-ce qui t'attire autant ?

— Rien, ou plutôt tout. Ses gestes, sa courtoisie, une espèce de puissance tranquille qui émane de lui…

Je me mets à l'imaginer, rêveuse. Sophie siffle :

— Dis donc, tu m'as l'air drôlement accro. Je ne t'ai jamais entendue parler d'aucun de tes mecs comme ça, ni faire cette tête en pensant à eux.

— « Mes mecs », comme tu y vas… Avant, il y a surtout eu Didier, et ce pignouf m'a gâché mes études, empêchée de te voir et obligée à écouter ses chansons pourries. Il n'a même jamais fait l'effort de regarder un des films que j'adore. Il m'a coupée de moi-même. Ce type était un parasite. Avec Ric, c'est différent, il ne cherche pas à s'accrocher. Il décide, il fait. Je n'ai jamais vu quelqu'un comme lui.

On est arrêtées. Les joggeuses sont loin. Sophie me regarde, un sourire en coin :

— C'est pour lui que tu as eu l'idée de te mettre à courir ?

— Oui. Ne te fiche pas de moi, mais j'espère l'impressionner.

— Gagne du temps, apprends tout de suite à voler parce que, sans être une spécialiste, tu m'as l'air mal barrée pour la course de fond.

Je soupire et hausse les épaules.

— Je sais.

On a fait à peine quatre cents mètres et on est en nage. J'ai mal aux jambes et Sophie grimace parce qu'elle a forcé. On va encore exploser de rire.

— Et toi, avec Patrice ? Ça fait des semaines que tu ne m'en as pas parlé.

Sophie regarde vers le soleil et ferme les yeux. Elle répond d'une traite :

— Il passe ses vacances avec sa femme et je crois que je ferais bien d'arrêter de croire à ses promesses. Finalement, notre couple, c'est du vent. Pour moi, il est un espoir alors que, pour lui, je ne suis qu'une maîtresse de plus.

Je ne sais pas si c'est de la sueur ou une larme qu'elle a au coin de l'œil. Je lui demande :

— Qu'est-ce que tu vas faire ?

Sophie me regarde.

— Essayer d'être libre.

Elle soupire et reprend :

— Belle tentative de diversion, mais ce n'est pas à mon tour de raconter. Mon histoire finit alors que la tienne commence. Tu sais, Julie, j'ai eu plus de mecs que toi. Je vais te confier un secret que je n'ai jamais dit à personne et que j'ai même du mal à admettre moi-même. Toutes ces relations, toutes ces histoires ne m'ont rien appris. Elles m'ont juste coûté mes illusions et l'innocence avec laquelle on se lance toutes.

Je t'aime beaucoup. Quand on s'est rencontrées, je te trouvais vieux jeu avec tes principes pendant que moi je m'envoyais tout ce qui passait. Le seul mec sérieux que je t'ai connu, c'est Didier, et je n'ai toujours pas compris comment une fille aussi futée que toi a pu se faire rouler à ce point par ce crétin. Mais tu y es allée en toute innocence. C'est peut-être ça le secret du bonheur. Aujourd'hui, je te vois parler de ce Ric comme je n'ai jamais été capable de parler d'un de mes mecs. Je ne sais pas grand-chose, mais j'ai au moins compris un truc sur cette terre. Le vrai miracle, ce n'est pas la vie. Elle est partout, grouillante. Le vrai miracle, Julie, c'est l'amour.

23

Dimanche est arrivé trop vite. Je n'ai pas revu Ric et j'en étais aussi triste que contrariée. Contrariée parce que je sais qu'il est encore retourné courir avec un sac à dos encore plus gros et que je me demande bien ce qu'il fabrique. Mais, au-delà de ces questions, il me manque. Pourtant, je n'ai plus envie de me lancer dans de diaboliques machinations pour provoquer ce que le destin ou lui ne m'offrent pas. J'ai trop la trouille que la malédiction se mette encore en travers.

Mme Bergerot m'a donné rendez-vous à 6 h 30 à la boulangerie. Elle m'a dit de venir frapper à la porte de la réserve en passant par l'immeuble voisin. Sur le trottoir, Mohamed est déjà au travail, alignant ses cageots de légumes dans le soleil à peine levé.

— Bonjour, Julie, vous êtes tombée du lit ?

— Bonjour, Mohamed. Non, je vais travailler à la boulangerie. Ce matin, c'est seulement un essai.

Lui qui se montre toujours d'une réserve absolue, fronce cette fois les sourcils :

— Qu'est-ce qu'il faut vous souhaiter ? Bonne chance ?

— J'espère que ça marchera.

— Alors bonne chance ! Et ne vous laissez pas intimider par tout le bruit que fait Françoise. Au fond, elle est gentille.

Françoise ? Mohamed appelle Mme Bergerot par son prénom ? Je ne savais même pas qu'elle en avait un. C'est étrange, ils passent tout leur temps à se battre comme des capitaines d'industrie rivaux, et il la nomme par son prénom…

Il est l'heure et je n'ai malheureusement pas le temps de poursuivre la conversation. Je suis contente d'avoir pu échanger quelques mots avec Mohamed, ça me rassure. En toquant à la porte de derrière, j'ai la boule au ventre. C'est Mme Bergerot qui m'ouvre.

— C'est parfait, tu es ponctuelle. Entre vite et essuie-toi correctement les pieds, je vais te présenter mais c'est le coup de feu.

Ils sont au moins cinq à s'activer en se parlant fort pour couvrir le ronflement des ventilateurs du gros four. Le parfum du pain chaud est partout, mélangé à celui des croissants, de la brioche, avec des effluves de chocolat et peut-être même de fraise. Rien qu'en respirant, j'ai déjà pris trois kilos.

Mme Bergerot m'explique :

— Cette salle, c'est le fournil. Ici, c'est Julien qui commande. On y fabrique tout ce qui est boulangerie et viennoiserie. Ne traîne jamais dans le passage. S'il manque des choses en boutique, tu demandes à Julien, à personne d'autre.

J'ai à peine le temps de dire bonjour que déjà elle m'emmène vers une autre pièce plus au fond :

— Là, c'est le laboratoire, ce n'est pas du tout la même chose que le fournil. Denis y prépare toute la pâtisserie avec ses deux ouvriers. Même chose, ici, c'est Denis le patron.

Je ne savais même pas qu'il y avait une différence. Le fournil, le laboratoire. J'essaie d'intégrer toutes les informations dont elle me bombarde. J'ai l'impression d'avoir douze ans et de faire une visite avec une prof.

— Suis-moi dans la boutique, on continue. Ce matin, tu as de la chance, on ne devrait pas avoir trop de monde mais le dimanche matin, en général, c'est une période assez chargée chez nous.

On passe près d'un large pétrin qui tourne en ronronnant. L'un des ouvriers vérifie la température de la pâte. Il me regarde. Ça sent la levure et la farine.

En traversant la petite cuisine au pas de course, Mme Bergerot me demande :

— Tu n'as pas de blouse ?

Je secoue la tête négativement.

— Je m'en doutais, alors je t'ai ressorti celle que je portais quand j'étais plus jeune. Tu es plus mince que moi, même à l'époque, mais ça ira bien pour ce matin. Et puis ça me fait plaisir que ce soit toi qui la portes.

Pas le temps de s'émouvoir, elle est déjà dans la boutique.

— Il faudra que tu attaches tes cheveux, c'est plus propre. Dès que Vanessa sera arrivée, tu l'aideras à tout mettre en place. L'avantage avec toi, c'est que tu connais déjà les produits. Il faudra faire vite, on ouvre à 7 heures. Pour ce matin, tu te contentes de servir, je m'occupe de la caisse. J'ai confiance en toi mais je sais aussi que même si ça a l'air facile quand on est de l'autre côté, pour les débutantes, ça va vite et elles s'embrouillent souvent avec les comptes et la monnaie.

Elle me regarde :

— Tout est clair pour toi ?

— Je crois.

En fait pas du tout. J'ai peur de faire n'importe quoi, de m'adresser à la mauvaise personne, de ne pas comprendre ce que les clients vont demander. Au secours !

Vanessa arrive. Il est clair qu'elle n'est pas décidée à me faciliter la vie. Elle me regarde à peine, me parle comme un adjudant et ne laisse rien passer.

« Tiens ton plateau droit, tu vas tout faire tomber. » « Plus vite ! À ce rythme de tortue, tu n'assureras rien quand il y aura la queue jusque sur le trottoir. » « Quand on ne fait pas la différence entre une six céréales et une complète, on ouvre les yeux ! »

Elle encaisse très mal de me voir prendre la place qu'elle laisse, et elle va me le faire payer. Dans le fournil, ça s'énerve, les croissants ont eu un coup de chaud. Julien a l'air furieux et personne n'ose lui parler. Avec une lame de rasoir, il trace rageusement les stries dans les premières baguettes avant de les enfourner.

Au fond, j'aperçois Denis qui gesticule autour de ses gâteaux avec une poche à douille pleine de crème pâtissière. On n'imagine pas qu'il y a autant de choses à faire, tellement vite, pour ensuite permettre aux gens tranquillement se faire une tartine ou déguster une religieuse.

— Qu'est-ce que tu fais ? grogne Vanessa. Tu te crois au spectacle ? C'est l'heure d'ouvrir.

Je suis à mon poste derrière le présentoir, prête

à affronter la horde. Vanessa déverrouille la porte. Même si je ne vois qu'une seule personne qui attend dehors, j'imagine déjà qu'il y en a des centaines d'autres cachées sur les côtés de la boutique et qu'à peine la porte entrouverte les clients vont déferler comme les hordes barbares sur les villages endormis. Ils attaqueront par les flancs, en violant les religieuses et en jetant des éclairs… La porte s'ouvre, je retiens mon souffle. Rien, excepté le petit monsieur âgé qui marche en faisant de tout petits pas.

— Bonjour tout le monde, lance-t-il en entrant. Ah ah, une nouvelle !

Mme Bergerot prend place derrière son comptoir :

— Bonjour monsieur Siméon. Comment allez-vous avec ce beau temps ?

— Ça va, ça va.

— Vous allez voir votre femme aujourd'hui ?

— Je le dois. Elle reconnaît plus vos tartes au citron que moi, mais c'est ma Simone…

Mme Bergerot se penche vers moi :

— Pour M. Siméon, ce sera deux tartelettes au citron et une baguette bien blanche. Dans une boîte, les tartelettes, pas en baluchon.

Je parviens à trouver assez rapidement les pâtisseries et finalement je m'en sors. La boîte, j'arrive à la déplier pour la mettre en volume, mais c'est avec le ruban que j'ai des problèmes. Vanessa me regarde avec dédain. À travers la vitrine, j'imagine déjà les barbares alignés, relevant leurs panneaux de notation comme dans les compétitions de patinage artistique. Julie, France, 2 sur 10, 1 sur 10, 1 sur 10. Le ruban raté me coûte ma place sur le podium. Mme Bergerot rend déjà la monnaie et M. Siméon attend. Lorsque je lui tends enfin son paquet, il s'efforce d'être aimable, mais je comprends bien au tremblement agacé de sa main que d'habitude ça va plus vite.

Il ressort. C'était mon premier client. J'ai l'impression de repartir de zéro. Ça m'arrive souvent en ce moment.

24

Lorsque j'ai enfin le temps de regarder ma montre, je suis affreusement déçue. Il n'est que 10 h 30 et j'ai pourtant l'impression de servir du pain et des gâteaux en apnée depuis une semaine. Vanessa se détend à peine. Mme Bergerot se tient toujours impériale derrière sa caisse, constamment attentionnée vis-à-vis des clients. Par moments, avec ses cheveux noirs impeccablement coiffés en chignon, son physique généreux et son maintien de cantatrice, elle ressemble à une diva qui recevrait affectueusement ses admirateurs après un récital.

Julien se montre très agréable et, pour le pain, je commence à m'y retrouver. Par contre, pour les gâteaux, c'est plus difficile. Ça ne date pas d'aujourd'hui. Je me souviens qu'à la maison, quand mon père rapportait des desserts, j'étais souvent obligée de goûter pour savoir de quoi il s'agissait. Ici, je ne peux pas.

Je ne sais pas combien j'ai tendu de baguettes, emballé de croissants, de petits fours ou de pâtisseries. J'ai les doigts engourdis. Tout est nouveau pour moi. Dans ce monde à part, le pain *chaud*, c'est du pain *frais*. Je suis saoule de l'incessant ballet des clients et de celui des ouvriers qui nous apportent de quoi recharger les présentoirs. Mais j'ai beau être débordée au point de me demander si je suis assez solide pour faire ce métier, je me sens bien. Rien à voir avec le climat de la banque. Les clients sont différents. Non d'ailleurs, ce n'est pas complètement vrai. Les clients sont les mêmes mais ils n'entrent pas dans le même état d'esprit. À la banque, à part quelques-uns, ils se sentent en état d'infériorité – l'établissement fait d'ailleurs tout pour les y pousser. Ils sont silencieux, pressés, discrets, on parle d'argent. Ici, ils viennent libres, habillés chic ou en short, accompagnés de leurs enfants, avec l'envie de se faire plaisir. On n'y pense pas toujours, mais tout le monde mange du pain, les riches, les pauvres, toutes les religions, toutes les origines. Alors, en une matinée, j'ai vu défiler la moitié du quartier. C'est amusant. La fleuriste a l'air moins stressée que lorsqu'elle est derrière ses fleurs. Je n'avais jamais vu le garagiste en chemise blanche, ni le pharmacien en polo fluo. À 11 h 30, j'ai même eu la visite de Xavier :

— Ben… qu'est-ce que tu fais là ?

— J'essaie de me reconvertir. Qu'est-ce que je te sers ?

— Une baguette, quatre friands et une brioche, s'il te plaît. Ça me fait tout drôle de te demander ça…

Il me regarde comme s'il me découvrait pour la première fois.

— T'es super bien avec les cheveux attachés…

— Ça vous fera onze cinquante, coupe Mme Bergerot.

Depuis un quart d'heure, elle surveille Mohamed

par la fenêtre. Il a posé une pile de cageots vides qui déborde d'au moins dix centimètres sur la vitrine des gâteaux. Ça va être la guerre. J'entends déjà les sirènes antiaériennes et je vois se profiler la réunion de crise à l'ONU. Je parie que, dès qu'elle aura un moment, elle va aller lui servir un de ses discours sur le protectionnisme économique et la gestion des espaces de vente. C'est marrant parce que, bien que super humaine, dès que l'on touche au magasin, elle ne peut pas s'empêcher de ressembler à un ministre de l'Industrie qui défend ses dossiers devant le Conseil de l'Europe. Elle emploie des mots ultra techniques, un langage économique complètement disproportionné. D'où peut-elle tenir ça ? Dans la cuisine, je n'ai vu que des revues people…

C'est bizarre mais, ce matin, j'ai beaucoup senti le regard des gens sur moi. Je me rends bien compte qu'en travaillant ici je rentre un peu dans leur vie privée. J'entends les petites histoires, les nouvelles. Chacun se livre un peu. On apprend beaucoup de choses personnelles. Ça n'arrive jamais à la banque. Du coup, les clients me jaugent, m'épient pendant qu'ils se confient à Mme Bergerot, en se demandant si je suis assez gentille pour être là, assez digne de confiance pour choisir leurs gâteaux, pour poser la main sur leur pain avant eux. Je trouve cela touchant.

12 h 15. Je suis ratatinée. Vanessa tient le choc et Mme Bergerot est toujours fraîche comme une rose. Je m'emmêle un peu les idées, je réemballe les salambos que j'ai confondus avec les petits saint-honorés… J'inverse café et chocolat. Nulle. Vanessa ne semble pas m'en tenir rigueur. La patronne fait comme si

elle n'avait rien vu. Mais il sera bientôt 13 heures et mon calvaire sera terminé.

Tout à coup, dans la file des derniers clients, j'aperçois Ric. J'en perds tous mes moyens. Je suis obligée de me concentrer comme une malade pour faire la différence entre un pain de campagne rond et un bâtard moulé. Quatre clients attendent avant lui. Je crois qu'il ne m'a pas encore vue. Je baisse la tête, j'emballe, je file derrière demander s'il reste des baguettes. Deux clients. Il est en bermuda, tee-shirt marine. Pas rasé. Je ne l'ai pas vu depuis 2 jours, 6 heures et 23 minutes. Je ne sais pas si vous croyez aux signes, mais moi oui, surtout quand ils m'arrangent. Quand j'allais au lycée et que le chien des voisins du bout de la rue était dans leur jardin, j'étais contente et ça signifiait pour moi que si j'avais un contrôle le matin même, j'aurais une bonne note. Si en plus il se laissait caresser à travers la grille, alors j'allais avoir plus de quinze sur vingt. Il s'appelait Clafoutis et c'était mon gri-gri porte-bonheur sur le trajet de l'école. N'importe quoi. Là, je ne vois pas ce que je vais pouvoir caresser pour me porter chance. Il y aurait bien Vanessa, mais je vois d'ici le tableau si je lui frictionne la tête en lui disant : « Bon chien »… Je ralentis l'emballage de ma tarte aux pommes pour que ce soit Vanessa qui serve la dame qui est juste devant Ric. Si ça marche, je m'occuperai de lui et ça voudra dire que l'on s'aimera toute notre vie. Vanessa part derrière pour aller chercher une commande. Je traîne en faisant mon nœud autour de la boîte. On dirait une enfant de maternelle qui noue ses lacets. Je tire même le bout de la langue, pareil. Vanessa revient et s'occupe de la dame. C'est gagné. Je relève le visage et là, Ric me reconnaît. Je peux au moins dire que je l'aurai vu surpris une fois. Il a même l'air stupéfait, pire qu'Alfred Nobel avec sa dynamite.

— Bonjour, Ric.

Il bafouille. Je n'aurais jamais cru ça possible.

— Je croyais que tu travaillais au Crédit Commercial du Centre...

— Je suis là seulement pour ce matin en attendant de décider si je peux changer.

Il a l'air déstabilisé. Il reprend :

— C'est à toi que je demande ce que je veux ?

« Oui, Ric, demande-moi tout ce que tu veux. »

— Je suis là pour toi, enfin je veux dire pour ça.

— Alors, un demi-pain et les deux pizzas qui restent.

« Alors, plus envie de cuisine chinoise ? »

En préparant l'emballage, je lui demande d'un ton léger :

— Tu es allé courir ce matin ?

— Non, je me suis couché trop tard hier, j'avais un truc.

« Avec qui ? Pas avec une fille, j'espère. Et les deux pizzas, c'est pour deux personnes en une fois ou pour toi tout seul pour deux repas ? »

Il me regarde. Et tout à coup, il dit :

— Ça te dirait que l'on dîne ensemble, un de ces jours ?

Je vais défaillir. La fatigue, toutes les sortes de pains à retenir, les petites manies des clients, le regard noir de Vanessa, cette folle de Mme Crustatof qui hésite deux heures pour choisir sa part de flan et l'autre qui débarque ensuite pour m'inviter à dîner, c'est trop. Je m'appuie discrètement sur le plan de travail et je tente de lui répondre comme s'il ne venait pas de déclencher un feu d'artifice dans ma tête :

— Avec plaisir, mais c'est moi qui t'invite. On se fait un truc simple, chez moi. D'accord ?

— D'accord. Disons vendredi soir ?

Je fais mine de réfléchir parce qu'il doit absolument croire que je suis débordée.

— Ça devrait coller pour moi.

— Génial.

Je ne suis plus fatiguée. Je n'ai plus mal aux jambes. Je sais à nouveau compter jusqu'à trois. Les tartelettes aux cerises ne me font plus peur. Rien ne peut m'atteindre. Je suis heureuse.

25

Tout s'accélère. Je n'ai même pas eu le temps de me remettre de cette matinée à la boulangerie qu'il a déjà fallu retourner à l'agence. Je me demande vraiment ce que je fais là. Ma grand-mère avait bien raison quand elle disait : « La vie nous donne une petite leçon chaque jour. » C'était un puits d'aphorismes, ma grand-mère. Quelle que soit la situation, elle avait toujours le chic pour vous sortir le proverbe ou la sentence populaire pleine de bon sens qui a le don de vous mettre les nerfs en pelote. Je n'ai pas connu mon grand-père longtemps – il est mort quand j'avais huit ans –, mais je me souviens parfaitement qu'une fois il a failli lui sauter dessus de rage parce que, juste après un accident de voiture dont il venait de rentrer à pied en ayant perdu son automobile chérie flambant neuve, Mémé lui avait asséné successivement : « Y a pas mort d'homme », « Une de perdue dix de retrouvées » et « C'est quand même moins grave que de manger du rat à un mariage » – un proverbe soi-disant afghan… Elle lui avait balancé tout ça sans même lever les yeux des carottes qu'elle épluchait. J'ai vu Pépé changer de couleur plus vite que l'horrible petit chien bleu qui vire au rose en cas de pluie. N'empêche, même avec sa philosophie à l'épreuve des balles, j'aurais bien voulu savoir ce que Mémé aurait pensé de ce qui se déroule à l'agence.

Géraldine est dans le bureau de Mortagne, et ça rigole, ça glousse et je crois même que ça s'embrasse. Je sais, en amour il n'existe aucune règle, mais quand même. Pour démarrer une histoire, il y a peut-être d'autres moyens que de casser la figure à quelqu'un, surtout quand c'est la jeune femme qui attaque. Maintenant que j'y songe, je crois que les chats procèdent aussi de cette façon. Ça me donne des idées. Vendredi, quand Ric arrivera, je lui tomberai dessus par surprise en sautant du haut d'une armoire et je lui flanquerai la raclée de sa vie avec une batte de base-ball. Je vais le rouer de coups, lui péter un bras, lui arracher des touffes de cheveux et lui griffer sa belle gueule jusqu'au sang. Comme ça, on va s'adorer. C'est si simple, la vie, quand on comprend comment les choses fonctionnent...

C'est idiot, mais le parfum du pain me manque. Depuis deux jours, je revis cette matinée par petits bouts, je réentends les clients, je revois Mme Bergerot. Après avoir pensé tout et son contraire, je crois que ce n'est pas une idée stupide de vouloir travailler avec elle.

Mon téléphone sonne. Je décroche. C'est Mortagne. Je me penche un peu et je le vois en train de me parler, assis à quelques mètres. J'entends mieux sa voix dans l'agence que dans le combiné. C'est magnifique, le progrès.

— Julie, pouvez-vous venir me voir, s'il vous plaît ?

Incroyable, insensé, un vrai miracle. Depuis que je travaille ici, c'est la première fois qu'il fait une phrase polie, complète et sans faute. Mon mauvais moi me souffle de lui répondre que je dois regarder mon agenda pour savoir si j'ai un rendez-vous, mais ma bonne conscience intervient.

— J'arrive, monsieur.

De quoi va-t-il me parler ?

— Asseyez-vous, Julie.

Je prends place. Il n'a même pas de cravate ce matin. Est-ce qu'on lui aurait volé un bout de son déguisement, ou Géraldine la lui aurait-elle arrachée en faisant comme les chats ?

— Géraldine m'a fait part de votre désir de nous quitter.

« Trahison ! Je jure que quand elle passera le sas, je lui balancerai le gaz paralysant. Quelle tarte, et pas au citron ! Moi qui lui avais demandé de garder ça pour elle... »

— Je ne vous cache pas que c'est une mauvaise nouvelle pour moi. Vous êtes un élément de confiance...

« Misérable cancrelat, tu oses me sortir ce compliment hypocrite après m'avoir démontée pendant l'entretien voilà moins d'une semaine ! »

— ... Mais je respecte votre choix. Nous en avons beaucoup parlé avec Géraldine...

« S'il vous plaît, il me faudrait une assistance respiratoire parce que là, je m'étouffe. Sérieux. »

— ... Et elle m'a convaincu de vous appuyer pour solder votre préavis en échange de vos derniers RTT et congés. Nous n'allons pas vous embêter pour quelques jours ! Comptez sur moi pour faire un rapport ultra positif auprès de la direction des ressources humaines. J'en aurai la confirmation ce soir, mais je peux déjà vous annoncer que, si cela vous arrange, vous pourrez partir dès la semaine prochaine.

« Prévenez aussi la réanimation parce que maintenant je suis en état de choc. J'ai envie d'embrasser Mortagne, j'ai aussi envie d'embrasser Géraldine et la fougère de Mélanie. »

— Vous n'êtes pas contente ?

« Contente, le mot est faible. Mais il n'y a pas que ça. Mortagne, bougre d'andouille, tu es la preuve vivante que même le pire des mollusques peut faire le bien grâce à l'amour d'une femme et à une grande baffe dans la tronche. Tu me redonnes espoir dans l'homme. La planète est sauvée ! Nous sommes la plus belle espèce vivante qui soit, même toi, Mortagne. Les chats ne gagneront jamais. Je t'aime. »

— Évidemment que je suis contente, mais je ne réalise pas bien. En tout cas, je vous remercie vraiment beaucoup, sincèrement…

Relisez la dernière phrase. Voici la preuve que dans cette vie tout est possible. Gardons-nous des jugements définitifs. Ne disons jamais « jamais ». Aimons-nous les uns les autres, mais méfions-nous quand même des chats. Je vais moi aussi devenir un puits d'aphorismes à deux balles, c'est de tradition dans la famille.

26

Ma vie est presque comme le ciel de ce vendredi d'août : sans nuage. Dans une heure, Ric sera là. La table est mise, l'appart est parfait. J'ai relevé mes cheveux avec une barrette offerte par Sophie, ça me portera bonheur. Je me suis longuement observée dans la glace, en souriant, en parlant, en m'étudiant comme si je ne me connaissais pas. Et me voilà à pencher la tête avec un air mutin, et à éclater de rire en jetant une œillade complice au rideau de douche. Quelle charmeuse cette Julie.

J'ai choisi une petite robe légère à mi-chemin entre Marilyn et un prêtre inca – je ne sais pas si ça vous aide à visualiser. Elle est de couleur crème, avec une jolie texture soyeuse. Le seul problème, c'est que les bretelles sont fines et que, dès que je bouge un bras, on aperçoit le soutien-gorge. J'hésite, je tergiverse et puis, emportée par l'élan qui bouleverse ma vie, je décide, pour la première fois, de ne pas mettre de soutien-gorge. Ce dîner-là, je ne veux le rater pour rien au monde.

La table est déjà mise parce que, depuis deux jours, je répète le dîner. Depuis avant-hier, chaque soir, je dresse le couvert avec nos deux assiettes, je coupe le pain dans la corbeille en osier, j'allume des bougies – neuves chaque fois. Ensuite, je plie les serviettes et je déguste mes noix de Saint-Jacques à la fondue de blancs de poireaux. Je frise l'indigestion mais je ne veux pas risquer de rater le premier plat que nous partagerons. Alors je m'entraîne à mort. J'ai bien vu que le poissonnier faisait une drôle de tête quand je lui ai pris cinq kilos sans les coquilles pour deux. Mais j'avais besoin de pratiquer, surtout que je suis sans filet. Personne n'aura testé mes talents de cuisinière avant Ric.

Je dois vous confier un autre de mes petits travers : j'ai peur des coquilles Saint-Jacques. Quand j'étais gamine, je voyais maman les préparer. Elles bougeaient sur le bord de l'évier… J'en garde un souvenir terrifié. J'en cauchemardais la nuit. Le poissonnier a bien voulu me les décoquiller mais, en les cuisinant, j'ai un peu honte de le dire, j'avais peur que l'une d'elles ne rampe vers moi et me morde.

Les deux soirs, j'ai tout réussi. Les coquilles étaient aussi moelleuses que mortes et les poireaux délicatement parfumés dans leur sauce crémée. Jamais deux sans trois. C'est presque gagné.

Pour le décor, j'ai poussé le sens du détail à un point tel que, sur mon ordinateur allumé dans la chambre, j'ai changé le fond d'écran. J'ai viré les palmiers et la plage de sable blanc pour mettre un paysage de forêt. J'ai pensé à tout. S'il me demande pourquoi j'ai choisi cette photo, je lui répondrai que j'adore courir dans ce genre de paysage. Vilaine mytho. J'ai tout prévu. Par contre, pour ce soir, j'ai décidé d'assumer la présence de Toufoufou. Sans aller jusqu'à lui mettre son assiette à table avec nous, il trône sur le lit et, du coup, il a l'air plus content. Je crois qu'il trouve ma robe jolie.

Dans vingt-quatre minutes, Ric sera là. J'ai acheté des bouteilles d'apéritif dont j'ai vidé une partie dans l'évier pour qu'il ait l'impression que je reçois d'autres personnes que lui. C'est pourquoi je me penche sur l'évier afin de m'assurer que ça ne sent pas la vinasse ou l'alcool parce que sinon mon image de marque va encore en prendre un coup.

J'ai tout préparé mais je n'ai pas du tout réfléchi à ce dont on va pouvoir parler. J'ai deux milliards de questions à lui poser. J'espère en apprendre beaucoup à son sujet, d'autant que mon angoisse sur ce qu'il pourrait faire en douce est loin de s'être calmée. Mon instinct me dit que ce garçon est digne de confiance, mais je suis certaine qu'il cache quelque chose. Je ne sais pas où il travaille. Il a l'air d'être à son compte mais je ne comprends pas comment les gens peuvent faire appel à lui dans le coin alors qu'il vient juste d'arriver. L'autre soir, on s'est croisés, il revenait de la poste avec un gros colis. Il a paru ennuyé que je le voie avec. Il m'a dit que c'était du matériel informatique pour son travail, mais j'ai eu le temps de lire le nom de l'entreprise sur l'étiquette de l'expéditeur et, en me renseignant sur Internet, j'ai découvert que c'était un fabricant d'outillage, genre gros travaux, spécialiste en tronçonneuses à métal. Il les répare en les déchiquetant façon film d'horreur, ses ordinateurs ?

Plus que dix minutes. Le téléphone sonne. Je prie pour que ce ne soit pas lui qui appelle pour annuler.

— Allô ?

— Bonjour, ma chérie, c'est maman. Je ne te dérange pas ?

— Bien sûr que non. Comment ça va chez vous ?

— Ton père est un peu fatigué mais c'est sûrement à cause des Janteaux. Ils sont repartis ce matin et je dois dire que ce n'était pas trop tôt. Ils ne s'arrangent pas en vieillissant. Jocelyne n'arrête pas de radoter sur ses petits-enfants et Raymond n'en finit pas de répéter à quel point le monde de l'industrie horlogère régresse depuis qu'il est à la retraite. Mais ce n'est pas pour cela que je t'appelle.

— Qu'est-ce qui se passe ?

— Figure-toi qu'à midi j'ai eu Mme Douglin au téléphone et qu'elle m'a certifié que tu travaillais comme vendeuse à la boulangerie, à côté de chez toi. C'est incroyable, n'est-ce pas ?

« Comment je me sors de ce pétrin, moi ? Je suis certaine que ma mère a été soudoyée par les coquilles Saint-Jacques pour faire diversion pendant qu'elles s'évadaient de leur boîte pour m'attaquer en bande. Ric trouvera mon corps à demi dévoré et la fenêtre ouverte. Ce sera le début de la destruction du monde, elles assommeront les enfants à coups de corail. »

— Julie, tu es là ?

— Oui, maman. En fait, j'étais bien à la boulangerie mais c'était pour donner un coup de main. Vanessa, la vendeuse, est enceinte et elle a du mal. Mme Bergerot me l'a demandé.

— Elle n'est pas gênée, dis donc.

— J'étais volontaire, enfin je te raconterai tout dimanche parce que là, je dois filer.

150

— Tu vois ton club de folles ?

— Elles ne sont pas folles, maman.

— Bien sûr que si, comme je l'étais à leur âge, et elles ont bien raison. Sauve-toi, ma chérie. Tu m'appelles dimanche ?

— Compte sur moi. Je t'embrasse. N'oublie pas de faire un bisou à papa !

Quatre minutes avant l'heure du rendez-vous. Je vérifie ma coiffure. Je lisse ma robe. Je ne tiens pas en place. Qu'est-ce que je vais dire à mes parents pour mon nouveau travail ? Comment vais-je pouvoir tenir une soirée complète face à Ric alors que d'habitude il ne me faut que quelques minutes pour me ridiculiser ? Et si Toufoufou se mettait à parler ? Et si je donnais de l'argent aux coquilles Saint-Jacques pour qu'elles sautent toutes seules dans la poêle ?

On sonne à la porte. J'ouvre. Il est là. Jean impeccable, chemise blanche légèrement ouverte. Il tient quelque chose dans son dos.

— Bonsoir.

— Entre. Je suis vraiment heureuse que tu sois là.

« Jeune écervelée. Ne montre pas ton attachement trop vite. »

— C'est moi qui suis content de venir.

— Tu sais, ça va être tout simple, sur le pouce. J'ai improvisé ce que je pouvais. En ce moment, je n'ai pas beaucoup de temps.

Il entre et me tend un magnifique bouquet rond. Je m'exclame et le remercie. Je crois que j'aurais pu en profiter pour oser lui faire la bise, mais j'ai trop tardé et maintenant ça aurait l'air calculé. Le bouquet est multicolore, c'est vraiment joli. Pour déchiffrer le langage des fleurs, ça va être coton parce qu'il y a de tout. Des freesias bleus – la constance ; des roses rouges – la passion ; du vert – l'espoir et la fidélité ; des marguerites – l'amour simple ; et même du jaune – la traîtrise. Si je tente une synthèse, il m'aime et pour longtemps avec des tentations auxquelles il saura résister naturellement. Mais il y a tellement de variétés différentes dans son bouquet qu'on peut aussi lire qu'il va me faire l'amour comme une bête et qu'après il s'enfuira en sautant par la même fenêtre que les Saint-Jacques… Mieux vaut considérer que c'est juste un joli bouquet. Je sors un vase et le remplis d'eau.

— Ta jambe, ça va mieux ?

— Ça ne me gêne plus au quotidien, mais pour la course, ce n'est pas encore l'idéal. J'ai fait une tentative avec une copine. Ce n'était pas concluant. Et toi, tu cours toujours ?

— Pas trop en ce moment.

« Menteur. Gare à toi. J'ai une escouade de coquilles Saint-Jacques dressées à l'attaque qui n'attendent que mon ordre. »

— Tu songes sérieusement à quitter ton job à la banque pour la boulangerie ?

— Au moins pour un temps, oui. Je crois que je n'ai pas la mentalité banque. En tout cas, je n'ai pas envie d'y vieillir.

— C'est bien d'avoir le courage de changer aussi radicalement. Ça m'impressionne.

Je pose le bouquet sur la table et l'invite à s'asseoir.

— Merci encore pour les fleurs.

Il jette un coup d'œil dans la chambre :

— Et ton ordi, plus de problème ? Je vois qu'il tourne.

— Grâce à toi, oui. Qu'est-ce que je te sers à boire ? Je n'ai pas grand-chose. Du pastis, du whisky, du porto – il est excellent. J'ai aussi du muscat au frais, de la bière, et il doit me rester un fond de vodka à laquelle on peut ajouter du jus d'orange si tu le souhaites.

— Si ça ne t'embête pas, ce sera simplement du jus d'orange.

« Arrrgh ! Qu'est-ce que je vais faire de toute cette bibine ? L'évier en a déjà bu beaucoup mais si je lui file tout, il va être raide bourré. »

— Jus d'orange, d'accord. Je vais te suivre.

— Ne te gêne pas pour boire si tu en as envie.

« Vas-y. Traite-moi d'alcoolique dès notre premier dîner… »

— Non, c'est gentil. L'alcool, c'est surtout pour ceux que je reçois.

Je le sers et j'enchaîne :

— Et toi, ton travail, tu es content ?

— Je ne me plains pas. C'est toujours plus calme au mois d'août parce que beaucoup de boîtes tournent au ralenti mais, d'un autre côté, les concurrents sont aussi en vacances, alors ça me permet de faire mon trou.

« Bien joué, mon gars. Ça sonne vrai, mais je t'observe et chaque petit signe sur ton visage, même infime, va me confirmer si tu dis la vérité ou pas. Non, pitié, ne me regarde pas avec tes beaux yeux sombres, ça me fait perdre tous mes moyens ! »

Je poursuis mon interrogatoire :

— Qu'est-ce qui t'a amené ici ? Tu as de la famille dans le coin ?

— Non, pas vraiment. J'aime bien bouger et j'avais envie d'être au calme, de privilégier la qualité de vie.

« Il la joue serré. Monsieur ne se livre pas facilement. Mais compte sur moi, tu ne quitteras pas l'appart sans avoir répondu à quelques questions comme : d'où vient ton nom rigolo ? Qu'est-ce qu'il y a dans ton sac à dos ? Est-ce que tu m'aimes ? »

La soirée débute bien. On parle. Tout se passe comme je l'avais rêvé, sauf que Ric ne révèle pas grand-chose sur lui-même. Les coquilles sont parfaites, comme son visage. Il se détend, moi aussi. On parle de films, de cuisine, de voyages. On rigole de plus en plus spontanément. Ça ne change rien à son rire mais, par contre, le mien ressemble de plus en plus à celui d'une hyène qui s'est coincé la patte dans un escalator. Je vois qu'il m'observe. Je m'efforce de ne pas le regarder autant que j'en ai envie. Il sauce son assiette et je crois que je suis en train de tomber vraiment amoureuse.

Je voudrais que cette soirée ne finisse jamais, je voudrais encore qu'il me raconte le vent sur son visage quand il faisait de la voile, qu'il me dise ce qu'il espère de son futur. Parfois, ses silences et ses hésitations montrent qu'il n'est pas habitué à parler. Avec moi, il parle. C'est à moi qu'il sourit, même si je devine que parfois ses pensées l'entraînent plus loin que les quelques mots qu'il prononce. Si je me fiais à ce que je ressens au plus profond de moi, je jurerais que cet homme a un secret. Si un jour il me le confie, alors nos destins seront à jamais scellés. Je voudrais que cette soirée ne soit que le début, que l'on ne se quitte jamais. Je veux toujours ressentir ce que je vis à cet instant, l'envie de tout donner à celui qui m'acceptera.

Pourtant, la malédiction et le destin ont décidé de me gâcher encore une fois mon bonheur. La violence de l'explosion nous a fait tomber de nos chaises tous les deux.

27

Je sais ce que ma grand-mère aurait dit. D'ailleurs, elle aurait eu le choix. En épluchant ses carottes, elle aurait pu déclarer : « Le crime ne paie pas » ou « L'addition tombe toujours » ou encore « Bien mal acquis ne profite jamais » et même « La gorgone peut pétrifier le juste mais son âme s'envolera quand même comme un papillon ».

Toujours est-il que, quand ça a pété dans mon appart, j'ai envoyé valser mon assiette en m'écroulant de ma chaise. Ric, lui, s'est spontanément baissé en faisant face au danger et il a bondi vers moi pour me protéger. Enfin, je l'ai percé à jour : c'est un agent secret, le meilleur dans sa partie, qui fuit un passé trop lourd et tente de refaire sa vie.

La déflagration a eu lieu dans ma chambre. C'est l'ordinateur qui a littéralement explosé. Il y a de la fumée, quelques flammes et, surtout, ça pue le plastique brûlé jusqu'à suffoquer.

Ric attrape en vitesse un torchon et le passe sous le robinet.

— Ouvre les fenêtres. Il ne faut pas respirer ça.

Il se précipite vers l'engin infernal, arrache le

cordon d'alimentation, éloigne mes affaires et recouvre l'appareil de son torchon trempé. Je tremble comme une feuille. Je m'approche en prenant garde de rester derrière lui.

— Il n'aura pas marché longtemps, plaisante Ric pour détendre l'atmosphère enfumée.

Il se penche vers l'ordi. L'arrière de la tour est éventré. Les bords sont tout noirs, comme si on avait tiré à la roquette dessus.

— La vache, cette fois je ne vais pas réussir à le réparer en le redémarrant. Tu fais des sauvegardes sur un disque externe ?

— De temps en temps, oui.

— Ta présentation était toujours dedans ?

— J'en ai une copie à l'agence…

« Même mourante, elle ment encore. »

— Vu les dégâts, ça m'étonnerait que l'on puisse sauver le disque dur. La dernière fois que j'ai vu ça, c'était pendant mes études. Un petit rigolo s'était amusé à bidouiller les circuits d'alimentation électrique et tout avait explosé. Exactement comme ça.

Il se rend compte que je frissonne. Il me saisit les mains.

— Julie, tout va bien. C'est fini. Il n'explosera pas deux fois. Par contre, tu devrais aller respirer de l'air frais à la cuisine parce que c'est un truc à s'intoxiquer. Je ne veux pas finir la soirée aux urgences.

J'obéis. Mine de rien, je demande :

— Qu'est-ce qu'il avait fait, ton copain, sur l'alimentation ?

— Il avait abîmé un minuscule composant, une résistance de rien du tout. Sur ce genre de machine, la taille des éléments n'a aucun rapport avec leur importance. L'incident nous a au moins permis à tous d'apprendre ça et de ne jamais l'oublier.

« Toi aussi Julie, tu as appris un truc. Tu viens d'inventer la bombe à retardement qui explose quand ça lui chante. »

Ric observe la machine d'encore plus près.

— Aurais-tu une lampe électrique ?

Il se redresse, me sourit et ajoute :

— Bien sûr que tu en as une, tu y tiens même beaucoup…

Je voudrais disparaître dans un trou de souris. Ma soirée de rêve est en train de se transformer en enquête de police scientifique après un attentat. Je vais avoir besoin de la cellule psychologique. Si je lui donne la lampe qui m'a valu de me coincer la main dans sa boîte aux lettres, il risque de voir le composant que j'ai saboté pour l'attirer chez moi. Vous saisissez l'horreur et le ridicule de ma situation ?

Je fais celle qui n'a rien entendu et je reste à humer l'air frais à la fenêtre de la cuisine, tel le chien qui sort la tête à la portière de la voiture, grisé par le vent, avec la langue qui pend. Ric a la bonté de ne pas insister et demande simplement :

— Tu éteins ton ordinateur la nuit ?

— Pas toujours.

— Alors tu as une sacrée chance, parce que la même déflagration en plein sommeil et tu étais bonne pour la crise cardiaque, avec peut-être un feu de couverture en prime.

« Ben voyons, j'ai eu de la chance… Notre premier rendez-vous vire à la scène de guerre. Si c'est pas du bol, ça… »

Il ajoute :

— On pourra toujours raconter que, pour notre premier repas, on a fait des étincelles ! Mais avec cette odeur et cette fumée douteuse, il me paraît difficile…

— On ne va pas se quitter comme ça !

Cri du cœur intempestif. Je sais que je n'aurais pas dû mais c'est sorti tout seul. Ses deux dernières coquilles doivent être froides, les miennes sont collées au mur avec l'assiette éclatée juste en dessous. La belle ambiance de complicité s'est évanouie et mon appartement pue. Je bascule dans la dépression.

Il ressort de la chambre :

— Si tu veux, on peut emporter ton délicieux dîner et aller le finir chez moi.

La reconnaissance me submerge. Même si c'est un ancien espion en fuite, jamais je ne le dénoncerai. Je suis prête à jurer que j'ai passé la nuit avec lui pour lui servir d'alibi. Je suis même prête à passer réellement la nuit avec lui pour que ça fasse plus vrai.

On rassemble tout sur un plateau et on monte chez lui. Il fait de la place sur la table, on rigole bien. On dirait deux gamins qui pique-niquent en douce.

— Désolé, dit-il, je n'ai pas de belle nappe et mes verres sont nuls, mais au moins on va pouvoir finir sans masque à gaz.

On s'assoit et le miracle a lieu. On parle à nouveau, tout revient comme si l'ordinateur n'avait pas explosé. À un moment, je me crois encore tellement dans la continuité du début de soirée que je me lève pour aller à mon frigo, mais je me retrouve devant la porte de ses toilettes.

Il éclate de rire. Cette fois, il n'y a rien d'apprêté dans son rire. Il résonne sincère, puissant, instinctif. Tout ce que j'aime.

— Laisse, dit-il, je vais le sortir, ton gâteau.

Je regagne ma chaise et je le regarde faire. Il dispose le beau fraisier sur un de ses plats. Ce gâteau, c'est mon premier salaire de boulangère. Mme Bergerot me l'a offert en remerciement de ma matinée de travail de dimanche. En me tendant la boîte tout à l'heure, elle m'a dit qu'elle pensait que je ferais sans doute une excellente vendeuse et qu'en attendant que je trouve ma voie, elle serait heureuse de faire un bout de chemin avec moi. Ce fraisier n'est pas qu'un simple gâteau, il représente ma chance, le fruit de mon travail, et je vais le partager avec Ric.

— Et à l'école, tu étais plutôt un bon élève ou un cancre ?

— Un petit gars sérieux. J'aimais bien rire, mais ce n'était pas moi qui faisais le clown. Il faut dire qu'à la maison, ce n'était pas facile…

Il s'interrompt. Il se lève pour se donner une contenance mais je vois bien qu'il n'est pas à l'aise, comme s'il avait trop parlé. Oui, c'est ça, on dirait qu'il en a trop dit et qu'il est embarrassé. Quand j'étais dans le même cas, lui s'est toujours montré élégant. Je lui dois bien un coup de main. Je reprends :

— Moi, j'ai redoublé une seule fois, en seconde.

— À cause de quelle matière ?

« Les garçons. »

— Un peu les maths, mais surtout la discipline.

— Toi, indisciplinée ?

— Eh oui, monsieur !

Il dispose les assiettes à dessert en riant. Soudain, il se fige. Il n'a pourtant rien dit qui puisse poser problème. Il tend l'oreille.

— Tu n'entends rien ?

160

— Qu'est-ce que je suis censée entendre ?

Il tourne les talons et fonce dans sa salle de bains. Il disparaît derrière la porte qui se referme toute seule.

Je l'entends grogner. Je perçois un bruit impossible à identifier. Il jure. Aucun doute : c'est bien lui qui s'était fait mal dans l'escalier quand la lumière s'était éteinte.

— Julie !

J'accours. Je n'ose pas ouvrir la porte. Je demande :
— Tu veux que j'entre ?
— Oui, s'il te plaît.

Cette fois, j'entends le bruit. Je pousse la porte et je découvre Ric, debout dans sa baignoire, aux prises avec un tuyau de son ballon d'eau chaude suspendu au mur qui lui fuit abondamment dessus. Il essaie en vain de serrer quelque chose. Il râle :

— Je savais qu'il faudrait revoir la plomberie, mais je pensais que ça tiendrait encore un peu…

L'eau gicle partout, y compris en dehors de la baignoire. Je m'approche en me méfiant de l'eau sur le sol. Je m'inquiète :

— Ne te brûle pas.
— Aucun risque, c'est l'arrivée d'eau froide. Est-ce que tu peux aller sous l'évier de la cuisine, fermer le robinet d'arrêt ? Ce serait sympa…
— J'y vais.

J'ouvre le placard de l'évier et je cherche. J'écarte tout ce qu'il y a devant. Des outils, des gros. J'aperçois le robinet, je tends le bras, j'essaie de l'actionner mais il ne se laisse pas faire. Sans doute grippé, peut-être trop vieux. Je force à m'en faire blanchir les phalanges mais rien n'y fait. Ennuyée, je retourne à la salle de bains. L'eau coule de plus en plus, Ric est trempé.

— Je n'y arrive pas. Pas assez de force.

Ric tente toujours de contenir la fuite, qui se transforme en grandes eaux. Il jauge :

— Si je lâche ici, c'est tout le raccord qui va céder et ce sera l'inondation. Saleté de vieux apparts...

— Je peux te remplacer.

Il me jette un coup d'œil. La fuite augmente encore. J'insiste :

— Je suis plus petite que toi mais je crois que j'en suis capable. De toute façon, je ne vois pas d'autre solution...

Il secoue la tête, résigné. J'enlève mes chaussures et j'avance vers lui. Gêné par l'eau qui lui bombarde le visage, il hurle à moitié :

— Désolé de t'imposer ça. Monte dans la baignoire. Il faut que tu te glisses entre mes bras et que tu poses tes mains autour du raccord. La corrosion a dû ronger la paroi métallique du ballon et ça risque de partir avec le tuyau.

Je lui fais signe que j'ai compris. J'enjambe le bord de la baignoire. L'eau glacée me jaillit dessus. La pression de la fuite est beaucoup plus forte qu'en apparence. Je me coule sous les bras de Ric, me voilà adossée à son torse. J'ai déjà vécu ça avec lui, sans la douche froide. J'ai les pieds dans l'eau, le visage inondé – même mon mascara waterproof garanti insubmersible va avoir du mal à résister à ça. Ric guide mes mains jusqu'au raccord. Je le sens contre moi. J'ai beaucoup de mal à ne penser qu'à la tâche que je suis censée accomplir. L'eau nous inonde. Il me crie dans l'oreille :

— Place tes mains autour et serre de toutes tes forces. Je vais retirer les miennes et tu vas sentir la pression de l'eau. Tu es prête ?

Je hoche la tête positivement. Son menton est contre ma joue, l'eau nous ruisselle dessus. Comment en est-on arrivés là ? Je me sens dans un drôle d'état. J'ai envie de me retourner, d'oublier la fuite et de l'embrasser. Je suis entre ses bras sous la douche. Le bruit de l'eau qui arrose tout résonne. Mon esprit vacille. Il dit :

— Attention, je retire les mains. Ne t'inquiète pas, ce ne sera pas long.

Ses bras s'écartent doucement, et tout son corps avec. Je ferme les yeux. Il descend de la baignoire, sort de la salle de bains. Je reste seule sous cette douche glacée. Effectivement, le métal doit être rouillé parce que, sous mes doigts, je sens la paroi du ballon d'eau chaude qui se déforme. Tout à coup, le débit de la fuite diminue. L'eau finit par s'arrêter. Je prends alors conscience que ma petite robe est détrempée, au point d'en être devenue quasiment transparente, le seul jour de ma vie où je n'ai pas mis de soutien-gorge.

La porte de la salle de bains s'ouvre. Ric est là, trempé lui aussi, sa chemise lui colle à la peau. Il est rudement bien gaulé. J'espère qu'il se dit la même chose de moi… Je suis comme une gourde debout dans sa baignoire, sans savoir quoi faire à part le regarder.

— Tu dois être transie de froid, dit-il en se dépêchant d'ouvrir un placard pour en extraire un drap de bain.

Il le déplie, m'aide à descendre et l'enroule autour de moi. D'un geste doux, il me frictionne le dos. Il est encore contre moi, son visage ruisselle. J'adore quand il est décoiffé avec les cheveux mouillés. Lui arrive à parler, pas moi.

— Je te remercie. Ce soir, on aura eu de la chance tous les deux. Si on n'avait pas été là pour cette fuite, les dégâts auraient été énormes, sans parler des plafonds de l'appart du dessous...

Une explosion et une inondation le soir de notre premier dîner. Si ce sont des signes, je ne sais pas trop comment je dois les interpréter. Je n'ai toujours pas dit un mot. Je crois que je suis en état de choc. Ce n'est pas l'eau glaciale, ce n'est pas le dîner qui part en vrille, ce n'est pas ma robe qui est fichue ou mes seins qui pointent, c'est lui.

Il prend une serviette et commence à s'essuyer le visage. Il rigole :

— On dirait que quelqu'un a décidé de nous compliquer la vie ce soir. Mais on ne va pas se laisser faire. On a encore le gâteau à manger. Est-ce que tu préfères retourner chez toi te changer ?

Hors de question de le lâcher, même cinq minutes. Je crois qu'il le voit dans mes yeux.

— Je peux aussi te passer des vêtements.

Je me contrôle tellement peu que je crois que j'ai hoché la tête. Il m'a emmenée dans sa chambre. Il a sorti un bermuda et une chemise épaisse.

— Je te laisse te changer, je vais éponger le plus gros. Normalement, on a payé notre tribut à la malchance. On devrait être tranquilles pour le reste de la soirée...

Il sort en tirant la porte. Je suis toujours muette. Je quitte ma robe. Je suis entièrement nue dans sa chambre. On aura vraiment tout fait dans le désordre.

J'imagine Géraldine à ma place. Et les chats. La première aurait sûrement déjà fait des folies de son corps et les seconds se seraient enfuis à cause de l'eau. Sa chemise est super confortable. Il n'y a même pas un miroir pour regarder à quoi je ressemble, avec son bermuda trop grand et ses manches trop longues. Pourvu que le mascara ait tenu le coup... Je retourne vers le salon. Il est dans la salle de bains, en train d'éponger avec des serviettes, torse nu.

— Cette fois, je suis bon pour changer le ballon. Pas la peine de remettre l'eau avant... Tu crois que je peux demander un coup de main à Xavier ?

« Tu pourrais aussi ne jamais remettre l'eau et venir te doucher chez moi. Tu pourrais même y vivre si tu voulais. »

— Je suis certaine qu'il acceptera de t'aider. En plus, vous avez l'air de bien vous entendre.

Il se redresse. Il s'approche tout près de moi. Je suis troublée. Mais il ne fait que passer :

— Je vais me changer aussi...

On se retrouve à table, à manger mon premier salaire de boulangère en silence, sans oser se regarder. Comment est-on censé réagir dans ce genre de cas ? Je n'arrive pas à effacer l'image de son torse trempé de mon esprit. Si ce que l'on dit sur les garçons est vrai, il doit se battre pour chasser l'image de mes seins façon concours de tee-shirt mouillé du sien.

— Il est délicieux ce gâteau, fait-il en me regardant enfin.

Je lui souris, sans doute comme je n'ai jamais souri à personne.

28

On s'est quittés vers une heure du matin. On a parlé de tout, sauf de lui. Au moment de se dire au revoir, on s'est embrassés sans hésiter, sur la joue. J'ai failli passer mon bras autour de son cou mais j'ai réussi à me contrôler. Il a été parfait. Tout a été parfait. L'explosion, la fuite, ses regards, sa peau. Je suis redescendue sur la pointe des pieds avec ma robe trempée dans un sac plastique et ses vêtements sur moi.

Ça m'a fait drôle de revenir dans mon appartement, d'abord parce que ça puait toujours et ensuite parce qu'il n'était pas là. Je me suis couchée dans ses fringues, mais j'étais incapable de dormir. J'ai essayé d'imaginer comment ne pas lui rendre ses vêtements. Je pourrais orchestrer un cambriolage et dire qu'on me les a volés. Je pourrais prétendre qu'après les avoir lavés pour les lui rendre propres, je les avais mis à sécher à la fenêtre mais que des pies me les ont barbotés. Je perdais la boule. J'allais simplement faire la morte en attendant qu'il me les réclame par lettre recommandée.

J'ai dû m'endormir une heure avant que le réveil ne

sonne. Autant vous dire que mon efficacité à l'agence a été toute relative. J'ai passé la matinée en apesanteur, entre le souvenir de Ric plongeant comme un agent des forces spéciales quand l'ordi a explosé et celui de Ric debout devant moi, sa chemise collée à ses pectoraux après le déluge. Ric, donc.

C'est bizarre, parce que ce matin, malgré ma tête à la fois défaite et béate, Géraldine ne m'a pas demandé si j'avais fait des folies de mon corps. Pourtant, ce coup-là, il y aurait eu de quoi raconter.

En rentrant de l'agence, je suis passée à la boulangerie. Mme Bergerot m'a prise à part.

— Tu as l'air fatiguée, ma Julie.

— Un problème de fuite dans l'immeuble hier soir.

— Tu sais, j'ai bien réfléchi et si tu pouvais commencer le mardi 22, ce serait bien.

— Dans une semaine ?

— J'espère que je ne te prends pas de court…

— Non, ça ira. Ne vous en faites pas.

« Il faut juste que je dorme un peu avant… »

Du coup, je termine à l'agence vendredi pour commencer comme boulangère le mardi suivant. Cette fois, pas le choix, il va falloir que je l'annonce à mes parents.

Vous allez sans doute me juger irresponsable mais lorsque je suis ressortie de la boutique, je ne pensais pas du tout à tout ce que j'avais à faire avant de changer de métier. Je me demandais uniquement comment faire pour voir Ric régulièrement. C'est fou ce qu'il me manquait. J'allais rentrer, même pas déjeuner, et je m'autoriserais une pause roulée dans ses vêtements.

Je suis presque devant ma porte lorsque j'entends une petite voix qui m'interpelle :

— Julie, c'est toi ?

L'appel vient des étages supérieurs. Je me penche au-dessus de la rampe et je tends le cou.

— Qui me parle ?

— C'est Mme Roudan. Est-ce que tu peux monter, s'il te plaît ?

Ma baguette à la main, je grimpe les deux étages. Je passe devant la porte de Ric. Est-il là ?

Mme Roudan m'attend sur le palier. Elle me paraît fatiguée.

— Je suis descendue chez toi tout à l'heure. Quelle bécasse, j'avais oublié que tu travaillais le samedi matin. Alors je t'ai attendue.

— Il fallait me laisser un mot ou me téléphoner...

— Cela m'aurait obligée à redescendre et, à mon âge, je m'économise. Quant au téléphone, je ne l'ai plus... Tu as une minute ?

— Bien sûr.

Elle me fait signe de la suivre chez elle. Je n'ai jamais visité autant d'appartements dans cet immeuble que depuis quelques jours. En entrant, j'accomplis un véritable saut dans le temps. Tout est vieux, patiné. Les peintures sont jaunies, écaillées. Impossible de savoir de quelle couleur elles étaient à l'origine. Une table en bois, une unique chaise. Sur l'évier de faïence blanche, une seule assiette au bord usé. Le frigo tout arrondi fait un bruit de diesel. Au-dessus, un vase vide. J'avais entendu dire que Mme Roudan était la plus ancienne habitante de l'immeuble, mais je ne pensais pas que ça datait d'aussi longtemps.

Elle fait glisser un vieux tabouret branlant et me propose la chaise. Je décline :

— On va faire l'inverse, si vous voulez bien.

Elle accepte sans se faire prier. Elle semble souffrir du dos. Pas étonnant, avec les poussettes surchargées qu'elle trimballe sans arrêt.

— Tu ne le sais peut-être pas, Julie, mais je te connais depuis longtemps. Plus jeune, je faisais un peu de repassage chez les voisins de tes parents. Je t'entendais rire dans ton jardin, avec tes amis…

— Vous ne me l'aviez jamais dit.

— Je parle peu. Mais j'ai été contente quand tu as emménagé ici.

C'est étrange, elle semble regarder ma baguette avec envie.

— Tu dois te demander pourquoi je t'ai fait monter.

— Effectivement.

— J'ai confiance en toi et, si tu acceptes, j'aimerais te demander un service. Il va falloir que je parte quelques jours.

— Un voyage ?

— Pas vraiment. Je dois aller à l'hôpital.

Je fronce les sourcils.

— Rien de grave ?

— En juin, le médecin m'a prescrit des analyses et elles n'étaient pas bonnes. Il m'a demandé d'en faire d'autres et ils m'ont trouvé un truc mauvais. La semaine dernière, je suis allée à l'hôpital faire un prélèvement et, hier, ils m'ont prévenue qu'il fallait que j'y retourne, au minimum pour un mois.

Elle dit tout ça simplement, sans émotion particulière.

— Comme tu le vois, je ne suis pas bien riche, et

si la Sécurité sociale ne prenait pas tout en charge, je serais sans doute déjà morte.

— Qu'est-ce que je peux faire pour vous aider ?

Elle me désigne la porte de sa chambre.

— Je voudrais que tu prennes soin de la seule chose qui compte un peu pour moi...

« Elle va me demander de venir nourrir la famille de réfugiés qu'elle héberge en cachette. Ça lui ressemble bien, elle a du cœur, Mme Roudan. »

— ... Si je reviens, j'en aurai besoin pour continuer à vivre.

Elle se lève en s'appuyant sur la table et va jusqu'à sa chambre à petits pas. Un vieux lit avec un cosy ouvragé comme on en faisait autrefois, un édredon râpé jusqu'à la corde, une petite table de nuit avec une photo à demi effacée appuyée contre le pied d'une lampe d'un autre âge, une armoire rafistolée et un cadre tout poussiéreux représentant une scène de moisson aux couleurs fanées.

Elle avance vers la fenêtre, l'ouvre et commence péniblement à enjamber l'appui. Je me précipite :

— Ne sautez pas !

Elle rit doucement.

— Ne t'inquiète pas, Julie : regarde.

Elle me désigne l'extérieur et j'écarquille les yeux. Au pied de sa fenêtre, je découvre un petit jardin potager aménagé sur le toit-terrasse de l'immeuble mitoyen. Des tomates, des salades, des petits pois, d'autres légumes et quelques pieds de fraisiers s'étalent dans ce jardin suspendu clandestin.

— Je me suis aménagé ça en douce. Je ramène la terre avec ma poussette et je cultive. Personne ne le sait. Ceux de l'immeuble d'à côté s'en rendront peut-être compte un jour, mais on verra bien.

Elle est assez fière de mon expression incrédule. C'est vrai qu'il faut de l'idée et un sacré courage pour aménager cet étrange endroit.

— Cela me rendrait service si tu pouvais venir arroser pendant mon absence. J'ai souffert pour installer tout ça toute seule. Ça me ferait de la peine que ça crève. Tu peux prendre les légumes, ce serait dommage qu'ils se perdent.

Je suis impressionnée, bouleversée.

— Pourquoi n'avez-vous rien dit avant ? J'aurais pu vous aider.

— Les gens ont leur vie. Je n'aime pas déranger.

— Quand devez-vous partir à l'hôpital ?

— Lundi matin. Je déposerai ma clé dans ta boîte aux lettres.

— Où serez-vous hospitalisée ?

— À Louis-Pasteur.

— Je viendrai vous rendre visite.

— Ne perds pas ton temps. Viens plutôt voir où je range l'arrosoir et les outils de jardinage.

29

Pendant les trois dernières semaines, j'ai l'impression d'avoir vécu et éprouvé plus de choses que durant tout le reste de ma vie. Je suis complètement vidée. Trop d'émotions, trop différentes. J'ai laissé ma baguette à Mme Roudan et je suis redescendue chez moi. J'ai passé la chemise de Ric et j'ai essayé de mettre de l'ordre dans mes idées. L'odeur de brûlé est toujours là. J'ai soigneusement emballé mon ordinateur détruit dans un sac-poubelle en attendant de savoir quoi en faire. Ensuite, j'ai allumé des bougies parfumées. Pour le moment, le mélange jasmin-composants électroniques incendiés n'est pas très agréable…

Sur la table et dans la cuisine s'étalent encore les restes de notre dîner interrompu. Je range tout ou presque. Je n'ai pas envie de laver son assiette et son verre tout de suite. Comme ça, j'ai l'impression qu'il est encore un peu là. J'ai entendu dire que, si on boit dans le verre de quelqu'un, on connaît toutes ses pensées. J'ai bien envie d'essayer. Je saurai enfin ce qu'il pense de moi et ce qu'il fait de tous ces outils bizarres entassés sous son évier. Ce garçon est décidément étrange.

On frappe à la porte. Sûrement Mme Roudan qui a oublié de me dire quelque chose. J'ouvre. Ce n'est pas Mme Roudan. C'est l'homme dont je porte la chemise et qui ne doit jamais me voir débraillée comme je le suis là maintenant.

— Salut.

— Bonjour, Ric.

Il désigne sa chemise :

— Elle te va bien. Encore merci pour hier soir. C'était n'importe quoi mais j'ai vraiment passé un super moment.

— Moi aussi.

— Ça va, l'odeur avec ton ordi ?

— Je l'ai enfermé dans un sac, je vais m'en débarrasser.

— Veux-tu que j'essaie de récupérer les données de ton disque dur ?

— Si tu crois que c'est possible, j'aimerais bien, mais tu dois avoir d'autres choses à faire. Il n'y avait rien d'essentiel.

— Je n'ai qu'à l'emporter et je regarderai quand j'aurai un moment.

— C'est gentil.

Il sort un papier de sa poche :

— Tiens, je t'ai noté mon numéro de téléphone portable. Il n'est pas souvent allumé mais on ne sait jamais.

Je m'empresse de prendre le précieux papier et je vais jusqu'à mon bureau pour lui noter le mien. Lorsque je me retourne, je sursaute. Il est là, dans la chambre. Il m'a suivie.

Sur mon lit défait, Toufoufou est à moitié glissé dans son bermuda.

— Te voilà sans ordinateur, comment vas-tu faire ?

— Je dois pouvoir récupérer un vieux portable pour les mails. Pour le reste, tu sais, une boulangère n'a pas souvent de rapports ni de présentations à faire.

— C'est sûr.

— Tu vas courir demain matin ?

— Je vais essayer, mais j'ai des trucs à préparer.

« Des trucs. Il a toujours des trucs à faire, des trucs à voir, des trucs à préparer. Tu ferais mieux d'avoir des trucs à embrasser, à cajoler, à aimer. Je suis un vrai truc, tu sais. »

Il prend mon numéro de portable et se dirige vers la sortie. Il repère tout de suite l'ordinateur emballé.

— Je te dirai dès que j'aurai pu y jeter un œil. À mon avis, il y a moins de 20 % de chances que l'on puisse sauver quelque chose, mais ça vaut toujours le coup de tenter.

De sa main large, il attrape le sac par le dessus et le soulève avec une impressionnante facilité. Et voilà, maintenant je vais rêver de ses mains pendant un bon moment.

On se fait la bise et il s'en va. Je ne réalise pas tout de suite qu'il est parti. Sans doute parce que, surprise par sa visite imprévue, je n'ai pas encore réalisé qu'il était venu. Il va falloir que je dorme parce que sinon je vais vite faire n'importe quoi. Encore plus que d'habitude.

30

L'ambiance change à l'agence. En la quittant maintenant, je vais peut-être manquer la meilleure période qu'elle aura connue. Géraldine est plus sereine. Elle fait ce qu'elle veut de Mortagne et le résultat est spectaculaire. Moins d'accrochages, moins de tensions. Plutôt que de parler à sa plante, Mélanie commence à nous adresser la parole. C'est la fougère qui va faire la tronche.

Ma dernière semaine. Ça me fait bizarre. Tout le monde est gentil avec moi. Pourquoi faut-il attendre que les gens s'en aillent pour chercher à en être proches ? Parce qu'ils vont nous manquer ? Parce qu'il n'y a plus d'enjeux ? Je m'interroge.

À peine assise à mon bureau, le téléphone sonne. C'est Sophie.

— Qu'est-ce que tu fous, j'arrive pas à te joindre ?

— Salut Sophie. Tu sais, je ne vais pas pouvoir te parler longtemps, je suis au travail.

— Tu te moques de moi ? Tu serais bien la première à être débordée dans ta banque, surtout au mois d'août et à quatre jours de la ligne d'arrivée. Alors, comment ça s'est passé avec Ric ?

« On a échappé à un attentat, on a pris une douche ensemble, je me suis roulée dans ses vêtements, il a mangé tout mon salaire, c'est la folie ! »

— Plutôt bien, c'est vraiment un garçon charmant.

— Garde ce genre de phrase pour ta mère. Moi, je veux la vraie version. Qu'est-ce que vous avez fait, il t'a draguée ? Ça y est, vous sortez ensemble ?

J'ai peur de parler. Si quelqu'un dans l'agence m'entendait ? Je mets ma main autour du combiné :

— C'est difficile de parler ici…

— OK, je comprends, tu n'as qu'à répondre par oui ou par non. Vous avez fait l'amour ?

— Non.

— Il est gay ?

« Ce serait le drame de ma vie et je deviendrais bonne sœur. »

— Je ne crois pas.

— Il a au moins été gentil avec toi ?

— Oui.

— C'est vraiment génial de discuter avec toi. Pas de doute, tu es ma meilleure amie ! Et tes parents, tu leur as enfin parlé de ta reconversion ?

— Une ancienne voisine leur avait déjà vendu la mèche.

— Comment ont-ils réagi ?

— Mieux que je ne l'avais craint. Ils étaient tellement surpris que c'est passé comme une lettre à la poste. Je crois qu'en plus ils sont préoccupés par la santé de mon père.

— Sérieux ?

— Il a des examens la semaine prochaine.

— Et ton nouveau job ?

— La bonne nouvelle, c'est que je vais démarrer

à mi-temps jusqu'à ce que Vanessa, l'autre vendeuse, s'en aille. Et tiens-toi bien, je vais gagner autant qu'ici.

— Contente pour toi. Dans cette avalanche de bonnes nouvelles, j'en ai une supplémentaire. Le prochain dîner de filles aura lieu chez Maude. On sera trop nombreuses pour ton petit appartement, alors comme c'est elle qui a le plus grand, on a vu ça ensemble et elle est d'accord. Ne me dis pas que tu es déçue, maintenant que tu as fait ton premier dîner avec Ric, tu n'as plus besoin de cobayes... Tu t'occupes des boissons.

— D'accord.

— Et n'espère pas t'en sortir sans rien raconter. Ça fait des années qu'on se moque des histoires de tout le monde, y compris des nôtres, alors tu n'y échapperas pas. Je te laisse, bisous !

31

Le mercredi soir, je suis passée voir Xavier. J'avais
envie de lui dire bonjour, mais pour être complètement
honnête, j'espérais aussi croiser Ric.

Dès que je suis entrée dans la cour de son immeuble,
j'ai été bombardée par une lueur aveuglante. Obligée
de protéger mes yeux avec mes mains. Xavier ne
construisait donc pas une voiture mais un rayon de la
mort ! Je m'en doutais. Il est de mèche avec les extraterrestres qui viennent de la planète de Ric, c'est pour
ça qu'ils s'entendent si bien. C'est aussi pour cette
raison que les garçons sont viscéralement si proches
entre eux : ils viennent tous d'une autre galaxie ! En
titubant, j'échappe à l'éblouissant faisceau, qui n'est
que le reflet du soleil sur le pare-brise blindé tout neuf.

Au-dessus de l'engin de Xavier, une large plaque de
métal courbe flotte, accrochée à une potence, comme
en apesanteur. Très concentré, Xavier la met en place
avec une précision d'horloger. Il est tellement concentré qu'il ne me remarque même pas. La sueur perle
sur son front. Il oriente sa grande pièce un peu à
droite, la repousse légèrement plus au fond, la descend encore au-dessus du moteur, vérifie la parfaite

position des cales et la bloque enfin. Il soupire, se redresse et me découvre :

— Julie ! Tu m'as fait peur.

— Bonjour, Xavier. Qu'est-ce que tu fais ?

Il s'essuie le visage avec son tee-shirt et me fait la bise.

— J'ai reçu la première pièce peinte de la carrosserie. Noir mat. Personne ne l'a vue avant toi. Qu'est-ce que tu en dis ?

— C'est classe. Tout XAV-1 sera recouvert de cette armure ?

Il hoche la tête franchement comme un enfant fier.

— Sa robe devrait être complète d'ici trois semaines. Demain, j'attaque les essais moteur sur banc. Je profite que tout le monde n'est pas rentré pour ne pas trop déranger.

Sa voiture va être énorme, et sûrement très impressionnante, mais je vais quand même essayer d'aborder ce qui me préoccupe :

— Tu n'as pas vu Ric ?

— Non, pas aujourd'hui. Je crois qu'il avait des trucs à faire.

« Des trucs, encore des trucs ! »

— Il t'a parlé de son ballon d'eau chaude ?

— Ouais, on s'est programmé ça le week-end prochain. Il est bien pourri.

« Qui est pourri ? Ric ou le ballon ? »

D'un revers de manche prudent, Xavier essuie une poussière sur son capot flambant neuf. L'air de rien, il ajoute :

— Ric ne m'a pas parlé que de son ballon...

« Quoi ? Qu'est-ce qu'il a dit ? Tu sais pour quel service secret il travaille ? Avoue, sinon je prends la clé de ta porte de boîte aux lettres et je te fais une grosse rayure sur ton joli capot, avec un rire sadique et un jeté de tête vers l'arrière. »

— Ah bon ? Et quel sujet a-t-il abordé ?

— L'autre jour, entre deux questions sur la résistance des métaux, il m'a beaucoup parlé de toi.

— C'est vrai ?

— Il m'a demandé depuis combien de temps on se connaissait, quel genre de fille tu étais, il voulait discuter de nos amis et même de tes mecs...

« Xavier, si tu as parlé, je te jure que je mets le feu à ta bagnole. »

— T'inquiète pas, je ne lui ai rien dit, mais j'ai l'impression qu'il a des vues sur toi, si tu vois ce que je veux dire... Ceci dit, je ne sais pas ce que t'en penses, mais il a l'air d'un mec réglo.

« Pas seulement. Mais ce serait trop long à t'expliquer. »

— Merci, Xavier. Merci de ne pas avoir tout balancé.

Il se redresse et me regarde bien dans les yeux.

— Aucun problème. Tu sais Julie, ça fait drôle à dire mais, dans ma vie, tu es ce qui ressemble le plus à une frangine. Nos chemins se suivent depuis longtemps, je crois que l'on tient l'un à l'autre et pourtant il n'y aura sûrement jamais rien entre nous. Alors ce doit être de l'affection.

Comment un homme qui caresse les tôles comme les cheveux d'une femme peut-il vous sortir des phrases que même un auteur romantique du XIXe siècle aurait eu du mal à écrire ? Je suis retournée.

Comme s'il n'avait rien dit de particulier, Xavier reprend :

— Il est étonnant, Ric.

— Pourquoi tu dis ça ?

— Il s'intéresse à des choses surprenantes.

« Arrête de tourner autour du pot, Xav. De toute façon, tu parleras. Regarde, j'ai ma clé à la main… »

— Comme quoi par exemple ?

— L'autre soir, il m'a posé plein de questions sur le métal, sur la façon de le tordre et de le couper. Ça ne doit pas lui servir à grand-chose dans l'informatique.

— C'était sûrement à propos de ton véhicule.

— Non, pas du tout. Je lui parlais de moulins à huit cylindres et de soudure. C'est lui qui a orienté la conversation sur le sujet qui l'intéressait. J'avoue que je me suis posé des questions.

— Des questions ?

— Ouais. C'est drôle, il chercherait à faire évader quelqu'un de prison qu'il n'aurait pas demandé autre chose.

32

Vous vous doutez bien que la phrase de Xavier a produit un certain effet dans mon esprit. C'est peu de le dire, un vrai tremblement de terre. La première prison est à environ soixante kilomètres et c'est un pénitencier pour femmes. Bonjour la déprime. Rien qu'en lisant son nom sur l'étiquette de sa boîte aux lettres le premier soir, je l'avais déjà presque démasqué. Ricardo Patatras, ça sonne comme un espion en fuite qui prépare un plan pour faire évader celle qu'il aime plus que tout et qui est emprisonnée. Pour elle, il va prendre tous les risques. Il ne s'est jamais pardonné qu'elle ait été capturée lors de cette mission à Novosibirsk. Il s'est juré de la sortir de là. Ensuite, ils s'enfuiront tous les deux dans un immense domaine caché au cœur d'une forêt luxuriante du Brésil pleine d'animaux mignons. Dans une sublime propriété achetée grâce à son plan épargne logement de la CIA, ils vivront leur passion, nus. Mon Ric avec cette grosse poufiasse. Je suis horriblement déçue. Elle, si je l'attrape, je lui éclate les genoux avec le capot de Xavier. L'imaginer dans les bras de Ric me donne envie de hurler. Et moi je reste coincée dans ma vie pourrie, à fourguer des comptes même pas rémunérés en attendant de vendre du pain entre deux dîners de folles célibataires. Je suis brisée. J'en pleure depuis que Xavier m'a tout révélé hier. Pour de vrai.

En arrivant devant l'hôpital, je sèche mes larmes avant de me présenter à l'accueil :

— La chambre de Mme Roudan, s'il vous plaît.

La jeune femme pianote sur son clavier et vérifie son écran. Elle est mignonne, la vie devrait lui sourire, et pourtant elle a l'air triste. Si ça se trouve, son mec s'est aussi enfui avec une espionne. Quand on y réfléchit, face aux hommes, on vit toutes un peu la même chose.

— Service oncologie, troisième étage, chambre 602.

— Merci.

Les portes de l'ascenseur se sont refermées tellement vite qu'elles ont à moitié broyé la religieuse au chocolat que j'ai apportée.

Je parcours les grands couloirs. La dernière fois que je suis venue, c'était pour un copain qui s'était fracturé la jambe. Il y avait du monde dans les couloirs, mais dans ce service-là, celui des cancéreux, je croise surtout des infirmières et des docteurs en blouse blanche. J'arrive à sa porte. Je frappe doucement.

— Entrez !

Ce n'est pas la voix de Mme Roudan.

J'entre. Deux lits. Dans le premier, une dame âgée qui se tient très droite, avec une chemise de nuit à fleurs jaunes et une impeccable coiffure de directrice de pension de jeunes filles. Elle me fixe de son œil noir, contrariée d'être interrompue dans sa contemplation d'un jeu télévisé où les candidats doivent répondre à des questions débiles à grand renfort de rires préenregistrés.

— Bonjour, dis-je en souriant timidement.

Hochement de tête sévère. Réflexion faite, elle était peut-être gardienne de prison dans l'établissement où la pétasse de Ric est enfermée.

Sur le lit du fond, près de la fenêtre, Mme Roudan ne m'a même pas remarquée. Elle est fascinée par la télévision. Elle la regarde avec les yeux émerveillés d'une enfant devant les vitrines de Noël. Serait-il possible qu'elle n'ait jamais vu la télé ? Je m'approche :

— Madame Roudan…

Elle baisse les yeux vers moi et l'émerveillement de son regard se mue instantanément en étonnement :

— Julie ? Qu'est-ce que tu fais là ? Tu n'es pas malade au moins ?

— Non, tout va bien. Je suis simplement passée vous faire un petit coucou.

Elle semble plus gênée qu'heureuse :

— Il ne fallait pas. Tu es trop gentille. Tu sais, j'ai l'habitude d'être seule.

— Je me suis permis de vous apporter un gâteau.

— C'est adorable.

— Vous avez le droit de manger de tout ?

— Oui, pour le moment, mais si j'ai bien compris, ça ne devrait pas durer.

Je pose le paquet sur sa table de nuit. Regard jaloux de la voisine.

— L'emballage est un peu abîmé parce que je ne me suis pas assez méfiée des portes d'ascenseur…

Mme Roudan me regarde, incrédule. Je crois qu'elle n'a pas l'habitude qu'on lui parle. Quelques bonjours par semaine, quelques banalités sur le temps ou ses vieilles douleurs au hasard des rencontres, rien d'autre. Alors là, entre les infirmières qui doivent débarquer dix fois par jour et moi qui lui parle des portes d'ascenseur...

— Assieds-toi, me dit-elle. Ici, il y a beaucoup de chaises.

— Comment vous sentez-vous ?

— Pas plus mal qu'à la maison.

— Vous ont-ils dit quand vous pourriez sortir ?

Elle se triture les mains :

— Ils ne disent rien.

Dans la clarté de cette chambre, elle a l'air plus pâle et ses cheveux semblent plus fins. Son visage dégage quelque chose de moins tendu que lorsque je la croise dans l'escalier. Elle se penche vers moi pour ne pas que l'autre entende :

— Et mon jardin, ça va ?

— Je suis allée arroser hier et tout va bien. Je crois que les tomates seront mûres la semaine prochaine. Je vous les apporterai.

Cette perspective semble lui faire du bien. Je demande :

— Est-ce que vous avez besoin de quelque chose, d'une revue, du téléphone ou de quoi que ce soit ?

Elle dit non en renforçant son propos d'un geste de la main.

— J'ai tout ce qu'il me faut ici. C'est comme un hôtel. Il suffit d'avoir mal pour y obtenir une chambre. Et puis j'ai la télé...

Elle me désigne l'écran d'un doigt discret. La fascination s'inscrit à nouveau sur son visage. Elle murmure :

— Tous ces gens, toutes ces histoires, c'est fou.

185

La vie des autres dans ce petit théâtre. Je ne sais pas s'il y a beaucoup de monde qui regarde…

— Beaucoup, madame Roudan, beaucoup.

Elle n'a rien dit de sa maladie. Je n'ai rien osé demander. J'ai bien essayé de lui faire la conversation mais je crois qu'il y a bien longtemps qu'elle n'en a pas eu alors ses réponses sont courtes. En sortant, je lui ai promis de revenir. Elle a eu l'air contente. Avant de quitter l'étage, je suis passée au bureau des infirmières.

— Pourriez-vous me donner des nouvelles des examens de Mme Roudan, chambre 602 ?

— Vous êtes de la famille ?

« Et c'est parti pour un gros coup de mytho… »

— Sa nièce.

La femme consulte le dossier.

— Il n'y a personne dans la case « à prévenir en cas d'urgence ». J'inscris vos coordonnées.

— D'accord.

Je lui donne mon numéro de portable.

— Qu'est-ce qu'elle a ?

— On en saura plus après les examens de la semaine prochaine. Lors de votre prochaine visite, prenez rendez-vous avec le Dr Joliot, il vous expliquera.

— Entendu.

— Et profitez-en pour apporter quelques vêtements parce que votre tante est arrivée avec trop peu d'affaires. Il lui faut des chemises de nuit et de quoi aller se promener dans le jardin aussi…

— Je vais m'en occuper.

33

C'est peut-être une maladie à mon âge, mais je suis sensible aux choses que je fais pour la dernière fois. Cela s'explique sans doute par cette peur de perdre les gens dont je vous ai déjà parlé. Aujourd'hui, c'est mon dernier jour à l'agence. Mon dernier rendez-vous, mon dernier plan de financement, mon dernier plantage serveur. C'est étrange d'éprouver de la nostalgie vis-à-vis d'un lieu et d'un métier que je suis pourtant tellement heureuse de quitter. J'ai l'impression d'en finir avec une période de ma vie qui ne me correspondait pas. Avant de passer à tout autre chose, je rends mon déguisement de banquière très lié à Didier.

Je n'ai pas envie de faire un pot de départ avec tout le monde mais, à midi, je vais déjeuner avec Géraldine. Mortagne a bien essayé de s'incruster mais Géraldine ne l'a pas laissé faire.

Ça aussi, c'est étrange. Je me souviens de la première fois où j'ai vu Géraldine. Elle arrivait d'une autre agence. Pour être précise, je ne l'ai pas vue la première fois, je l'ai entendue. Elle était dans le bureau de l'ancienne directrice et elle a déclaré :

— Quand je fais du vélo, moi, je penche toujours

la tête vers la droite parce que j'ai lu que plus de la moitié des accidents touchent la partie gauche du crâne. Comme ça, j'augmente mes chances de m'en sortir si je tombe !

Avant même de la rencontrer, j'en avais donc une certaine image… Et pourtant, nous voilà toutes les deux à table, au soleil, en terrasse de la Brasserie du Grand Tilleul. Un seul détail m'embête : Géraldine porte ses lunettes de soleil. Que ça lui fasse une grosse tête de mouche ne m'ennuie pas, mais par contre, je ne vois pas ses yeux. Je déteste parler à quelqu'un dont je ne capte pas le regard.

Géraldine a beaucoup d'allure. Elle sait se tenir. Instinctivement, elle se positionne toujours à son avantage. Les paparazzi peuvent surgir, elle sera belle sur les photos. C'est son instinct. Moi, à côté, j'ai l'air du vilain petit canard. Je n'ai pas d'attitude, pas de pendentif qui éblouit, pas de décolleté qui attire le regard des hommes. Même sa façon de tenir la carte est remarquable. On dirait une reine qui va lire un discours à ses fidèles sujets.

— Pour moi, déclare-t-elle, ce sera tomates-mozzarella. Et puis deux desserts…

— Je vais te suivre, mais c'est moi qui invite. J'y tiens.

Elle fait signe au garçon qui rapplique ventre à terre. Je crois qu'il ne m'a même pas vue. Il va peut-être lui demander si elle veut une gamelle d'eau pour son animal de compagnie.

— Tu vas me manquer, Julie.

— Moi aussi, mais on pourra se revoir.

— J'espère bien. Ça m'a fait un choc que tu

quittes l'agence pour devenir boulangère. Du coup, j'ai réfléchi à ma propre vie…

« Mon Dieu, qu'ai-je fait ! »

— … Il faut du courage pour oser tout remettre en cause comme tu l'as fait. J'ai décidé de t'imiter. Je vais m'inscrire aux concours internes de la banque. Je suis résolue à monter aussi haut que possible. Je sais que ce ne sera pas facile parce que je ne suis pas bonne en tout, mais je vais travailler et tenter ma chance.

— C'est une excellente nouvelle.

— Tu m'as inspirée, Julie.

— Tant mieux. Et avec Mortagne ?

— Raphaël ? C'est un amour. Il fallait juste apprendre à le connaître.

« Il fallait surtout lui en coller une bonne. »

— C'est sérieux entre vous ?

— Trop tôt pour le dire. Il veut cinq enfants et il m'a déjà montré des photos de la maison qu'il souhaite nous acheter, mais je n'en suis pas là. Malgré tout, de toi à moi, je me vois bien rester avec lui.

— Géraldine, je peux te demander quelque chose ?

— Tout ce que tu veux.

— Pourrais-tu retirer tes lunettes de soleil ? Ça me met mal à l'aise.

— Pourquoi pas ? J'ai connu un yorkshire castré à qui ça produisait le même effet. Dès qu'il voyait quelqu'un avec des lunettes noires, il aboyait comme un malade et il mordait. Tu ne vas pas aboyer, Julie ?

« Non, mais je vais peut-être te mordre pour faire comprendre au garçon qui revient avec nos assiettes que j'espérais de la pâtée… C'est sans doute à cause de mon côté chien que je cavale après les chats. »

— Je préfère voir tes yeux.

— Tu les trouves jolis ? demande-t-elle ingénument en se composant un visage de star.

Le serveur pose les deux assiettes. Géraldine fixe le contenu avec cet air unique. Que se passe-t-il dans sa tête ? La science gagnerait à trouver la réponse. Elle cligne d'un œil. Je sens venir le commentaire inoubliable, la sentence absolue :

— J'ai toujours le même problème avec les tomates-mozzarella.

— Ah oui, lequel ?

— Je me demande pourquoi ils ne feraient pas les tomates blanches et la mozzarella rouge. Ça changerait, ce serait moins monotone, tu ne trouves pas ?

— Bon appétit, Géraldine.

Je ne sais pas pour vous mais, au début de ma vie, il n'y avait que deux sortes de personnes dans mon univers : celles que j'adorais et celles que je détestais. Mes meilleurs amis et mes pires ennemis. Ceux pour qui je suis prête à tout donner et ceux qui peuvent aller crever. Ensuite, on grandit. Entre le noir et le blanc, on découvre le gris. On rencontre ceux qui ne sont pas vraiment des amis mais que l'on aime quand même un peu et ceux que l'on prend pour des proches et qui n'arrêtent pas de vous planter des couteaux dans le dos. Je ne crois pas que la découverte de la nuance soit un renoncement ou un manque d'intégrité. C'est juste une autre façon de voir la vie. C'est à cette philosophie que je dois le bonheur sincère de partager ce repas avec cette tarée de Géraldine Dagoin. Le monde serait plus triste et finalement moins beau sans des gens comme elle.

34

Mon premier jour complet à la boulangerie. Je suis officiellement vendeuse. Papa et maman m'ont appelée hier soir pour me souhaiter bon courage, Sophie aussi. Tous m'ont demandé quand je comptais reprendre mes études… J'espérais que Ric se manifesterait mais je ne l'ai pas vu du week-end. Je ne sais même pas s'il a réussi à changer son ballon avec Xavier. J'ai vérifié cinquante fois que mon téléphone n'était pas déchargé ou sur vibreur mais rien, pas de trace d'appel, pas de message. Il doit avoir des « trucs » à faire.

Lorsque je suis arrivée, Denis, le pâtissier, est venu me souhaiter la bienvenue dans l'équipe. En rougissant, il m'a bredouillé une phrase à laquelle je n'ai rien compris, mais ça semblait gentil. Julien m'a bien accueillie aussi. Un de ses ouvriers m'a fait un petit signe. Il s'appelle Nicolas, il a l'air sympa. Vanessa semble s'habituer à l'idée que je fasse partie du décor. Peut-être commence-t-elle à éprouver une sorte de nostalgie à l'idée de partir de cet endroit qu'elle a voulu quitter ? Je connais bien le phénomène.

En empilant les chouquettes sur le plateau argenté, Mme Bergerot m'a tout de suite annoncé la couleur :

— À partir d'aujourd'hui, ça va être de plus en plus dur. Les gens ont commencé à rentrer.

À l'ouverture, il n'y avait pas grand monde. Je me suis dit qu'elle s'était peut-être trompée et que tout le monde était encore en vacances. J'avais tort. À partir de 9 heures, ça n'a plus arrêté. On avait beau servir de plus en plus vite, la queue s'allongeait toujours plus loin jusque dehors. Je n'avais jamais vu autant de clients si peu réveillés quand j'étais à la banque. Pour la plupart, ils étaient bronzés. Quelques ados venaient en récitant une liste laborieusement apprise par cœur. Les gens prenaient parfois le temps de raconter leurs congés en quelques mots. Mme Bergerot leur répondait toujours avec les mêmes phrases en prenant garde de ne jamais employer les mêmes formules pour quelqu'un qui aurait pu les entendre en attendant son tour. Vous imaginez la discipline et la mémoire qu'il faut ? « À voir votre mine, vous avez eu beau temps. » « L'essentiel, c'est d'être en famille. » « Je n'y suis jamais allée mais on dit que c'est une région magnifique. » « Une fois, j'ai vu un reportage à la télé, c'était très beau, vous avez de la chance. » « On y mange bien, je crois, mais c'est quand même moins bien que chez nous ! »… Trente ans de métier. Elle en a des dizaines au catalogue. Rien que ce matin, je les ai toutes au moins entendues dix fois chacune. Quand tous les habitués seront rentrés, elle rangera ses phrases jusqu'à l'année prochaine, comme les décorations de Noël. La plupart des clients avaient passé leurs vacances en France, quelques-uns à l'étranger – ils portaient d'ailleurs souvent des vêtements rapportés de là-bas pour prolonger encore un peu l'ambiance. D'une voix forte, les plus frimeurs racontaient des séjours forcément fabuleux dans des îles forcément paradisiaques à l'autre bout du monde.

En milieu de matinée, une petite fille est entrée et ça m'a fait un choc. J'ai eu l'impression de me revoir, vingt ans plus tôt. Toute timide dans sa robe bien sage. Avec application et en articulant, elle a dit bonjour à tout le monde et elle a demandé une baguette. Quand Mme Bergerot lui a rendu sa monnaie, elle a compté les pièces et s'est tout de suite précipitée jusqu'à la vitrine des bonbons. Elle était dans cet état que j'ai bien connu, à l'instant où tout est possible. On n'a de quoi acheter qu'un seul bonbon mais, avant de le choisir, on a le pouvoir de tous les prendre. C'est un moment magique. C'est la première fois que je vis la situation de l'autre côté du présentoir. Je comprends que Mme Bergerot se laisse attendrir chaque fois. La fillette a pris une petite bouteille au cola. J'en ai encore le goût dans la bouche. D'abord, ça vous pétille sur la langue, vous sentez les grains de sucre qui râpent. Puis vient le goût du soda, la gomme devient plus molle et vous la mordillez jusqu'à vous en gaver les molaires. J'aurais bien aimé servir la petite fille, mais c'est Vanessa qui s'en est chargée. Elle reviendra sûrement.

Je n'ose pas encore parler aux clients. Je les sers, je leur réponds, je leur souris, mais je me garde bien de leur adresser la parole. Chaque fois que l'un d'eux se présente devant moi, je ressens immédiatement quelque chose pour lui. Je me dis qu'il pourrait devenir mon meilleur ami ou mon pire ennemi. Mais vous et moi savons que ce n'est pas vrai.

Il y en a un qui a particulièrement fait bondir

Vanessa : un petit vieux, une tête de comptable dégarni, une chemise ringarde, un pantalon informe et des tongs.

— Celui-là, tu t'en occupes, m'a-t-elle lâché en faisant semblant de s'affairer sur les meringues. Je ne le supporte pas. Il me dégoûte tellement que je pourrais vomir.

Le type n'a pas l'air bien reluisant, mais de là à réagir de façon aussi extrême... Il est en cinquième position. La dame qui paie confie qu'elle est partie voir de la famille en Espagne. Elle le fait simplement. D'un seul coup, le type commente à haute voix :

— Z'auriez mieux fait d'y rester, on est déjà trop nombreux ici.

Silence gêné.

La dame suivante se plaint de ne pas avoir de nouvelles de sa fille, partie en voyage. Et le type y va encore de son commentaire :

— L'inquiétude donne souvent une grande ombre aux petites choses...

Silence consterné. Ça va être à lui, Vanessa file dans l'arrière-boutique en se tenant le ventre.

— Mais c'est une petite nouvelle que nous avons là ! commence-t-il.

Mme Bergerot prend la main :

— Bonjour, monsieur Calant. Vous avez l'air en pleine forme.

— Il faut lui dire ce que je prends, hein, parce que j'ai horreur de répéter. On n'a pas à subir l'incompétence des nouveaux. Ils n'ont qu'à apprendre. Où est la petite Vanessa ? Je lui aurais bien dit bonjour...

— On lui transmettra, répond la patronne. Julie va vous servir.

Puis elle se tourne vers moi :

— Mets une demi-baguette bien cuite, un pain aux raisins le moins collant possible et un mystère pour M. Calant.

Je m'exécute. Il suit mes gestes avec un air soupçonneux.

— Non, pas ce pain aux raisins-là, m'ordonne-t-il. Je veux celui qui est juste derrière.

J'obéis en observant l'animal à la volée quand tout à coup, à travers la vitrine, j'aperçois Ric qui passe en courant. Pantacourt, tee-shirt. Il va faire son tour. Je suis troublée. D'autant plus que, malgré la rapidité de son passage, je suis formelle, il porte son sac à dos.

— Pour le gâteau, vous m'avez dit un mystère, c'est bien ça ?

Le monsieur tatillon lève les yeux au ciel et soupire bruyamment :

— Ça démarre mal ! Même pas fichue de retenir trois articles. Faudrait voir à vous reconvertir !

Mme Bergerot intervient :

— C'est son premier jour, monsieur Calant, vous allez voir, vous finirez par l'adorer.

D'un air dédaigneux, il me lance :

— Vis pour apprendre et tu apprendras à vivre.

Il ramasse ses achats, sa monnaie et quitte la boutique. C'est incroyable mais, à la seconde où il a passé le pas de la porte, l'ambiance s'est détendue. Comme si on avait tous, clients compris, éprouvé le même soulagement. Vanessa est revenue.

On n'a pas eu d'autres cas sociaux avant la pause de midi. Vanessa m'a montré comment fermer la porte et baisser le store de la vitrine.

J'aurais bien passé mon temps de repas à guetter

le retour de Ric, mais Mme Bergerot a eu une idée pour midi. Puisque c'est mon premier jour et l'un des derniers de Vanessa, elle a organisé un déjeuner avec toute l'équipe.

Dans le fournil, les ouvriers ont poussé les sacs de farine et les chariots pour faire de la place. La table est longue, on est neuf. Mme Bergerot préside, mais c'est aussi elle qui fait le service. Julien est à sa droite, et après c'est un peu au hasard. Nicolas, l'ouvrier boulanger, s'est installé face à moi. Il ne me lâche pas des yeux. Vanessa raconte :

— Julie a eu Calant et elle a failli se tromper !

— Quel vieux barbon celui-là ! s'exclame la patronne en versant du vin aux hommes.

Nicolas se penche vers moi :

— C'est vrai qu'il est nouche ce mec…

« Nouche ? »

Denis, le chef pâtissier, devine ma perplexité. Il se penche et m'explique :

— Il te faudra un peu de temps pour apprendre à parler le « Nicolas ». Il assemble les mots pour en faire d'autres. Nouche, c'est naze et louche. C'est ça, Nico ?

— Exact, monsieur Denis.

Denis me glisse en aparté :

— Y a que dans la boulange que l'on peut faire travailler des petits gars aussi bizarres. Pour les gâteaux, il faut des vrais pros.

— Je t'ai entendu, tonne Julien. Laisse mes gars tranquilles. Les miens, ils ne s'amusent pas à enduire leur copine de crème pâtissière…

Nicolas se penche vers moi à nouveau :

— Ça, c'est vraiment « surturbant »…

Il veut certainement dire surprenant et perturbant. À moins que ce ne soit… Oh mon Dieu !

Au terme de ce repas, j'en ai appris beaucoup sur le fonctionnement du métier. Je ne regarderai plus jamais une tartine de la même façon.

35

Paradoxalement, même si je viens à peine de débu-
ter dans cet emploi, il m'a déjà sauvée d'un des prin-
cipaux dangers qui menacent ma vie : l'obsession
de Ric.

À force d'être sans arrêt sur la brèche, de voir
des gens, d'apprendre, il m'arrive de ne pas penser à
lui pendant des minutes entières. En milieu d'après-
midi, je vivais une de ces minutes-là. Il n'y avait
pas grand monde. Dehors, sur le trottoir, j'aperçois
Mohamed qui vient de recevoir une livraison. Il se
dépêche de rentrer ses caisses parce que le livreur en
a posé une bonne partie devant la boulangerie. Alors
si Mme Bergerot s'en aperçoit, elle va encore sortir,
et pas pour lui dire bonjour.

Une femme entre avec son fils d'une dizaine d'années. Elle prend des petits fours. Elle a prévu de rendre
visite à sa vieille marraine pendant que son garçon
ira prendre des cours de maths pour être d'attaque à
la rentrée qui approche à grands pas. Le gamin n'a
pas l'air ravi du tout, d'autant que dans la rue ils
sont nombreux à passer en vélo ou à jouer au foot.
Certains, plus âgés, se tiennent par la main et viennent

s'acheter des glaces. Le sol réverbère la chaleur du soleil, il y a peu de voitures. Il flotte dans l'air une sorte d'indolence que seul l'été sait offrir. Et c'est alors que Ric fait son entrée. Il est rayonnant.

— Bonjour !

« Tu étais où ? Je t'attends depuis trois jours ! Avec qui tu traînais encore ? »

— Bonjour.

— Je voulais absolument passer te voir pour ton premier jour. J'espère que tu trouveras ici ce que tu cherches.

« Si tu es dans les parages, j'ai ce que je cherche. »

— Merci. C'est vraiment gentil à toi.

Quand il me regarde comme ça, je sens que je fonds comme la glace des petits jeunes qui s'embrassent sur le trottoir d'en face.

— Depuis ce matin, qu'est-ce que tu n'as pas vendu ?

— Pardon ?

— Qu'est-ce que tes clients ne t'ont pas encore demandé ?

— Pourquoi cette question ?

— Pour que tu aies vendu de tout aujourd'hui et que ça te porte bonheur.

Vanessa, qui a toujours une oreille qui traîne, revient de l'arrière-cuisine et me souffle :

— Les bavarois au café. Personne n'en prend jamais. D'ailleurs, ils ne sont certainement pas très frais.

Je regarde Ric :

— On n'a pas vendu un seul bavarois au café...

— Alors je vais t'en prendre un.

— ... parce qu'ils ne sont pas...

Mme Bergerot arrive à son tour. Ric déclare d'une voix forte :

— Tu m'as convaincu, je t'en prends deux.

Vanessa regarde Ric comme s'il était complètement idiot. Je m'efforce de ne pas rire mais c'est difficile.

Ric tend un billet à Mme Bergerot puis revient vers moi :

— Tu aimes la musique ?

Quel rapport avec les bavarois ? Qu'est-ce qu'il va bien pouvoir en faire, d'ailleurs ? J'espère qu'il ne compte pas m'inviter à les manger. Quoique, s'il m'invite, je veux bien me satisfaire de deux gâteaux pas frais au café.

— Si j'aime la musique ? Quelle question ! J'adore la musique.

— Ça te dirait de venir avec moi assister à un concert, dimanche prochain ?

Je sais bien que je n'ai pas le droit de sauter de joie dans le magasin mais j'ai du mal à me contrôler. Il m'invite !

— Avec plaisir !

— Un de ces soirs, passe me voir et on s'organisera, d'accord ?

« Un de ces soirs ? Je finis dans 3 heures et 24 minutes, je suis chez toi dans 3 heures et 26 minutes. »

Il précise :

— Disons demain soir, si ça te va, on fêtera mon nouveau ballon d'eau chaude.

— D'accord, à demain.

Il s'en va. Mme Bergerot fronce les sourcils :

— C'est pas le nouveau de ton immeuble ?

— Si.

— Il te regarde d'une façon qui en dit long…

Vanessa lève les yeux au ciel. La patronne me demande :

— Comment as-tu réussi à le convaincre d'acheter les bavarois ? Ne refais jamais ça. Personne n'en prend. C'est Denis qui s'obstine à en faire malgré ce que je lui dis. À cause de ton copain, il va se sentir obligé de continuer...

36

De tous les dîners de filles, c'est celui de la fin de l'été que je préfère. Après les vacances, chacune rapporte des histoires incroyables et on est contentes de se retrouver.

Lorsque je sonne chez Maude, je porte deux grands cabas remplis de bouteilles. Sonia ouvre. À en juger par le bruit de fond, il y a déjà du monde. Ça rigole bien.

— Salut Julie ! T'as apporté les boissons ? Super, la fête peut commencer. On aurait pu aussi te demander d'apporter les desserts !

Les nouvelles vont vite. Sonia me décharge d'un sac et m'entraîne à la cuisine. Jade me salue et nous suit en tenant une photo. Sonia m'explique :

— J'étais justement en train de montrer à quoi ressemble Jean-Michel.

Elle reprend la photo à Jade et me l'exhibe sous le nez. Un grand Black, baraqué, en kimono noir, dans une pose à la Bruce Lee, le regard farouche. Il a l'air d'y croire vraiment. Jade regarde encore, toute contrite de ne pas avoir de photo d'homme à montrer.

Sophie déboule et m'embrasse :

— Salut toi. Alors, cette première semaine ?

— Je suis crevée. C'est physique. Par contre, je vois défiler la moitié de la ville. Pour les potins, je suis au point stratégique.

Sonia et Jade continuent leur discussion sans plus s'occuper de nous. Sophie me glisse :

— C'est fini avec Patrice. Je l'ai envoyé balader. J'en ai marre. N'en parle à personne, c'est trop tôt. Il n'y a que toi qui sois au courant.

— Pas trop dur ?

— C'est affreux mais je me sens plus légère. Tout ce temps perdu... Et toi, avec Ric ?

— Demain, on va au concert des jeunes talents à la cathédrale Saint-Julien.

— Vous progressez, c'est déjà ça. Mais ce n'est pas là-bas que vous allez pouvoir roucouler...

Léna débarque et pousse un cri de joie en me voyant :

— Julie ! Trop cool, il faut absolument que tu me donnes ton avis.

Léna est assez particulière. Esthéticienne, elle consacre la moitié de son salaire à l'achat compulsif de crèmes, de sérums, de teintures et, depuis deux ans, elle dépense aussi beaucoup dans des opérations de chirurgie plastique. Elle a décidé de devenir une bombe et elle y met tout ce que la science lui permet. Pour vous donner une idée du personnage, son pseudo sur Internet, c'est « Princessedereve ». Ça a le mérite d'annoncer la couleur. D'après ce qu'on a compris depuis qu'on la connaît, sa stratégie n'a pas l'air de très bien fonctionner parce que, pour le moment, personne n'est venu kidnapper la belle. Alors elle joue la surenchère. C'est elle qui avait eu l'idée de nous faire poser en fées pour un calendrier au profit des coiffeuses nécessiteuses. Tout le monde a refusé, sauf Jade, qui se voyait déjà avec des petites ailes et une baguette clignotante. C'est aussi Léna qui a essayé de convaincre la municipalité d'organiser un concours de Miss… On l'a connue rousse, noir corbeau, blond platine, et là, sans arriver à définir ce que c'est précisément, j'ai l'impression qu'elle a encore changé quelque chose. Elle s'approche de moi avec son décolleté abyssal. Mon Dieu, je viens de comprendre…

— Tu as vu ? Ils sont beaux, pas vrai ? Je les ai fait poser dans une clinique super réputée.

Elle agite sa poitrine comme une danseuse du ventre électrocutée. Sophie commence à trop sourire, je n'aime pas ça. J'essaie d'être gentille :

— Ils sont très impressionnants, vraiment.

Soudain, Léna relève son petit top qui ne laissait déjà pas beaucoup de place à l'imagination et me brandit ses seins énormes sous le nez :

— Touche, c'est super agréable.

Je ne peux pas. C'est impossible. Sophie est hilare et s'en mêle :

— Allez, Julie, il faut que tu les tâtes. Tu verras, c'est incroyable. On l'a toutes fait !

Léna prend ma main et la pose de force en me pliant les doigts pour m'obliger à malaxer.

— Bien malin le mec qui me dira que c'est du faux. Si t'as besoin de l'adresse de la clinique, tu me phones.

— Merci, Léna.

Je suis à deux doigts de vomir. Quel type serait

assez stupide pour penser que ce genre de monstruo-
sité peut être naturel ?

En passant au salon, je découvre une belle table,
avec au moins une quinzaine de chaises autour. Je
glisse à Sophie :

— On n'a jamais été aussi nombreuses.

— Ça va être l'enfer pour les voisins et le paradis
pour nous. J'espère qu'aucune des filles n'a changé
de sexe pendant l'été parce que sinon tu vas être
bonne pour palper.

— T'es dégueu !

Un premier bras m'enlace puis Maëlys me parle.
Une deuxième accolade, une troisième… On sonne
à la porte. D'autres arrivent encore. L'ambiance est
chaleureuse. Je surprends Léna qui s'est déjà jetée sur
Coralie pour lui faire toucher ses nouveaux arguments
de séduction. Dans tous les coins, par petits groupes,
ça parle, ça échange, ça confie. J'en entends une qui
a perdu quelques kilos qui explique comment faire
à une autre qui en a pris trois. Futile et essentiel,
complice. Inès raconte ses vacances « trop top » en
levant les yeux au ciel à chaque fin de phrase. Rosalie
a décroché une promotion et quitte la région le mois
prochain. Laurence, qui vient de divorcer, a passé ses
vacances avec ses deux enfants et c'était génial. Je les
regarde toutes, vivantes, heureuses d'être ensemble,
se la racontant un peu mais partageant quelque chose
de plus beau que les mots. Ce soir, il n'y a plus de
peur, plus de solitude, plus d'espoirs déçus. Ce soir,
on est heureuses. En les observant, je me sens un
peu étrangère. Il n'y a vraiment qu'avec Sophie que
je partage des affinités. Loin de moi l'idée de me
juger supérieure – il n'y a aucun risque. Toutes s'en

sortent souvent bien mieux que moi dans des vies parfois beaucoup plus complexes. Non, je crois que je suis simplement un peu décalée. Je suppose que l'on éprouve toutes ce sentiment à un moment ou à un autre. En les regardant, je vois la vie s'écrire, les existences se dérouler, et cela me touche.

— Tu fais bande à part ?

Sophie s'est glissée près de moi.

— Non, je profite de l'instant.

— Toi, tu profites de l'instant ? C'est nouveau, ça.

Florence et Camille sont en train de servir l'apéritif, un punch préparé par Camille avec du rhum ramené des Antilles où elle a vécu une passion torride avec le moniteur de voile du club.

Au moment de lever nos verres pour trinquer, Sarah prend la parole :

— J'ai une annonce à faire ! Mais d'abord, je dois vous raconter une histoire.

Murmures dans l'assistance. Elle se lance :

— Cet été, courageusement, j'ai décidé de ne pas faire le tour des bals de pompiers à la recherche de l'oiseau rare.

Applaudissements.

— Il était temps de passer à autre chose.

Jade commente :

— Moi, je les trouve pourtant sexy, les pompiers.

— Ta gueule ! crie Sophie en maquillant sa voix.

Sarah reprend au milieu des rires :

— Enfin, bref, cet été, je suis partie en Australie pour me changer les idées. C'est super beau, il y a des surfeurs partout. C'est pas mal non plus, les surfeurs… J'avais trouvé un petit hôtel pas cher proche de la plage. La deuxième nuit, il y a eu le feu dans les cuisines. Ça s'est propagé partout, avec une fumée d'enfer. Ma chambre était au sixième étage. Alarme, évacuation. Entre les ascenseurs bloqués et les fenêtres que l'on ne peut pas ouvrir à cause de la clim, autant vous dire que je n'en menais pas large. J'ai attrapé mon sac, plaqué une serviette sur ma bouche et je me suis lancée dans les escaliers de secours. On a commencé à descendre avec des Italiennes et une Japonaise cramponnée à son mec. Je ne sais pas comment je me suis débrouillée, mais entre la fumée et la panique, je me suis paumée.

— Magne-toi, on a soif !

Sarah rigole mais on sent poindre l'émotion.

— D'accord, je fais vite. Je me retrouve avec un début de crise d'asthme, sans savoir si je suis au deuxième ou au premier étage. Je flippe. Tout à coup, je vois la porte de service s'ouvrir comme si quelqu'un la défonçait. Dans l'encadrement, avec son casque et sa tenue antifeu, surgit la silhouette d'un grand type qui tient une hache à la main. Je suis prise d'un malaise. Il m'a soulevée dans ses bras et m'a emmenée dehors.

Plus personne ne rit, tout le monde est pendu aux lèvres de Sarah.

— Là, dans la lueur des gyrophares, au milieu d'un bordel pas possible, il m'a parlé en dégageant les cheveux de mon visage. Même avec ses gros gants, il était d'une douceur… Les filles, c'est le plus beau pompier que j'aie jamais vu.

Elle fouille dans son sac et nous sort la photo d'un type en uniforme à côté duquel elle pose. Il la dépasse d'une tête. À part sa carrure, la première chose que l'on remarque, ce sont ses yeux bleus à tomber et son sourire à faire chavirer un paquebot.

— Il s'appelle Steve, on s'aime comme des fous. Il rêvait de venir s'installer en Europe et il arrive dans une semaine. Les filles, on se marie le 25 septembre et je vous invite toutes !

Sarah pleure de joie. Maëlys et Camille lui sautent au cou. Ce ne sont pas de simples applaudissements qui ont explosé dans l'appartement, mais un vrai tonnerre de cris et de piétinements. Les voisins du dessous sont en train d'appeler les flics.

Jade a simplement dit :

— Tu te rends compte ? T'aurais pu mourir pendant l'incendie.

Même mariée avec Ric, je crois que je n'arrêterai jamais de venir à ces soirées.

37

À nous voir marcher ainsi côte à côte, en ce beau dimanche après-midi, on pourrait nous prendre pour un couple. On serait même en ménage depuis un certain temps puisqu'on ne se tient plus par la main. Mais il n'y a que les gens qui nous croisent qui peuvent croire que Ric et moi sommes ensemble. Tant pis. Ma joie est pourtant bien réelle parce que c'est notre première sortie.

J'espère que je ne vais rien faire de travers parce que entre la soirée d'hier qui s'est terminée à plus de 2 heures du mat et la matinée à la boulangerie, je n'ai pas vraiment les yeux en face des trous.

Je suis heureuse d'aller au concert avec Ric. La phrase est encore plus vraie si vous retirez « d'aller au concert ». Il a mis une élégante chemise gris ardoise et un pantalon en toile parfaitement repassé. Un agent secret doit savoir repasser. Pour ma part, j'ai laborieusement choisi une robe imprimée ton sur ton, dans les gris-bleus aussi. Les gens vont également croire que l'on habite ensemble parce que nos tenues sont drôlement bien assorties.

Un léger courant d'air me caresse le visage, je

suis bien. J'ai envie de lui prendre la main mais ce serait sans doute déplacé. Après tout, nous sommes deux voisins, deux copains dont l'un est en train de tomber éperdument amoureux de l'autre en se demandant quand même ce qu'il bricole avec ses expéditions. Hier soir, je n'ai rien dit aux filles mais il s'en est fallu de peu pour que Sophie ne balance toute l'histoire. J'ai réussi à l'en empêcher en menaçant de révéler sa rupture. Même si je ne l'aurais jamais fait, ça l'a calmée.

En débouchant sur le parvis de la cathédrale, nous nous retrouvons au milieu d'une foule nombreuse. De grandes banderoles annoncent l'événement : « 5e Festival de musique amateur » sous le parrainage de la pianiste virtuose Amanda Bernstein. Ce festival est connu dans la région mais je n'y ai jamais assisté. De toute façon, grâce à Didier, je n'écoutais plus rien à part ses chansons minables.

Je suis curieuse d'entendre ce que peuvent donner les jeunes musiciens des environs. La manifestation est sponsorisée par la mairie, la région et les célèbres ateliers Charles Debreuil, illustre marque de maroquinerie, fleuron du luxe, dont les usines assurent à la ville une petite notoriété.

Un public endimanché se presse dans la cathédrale Saint-Julien bondée comme aux grands jours. En passant sous le porche d'entrée, je me tiens bien à côté de Ric et je ferme les yeux. Je songe au futur mariage de Sarah et je pense à nous. Est-ce que je veux me marier ?

Dans la nef, il fait frais. Ric m'entraîne vers les premiers rangs.

— Il doit bien rester deux petites places pour nous...

Au centre du chœur, un piano à queue noir trône devant l'autel. La lumière solaire, colorée par les vitraux, inonde l'espace et projette des motifs sur les piliers de pierre qui s'élèvent jusqu'à la voûte. Les centaines de pas et les voix résonnent dans un brouhaha de cérémonie d'importance. J'aperçois quelques clients de la banque, quelques-uns de la boulangerie aussi. Il y a même M. Ping, le traiteur chinois.

Peu à peu, les gens s'installent. Monsieur le maire apparaît et monte sur les premières marches du chœur. Le silence se fait.

— Bonjour à tous et merci d'être venus si nombreux pour cette nouvelle édition de notre festival. Aujourd'hui, les finalistes des sélections qui ont eu lieu tout au long de l'année vont vous donner le meilleur d'eux-mêmes. À l'issue de leur récital, nous annoncerons le ou la gagnante du grand prix. Certains d'entre vous sont venus écouter les jeunes talents de notre ville, d'autres veulent goûter la joie d'entendre l'immense Amanda Bernstein qui nous fait l'honneur d'être présente, mais tous, nous sommes ici par amour de la musique et des arts, blablabla...

Ric l'écoute avec attention. À la dérobée, j'observe son profil, ses mains posées bien à plat sur ses cuisses.

— ... Sans plus attendre, je cède la parole à notre généreuse mécène, Mme Albane Debreuil.

La foule applaudit. Mme Debreuil, unique petite-fille et héritière du fondateur de la prestigieuse marque, est ce qu'il est convenu d'appeler une figure. Les sacs à main et bagages imaginés par ses illustres père et grand-père sont connus partout dans le monde et s'arrachent à prix d'or. Des cuirs d'exception, une forme originale reconnaissable entre toutes, mais surtout un marketing auprès des stars et des têtes couronnées qui arrive à convaincre des milliers de femmes qu'il n'est pas d'élégance sans un « Charles Debreuil » à son bras. Madame arrive à grands pas, drapée dans une robe longue d'un rouge profond, portant une parure de diamants. Impossible de la manquer. Elle a de l'allure, de la prestance et ne perd jamais une occasion de placer en évidence devant elle le dernier modèle du sac qui continue de faire sa fortune et sa gloire…

— Bienvenue à tous ! lance-t-elle.

Elle parle de création, de talent, d'émotion, tout le monde pense qu'il est question de musique mais elle ne peut pas s'empêcher de parler de ses ateliers. Je trouve très bien qu'elle soutienne ce genre de manifestation, mais je me demande quand même si elle le fait pour donner leur chance à des gamins ou pour nourrir son ego.

Ric l'écoute aussi avec attention. Je dirais même qu'il l'écoute avec encore plus de sérieux que le maire. Il la fixe, immobile, penché en avant, les mains légèrement crispées sur ses genoux.

Elle achève son discours en souhaitant bonne chance aux candidats et nous propose de commencer par un morceau interprété par Amanda Bernstein.

L'assemblée applaudit. Une petite dame, vêtue de ce qui ressemble à des doubles rideaux, fait son entrée sans un regard pour la foule. Tel un spectre glissant sur le pavage séculaire, elle gagne le piano sous les acclamations. Insensible au bruit, elle prend place devant le clavier. Au moment où elle lève ses mains pour commencer à jouer, le brouhaha s'estompe jusqu'à

212

disparaître. Les premières notes s'élèvent. Debussy. Pas besoin de s'y connaître pour succomber au bonheur que la musique procure. C'est le propre de tout art. Il nous touche. Ses doigts courent, enchaînent, font naître la mélodie qui prend toute son ampleur dans l'espace de la nef. Nous sommes des centaines et pourtant rien ne vient troubler la magie qui nous emporte tous. Drôle d'espèce que les humains. Quand on songe à la somme de talent, de savoir-faire, de génie qu'il faut pour que l'on puisse entendre cette composition, jouée sur cet instrument, dans ce lieu par ce petit bout de femme… C'est vertigineux. Des siècles d'efforts et de passion pour que tous, assis, réunis, chacun perdu dans son propre ressenti, nous soyons ensemble, parcourus de frissons, émus. La musique me fait de l'effet.

Ric écoute mais semble contrarié. Impossible de lui demander, impossible de le toucher. Jusqu'à la dernière note d'Amanda, le public est tenu, porté, emporté. Je crois que je suis l'une des premières à me lever pour applaudir. J'ai bondi si vite que, l'espace d'un instant, je me suis dit que le morceau n'était pas terminé et que j'étais l'inculte, la barbare qui interrompait le prodige avec sa joie bruyante. Un cauchemar absolu d'une microseconde. Dieu merci, je n'ai été que la première et le morceau est bien achevé. La petite dame, la grande artiste, se retire sans même un regard. On lui pardonne. Ses doigts nous ont offert ce que ses yeux nous refusent.

Puis vient le tour des jeunes finalistes. Pas évident de passer après cette démonstration. Quatre pianistes et une flûtiste. J'avoue avoir une légère préférence pour le piano. La flûtiste ouvre les festivités. Du

Vivaldi arrangé pour l'instrument. Les notes aiguës semblent pouvoir traverser les murs de pierre tant elles sont fines. Contre toute attente, j'ai aimé.

Le premier pianiste s'installe, il n'a que quatorze ans. Il choisit de jouer du jazz et il est vraiment doué. L'assistance est sous le charme. Le second, à peine plus vieux, propose du Chopin avec une maîtrise remarquable. La troisième est une petite fille, Romane, qui joue très bien malgré quelques notes hésitantes. Les morceaux se suivent et ne se ressemblent pas. Lorsque la quatrième et dernière pianiste prend place, je n'en crois pas mes yeux. C'est l'une des filles du traiteur chinois. Elle s'appelle Lola. C'est la seule à saluer le public. L'après-midi est déjà bien avancé, tout le monde songe déjà à la remise de prix qui va suivre et à ce qu'il fera ensuite. Pourtant, au moment où Lola se lance, l'assistance s'immobilise soudain. Du Rachmaninov, réputé impossible à jouer pour une enfant de son âge. Le morceau est somptueux, mais ce qu'elle en fait est sublime. Elle module, elle habite, elle domine. Ses petites mains volent de touches en touches. Un pur moment de grâce. Elle n'a l'air ni sérieuse comme les deux garçons, ni compassée comme l'autre jeune fille. Elle semble heureuse. Elle pourrait jouer chez elle, elle pourrait jouer devant cent mille personnes, elle serait la même. Seule avec son piano et nous, témoins chanceux d'un jeune talent, subjugués par l'émotion qu'elle insuffle à son interprétation.

Lorsqu'elle a libéré ses derniers accords, elle a reçu plus d'applaudissements et de bravos qu'Amanda Bernstein elle-même. Le public était comme galvanisé par cette petite toute timide qui, après avoir salué, s'est empressée de retourner se blottir auprès de ses parents.

Monsieur le maire revient pendant les bravos qui ne semblent pas vouloir s'arrêter. Il invite Mme Debreuil à le rejoindre. Il montre l'enveloppe qui contient le nom du vainqueur :

— Voici le moment de récompenser celui ou celle qui mérite d'être encouragé. Tout le monde sera d'accord avec moi pour dire que toutes et tous le méritent amplement, mais puisqu'il faut choisir, le jury a longuement délibéré et a finalement choisi le plus bel espoir pour notre ville.

Au fond de moi, j'en suis certaine, Lola a gagné. Les autres étaient bien mais elle est sans l'ombre d'un doute nettement au-dessus.

Le maire tend l'enveloppe à Mme Debreuil, souriante. Celle-ci décachette le pli et extirpe un carton. Son large sourire se confirme :

— Je suis particulièrement heureuse d'annoncer le nom de la gagnante : mademoiselle Romane Debreuil !

Stupeur dans l'assistance. Le maire lance les applaudissements mais ils tardent à être relayés par le public. La gagnante se précipite et les gens finissent par l'ovationner. Même Lola, son frère, sa sœur et ses parents applaudissent. Je suis atterrée. Est-ce que j'ai bien entendu ? Romane Debreuil ? Une parente ? S'il est arrivé ce que je crois, alors nous assistons à un scandale. Tout le bonheur que ces artistes nous ont donné est souillé par ce qui vient certainement de se produire. Pour Lola, ce n'est pas une épreuve, c'est une injustice.

Sur le trajet du retour, je suis folle de rage. Ric essaye de me calmer mais, à force de le voir tenter de leur trouver des excuses, je dois avouer que j'ai fini par m'énerver un peu contre lui.

— Comment ça, Romane s'est peut-être toujours montrée meilleure sauf aujourd'hui ? Tu te rends compte de ce que tu dis ? Tu as entendu la petite Lola ?

Je suis ulcérée, révoltée, furieuse de ne pas voir l'émotion ressentie par tout le monde logiquement récompensée. Pourquoi ? Parce que Romane est une fille de notable et que Lola est celle d'un obscur traiteur chinois qui nous a tous rendus malades au moins une fois ? Inacceptable.

En y repensant, je crois que Ric était désemparé par ma colère. C'était la première fois qu'il me voyait ainsi. Mais franchement, sur le trajet du retour, cela n'avait pas d'importance à mes yeux. J'aurais vraiment préféré que nous partagions le seul sentiment qui me paraissait légitime après un tel affront au talent.

Il m'a fallu des heures pour retrouver un semblant de calme. J'ai tout raconté à maman au téléphone, et puis je l'ai aussi raconté à papa et ensuite à Sophie. Ce n'est que tard dans la soirée que je me suis rendu compte qu'en trichant, les organisateurs du concours avaient sans doute blessé une petite fille drôlement douée et fait ressortir une facette de ma personnalité qui risquait de me coûter ma relation avec Ric. Et soudain, j'ai eu peur.

38

Je sais que je vais passer mon jour de congé à attendre le moindre signe de Ric. Minute par minute. Je suis mal. Étant donné l'état dans lequel j'étais hier soir et le peu que je dois représenter pour lui, j'ai tout envisagé, surtout le pire. Peut-être ne voudra-t-il plus jamais me parler ? Peut-être que la prochaine fois que nous nous croiserons, il détournera le regard ? J'ai l'estomac en vrille et l'impression de ne plus pouvoir respirer. Que dois-je faire ? L'appeler ? M'excuser ? Pourtant, je reste convaincue de l'injustice de ce qui s'est passé hier. Tellement de questions. Pourquoi m'a-t-il invitée à ce concert ?

Ce matin, je dois aller arroser le jardin de Mme Roudan. En montant chez elle, je passe devant la porte de Ric et je ralentis. Si proche, si loin. Aucun bruit. J'ai du mal à trouver la force de monter plus haut. Trop triste.

L'appartement de Mme Roudan est à peine plus silencieux que lorsqu'elle s'y trouve. Je remplis l'arrosoir et je traverse la chambre. J'ouvre la fenêtre, quelques oiseaux s'envolent. J'enjambe sa rambarde. Méthodiquement, j'arrose rang après rang. Je multiplie les allers-retours comme un robot. Tout le toit-terrasse est recouvert d'une belle couche de terre qu'elle a dû amasser pendant des mois. Combien de poussettes remplies a-t-elle dû trimballer pour réussir son potager secret ? Je me glisse entre les fraisiers pour aller arroser les plans de tomates les plus éloignés. Soudain, je me retourne et je m'aperçois que je suis au bord du vide. À mes pieds, un précipice et trois étages plus bas, la petite cour de l'immeuble voisin. Ma vue se brouille, je suis prise de vertige. Je reviens vers la fenêtre où je m'accorde une pause. Je vérifie mon portable. Toujours rien. Où es-tu, Ric ?

L'idée de le perdre me fait prendre conscience de l'importance qu'il a désormais dans ma vie. Si je le retire de mon équation, le résultat est toujours nul. Ce garçon ne m'a rien demandé, il n'a ni fait le premier pas, ni même laissé penser que nous pouvions avoir un quelconque futur. Toute seule, comme une dingue, je me suis attachée à lui. Toute seule, comme une folle, sous l'impulsion de ce qu'il provoque en moi, j'ai, comme dirait Sophie, « foutu toute ma vie en l'air ».

Est-ce que je suis heureuse de travailler à la boulangerie si Ric n'est plus dans ma vie ? Je ne sais pas. Qu'est-ce qui me donne l'envie de courir, de ranger, de m'améliorer ? Je le sais. Tout à coup, la peur d'avoir construit sur du vent, d'avoir avancé au-dessus du vide, me tétanise. Je n'ai pas envie de tenter, je n'ai plus envie de risquer. Je voudrais que tout redevienne comme avant. Avant lui. Je rêve d'aller à l'agence, de faire ce que l'on m'ordonne avant de replacer tranquillement mes affaires dans mon tiroir après chaque journée de plus passée à ne pas vivre. Ne rien espérer pour ne jamais être déçue.

Je récolte deux tomates et quelques fraises. Je vais les apporter à Mme Roudan. Le mal qui la ronge est sans doute plus grave que le mien. Mais, quelque part, je crois que le mal qui l'atteint naît aussi de douleurs comme celle que j'éprouve en ce moment même. Les gens heureux sont moins malades.

Cet après-midi, j'ai réussi à obtenir un rendez-vous avec le Dr Joliot. Il est grand mais il n'a pas l'air en forme. Si on lui retire sa blouse et qu'on l'allonge sur une civière, il pourrait sans problème passer pour l'un de ses patients en phase terminale.

— Asseyez-vous, madame, me dit-il en prenant place derrière son bureau.

« Madame » ? Le manque de Ric me fait-il vieillir si vite ?

— Mme Roudan est votre tante, c'est bien cela ?

— Tout à fait, docteur.

— Je préfère être honnête avec vous : les résultats des examens ne sont pas bons. Les métastases se répandent. Le foie est touché et, à son âge, les traitements qui pourraient avoir une chance de marcher peuvent provoquer autant de dégâts que les foyers qu'ils combattent.

Je suis abattue. Le docteur est certainement habitué à annoncer ce genre de diagnostic mais, pour chacun de ceux qui sont devant lui, c'est toujours la première fois. Il poursuit :

— Pour le moment, nous avons préféré ne pas annoncer l'étendue du mal à votre tante. Mais si vous le souhaitez, nous pouvons le faire, ou vous pouvez vous en charger. À vous de choisir. Je préconise de ne pas l'alarmer et de faire de notre mieux.

— D'après vous, elle en a pour combien de temps ?

— Il n'y a jamais de réponse catégorique. Certains traitements peuvent ralentir le mal. Il peut se stabiliser. Il peut aussi s'aggraver rapidement. D'ici quelques jours, lorsque nous aurons fait d'autres analyses, nous pourrons en déduire une première courbe, une tendance.

— Au pire, quel délai lui reste-t-il ?

La question est directe mais je veux savoir.

— Je suis désolé mais je n'ai pas de réponse à vous donner.

— Est-ce qu'elle souffre ?

— D'après ce qu'elle nous dit et ce que nous savons par expérience, elle doit commencer. Mais là encore, la douleur est une notion relative pour chaque individu.

— Que pouvez-vous faire pour l'aider ?

— Votre tante est une personne qui, sous des dehors discrets, a une sacrée personnalité. Si je peux me permette un conseil, ne changez rien à votre façon de faire avec elle.

— Est-ce qu'elle vous a posé des questions sur son état ?

— Les infirmières ont l'impression qu'elle se doute de la gravité de son mal. Pour ma part, je crois judicieux de ne pas l'inquiéter.

— Merci, docteur. Je vais aller la voir.

— Très bien. Ah, j'allais oublier : nous l'avons transférée dans une chambre individuelle. Elle y sera plus à son aise.

Son nouveau secteur est encore plus calme que le précédent. Avant de la rejoindre, j'ai donné aux infirmières des vêtements et des affaires de toilette que je suis allée acheter. J'ai aussi fait le nécessaire pour qu'elle puisse avoir la télé. Lorsque je toque à la chambre, c'est sa petite voix qui répond. Je passe la tête :

— Bonjour, madame Roudan.

— Julie ! Mais ça ne fait pas une semaine ?

— Non, mais les tomates étaient bien mûres... et je préfère profiter de mon jour de congé.

Elle se redresse péniblement. J'ouvre la boîte hermétique sous ses yeux.

— Il y a aussi des fraises ! s'exclame-t-elle.

Elle hume le léger parfum en fermant les yeux.

— Il y en aura d'autres très vite. Votre jardin est superbe.

— Je suis bien contente que tu t'en occupes.

Je m'installe sur une chaise face à elle.

— Alors ils vous ont mise dans une chambre plus tranquille.

— Oui, mais j'aimais bien l'autre. La voisine n'était pas commode mais il y avait la télé.

— Ne vous en faites pas, ils vont venir vous l'installer ici au plus tard demain matin.

— C'est vrai ?

— Absolument.

— Et il n'y aura rien à payer ?

— Non, madame Roudan. Ne vous faites aucun souci.

Je change de sujet :

— Comment vous sentez-vous ?

— Je n'ai pas très faim mais il faut dire qu'ici je ne fais pas grand-chose. Et toi, raconte-moi un peu comment ça se passe.

Je lui ai parlé de la boulangerie, du travail, des

221

clients. Je lui ai aussi parlé de Ric, beaucoup. Ça m'a fait du bien. C'était comme si je me confiais à ma grand-mère. En racontant ce que nous avions fait, finalement, je présentais notre relation telle que je la ressens. Mme Roudan avait l'air heureuse d'entendre mes histoires. Son visage s'animait. J'ai passé plus d'une heure avec elle. Et puis elle a eu l'air fatiguée. Alors je l'ai laissée en promettant de venir la voir au plus tard le lundi suivant. En partant, elle a voulu me faire la bise. J'ai accepté de bon cœur. Pour elle et pour moi. Dans l'état où je suis, la plus petite marque d'affection m'aide à survivre jusqu'au quart d'heure suivant.

39

Je ne m'y attendais pas, mais ce matin je suis passée directement du petit au grand bain. Je n'ai plus pied. Vanessa s'est arrangée pour se faire arrêter par son médecin. Mme Bergerot semble ennuyée, mais pas tant que ça. C'est moi qui remonte le store. C'est moi qui ouvre la porte. Sur le trottoir, Mohamed me salue. Je sors lui dire un mot :

— Alors c'est bon ? demande-t-il. Te voilà engagée.

— Je suis contente. Comptez sur moi pour essayer d'améliorer les relations entre vous et Mme Bergerot.

— Ne te fais pas de souci pour ça. Je vais même te confier un petit secret : des fois, je mets les cageots exprès devant chez vous pour qu'elle sorte. Sinon on ne se parlerait pas. C'est une femme bien mais la seule façon de la faire parler, c'est soit de lui acheter du pain, soit de l'énerver...

Je regarde Mohamed avec des yeux ronds. Il a un sourire malicieux et me dit :

— Et maintenant, file à ton poste, il y a déjà un client qui est entré dans ton dos.

À chaque heure son public. Ceux qui font l'ouverture précèdent ceux qui partent au travail, qui précèdent ceux dont les enfants n'ont pas encore repris l'école. La seule chose que je regrette de la banque, c'est de ne plus passer prendre mon croissant. J'en ai une pile devant moi en permanence et, du coup, je n'en mange plus.

Profitant d'un moment où la boutique est vide, Mme Bergerot s'approche.

— Pourquoi regardes-tu dehors comme ça ? Tu as peur que les clients ne viennent pas ?

« Non, j'ai peur que Ric ne vienne plus. J'espère au moins le voir passer. Je n'attends que ça. Cela ne changera rien parce que je ne pourrai pas lui courir après mais au moins j'aurai la preuve qu'il n'a pas déjà déménagé. »

La patronne continue :

— Ne t'inquiète pas, tu seras à la hauteur.

Je sais qu'elle parle du travail et pourtant j'ai envie de l'entendre comme un encouragement vis-à-vis de Ric. Elle ajoute :

— Maintenant que Vanessa n'est plus là, il va falloir que l'on s'organise. Ma blouse, tu peux la garder. Et si tu te sens de rendre la monnaie, tu peux essayer mais attention, c'est sérieux. Cette boutique, c'est le gagne-pain de huit personnes.

« C'est marrant de dire qu'une boulangerie est un gagne-pain… »

Elle hésite avant d'ajouter :

— Sur un plan personnel, même si ça va être plus dur pour nous deux, je suis contente que Vanessa ne soit plus là. Elle ne t'a pas fait un très bon accueil et elle devenait dure même avec les garçons derrière.

Les poings sur les hanches, elle me contemple dans sa blouse :

— Si un jour on m'avait dit que tu travaillerais ici, je ne l'aurais pas cru. Je t'ai connue si petite. Tu te souviens la fois où je t'ai grondée ?

« Tu parles, j'en ai encore la chair de poule. Pourquoi croyez-vous que je dis bonjour à tout le monde quand j'entre quelque part ? »

— Oui, je m'en souviens.

— Tu avais quel âge ?

Une cliente pousse la porte. Je ne la reconnais pas tout de suite. C'est la libraire. Une femme charmante. Mme Bergerot contourne son comptoir pour aller lui faire la bise.

— Alors Nathalie, ces vacances ?

— J'ai fait comme tu m'avais dit, mais Théo, depuis ses quinze ans, a vraiment franchi un cap. Tout était bon pour filer. En deux jours, il s'est fait une petite copine, tu te rends compte ?

C'est fou comme les gens peuvent être différents lorsqu'on les découvre hors de leur cadre habituel. Pour moi, la libraire, c'était une femme cultivée, discrète, qui ne vous conseille pas sauf si vous le lui demandez. Je l'ai vue s'enthousiasmer aussi bien sur des auteurs du théâtre classique que sur des livres de cuisine. Qui aurait pu deviner que derrière cette sérénité orchestrée se cachait une femme affectueuse et visiblement malheureuse...

— Je ne sais plus quoi faire, confie-t-elle tristement. Si je lui parle, il me repousse, mais lorsqu'il a besoin de moi, je dois être immédiatement présente.

— À quinze ans, les gamins ne sont jamais faciles. Il faut lui laisser du temps. Il se bat pour trouver sa place, pour savoir qui il est. Théo est un gentil petit. Il se calmera.

— Si seulement il y avait un père à la maison...

Elle s'appelle Mme Baumann et je me souviens que c'est l'une des premières personnes qui m'ait vraiment impressionnée. J'étais alors en 5ᵉ ; j'étais venue à sa librairie pour acheter *Britannicus* de Racine que l'on allait étudier au collège. Je n'en avais pas du tout envie. Devant mon air renfrogné, elle m'a ouvert le livre et lu quelques répliques. Au milieu de ses piles de bouquins, elle a joué comme une tragédienne. C'était drôle, mystérieux. En quelques citations, elle m'a donné envie de découvrir le texte. Elle ne doit pas s'en souvenir. Elle ne m'a même pas reconnue aujourd'hui.

Elle repart avec trois baguettes, des sablés et des mini-pizzas que Théo va sûrement engloutir avant de repartir vivre sa vie. Lorsque Mme Baumann a traversé la rue, la patronne a dit quelque chose que je n'oublierai jamais :

— Tu sais Julie, lorsque je vois la peine qu'éprouvent les mères quand leurs petits s'éloignent, je me dis que ce n'est pas si grave si je n'ai pas d'enfant.

Je sais qu'elle ne le pense pas. Tout ce qu'elle est clame même le contraire. Il faut tout espérer, au risque d'être déçu. Il faut tout éprouver au risque d'être blessé, tout donner au risque d'être volé. Ce qui vaut la peine d'être vécu vous met forcément en danger. Si Ric passait à ce moment-là, je prendrais ça comme un signe et mon moral remonterait en flèche. Mais j'ai beau m'user les yeux à scruter la rue, je n'y découvre que des inconnus.

Soudain, j'aperçois Mohamed qui, en me faisant

un clin d'œil, pose son panneau des promotions légèrement en débord sur notre vitrine. Je lui souris. Mme Bergerot revient de l'arrière-boutique. Ses détecteurs d'intrusion clignotent rouge et elle réagit au quart de tour.

— Non mais regardez-le, celui-là ! On dirait qu'il le fait exprès. Je vais aller lui dire deux mots.

Elle sort au pas de charge. Je les vois sans les entendre. C'est encore la guerre entre Françoise et Mohamed. Avant, cela me désolait, mais maintenant je les trouve touchants. Est-elle dupe du petit jeu de son voisin ?

Mme Bergerot a une manie que j'aime beaucoup : elle compare souvent les gens à des gâteaux ou à des viennoiseries. Untel est un chou, unetelle un croûton. Julien est gentil comme un pain brioché et Vanessa était une tarte. Ça marche aussi pour elle et, en la voyant se chamailler avec Mohamed, je comprends un peu mieux qui elle est : sous la croûte, il y a la mie.

40

Les heures ont passé, puis les jours. Je vous laisse imaginer dans quel état je suis. Je n'arrive même plus à me glisser dans la chemise de Ric, j'ai l'impression qu'elle me rejette. Il n'est pas venu acheter son pain, il n'est même pas passé une seule fois devant la boutique. Je suis certaine qu'il m'évite. Où est-il ? Est-ce qu'il rampe sur le trottoir pour que je ne l'aperçoive pas ? Est-ce qu'il emprunte la rue par l'autre côté et fait le tour du quartier pour m'éviter ? Et s'il s'était pendu à son ballon d'eau chaude tout neuf parce que j'ai été odieuse l'autre soir et que ça l'a poussé au désespoir ? Quelle que soit la réponse, tout est ma faute.

Demain, c'est dimanche, ça fera exactement une semaine que nous ne nous sommes pas vus. Je me suis décidée à lui envoyer un SMS. Je n'ai pas l'habitude et moins il y a de mots, plus c'est difficile pour moi, surtout quand ils seront lus par Ric. Après mûre réflexion – deux nuits entières – j'opte pour : « J'espère que tu vas bien. J'espère aussi te revoir vite. Je t'embrasse. Julie. » Sophie va encore se moquer de moi parce que je mets les accents et la ponctuation mais, franchement, vous me voyez envoyer « T ou ? Trop la loose appel Lov ;) Juju » ? Un vrai progrès de civilisation.

J'ai été obligée de refaire mon message parce que au moment de l'envoyer, je tremblais tellement que j'ai appuyé sur « Supprimer ». Dites-moi que ce n'est pas un signe ! Depuis, j'espère. J'ai le téléphone en mode vibreur dans une poche arrière. Dès que j'ai la fesse qui vibre, j'espère que c'est Ric. À qui je peux dire ça ?

En attendant, je me réfugie dans le travail. Je suis devenue la reine de la tartelette, l'experte en baguette pas trop cuite. Tous les matins, aux alentours de 11 h 15, mon épreuve du jour se présente : M. Calant. Il a raison, Nicolas : il est nouche. Il est même « répuject », répugnant et abject. En plus, j'ai l'impression qu'il ne prend qu'une douche, le vendredi soir, parce que son état s'est dégradé et que ce matin il a une chemise moche mais moins sale et que ses rares cheveux luisent moins. Puisque Vanessa n'est plus là, je suis devenue sa cible. Je crois qu'il vient tard pour être sûr qu'il y ait la queue. Ainsi, il peut écouter les autres et les vanner comme le cloporte qu'il est.

Mercredi, à une dame qui avouait ne pas savoir ce qu'elle allait prendre comme gâteau, il a sorti :

« Qui connaît les autres est avisé, qui se connaît lui-même est éclairé. »

Mais le pompon, c'est hier. Derrière lui, une femme enceinte jusqu'aux yeux que tout le monde laisse naturellement passer. Elle arrive à son niveau et il la bloque :

— Désolé, j'étais là avant vous. La patience est la compagne de la sagesse.

« Un jour, ma main sera la compagne de ta tête

de rat », me dis-je. Ce type est un mauvais moment à passer.

L'après-midi, j'ai appris une nouvelle qui m'a presque redonné le moral. Malheureusement, elle ne concerne pas Ric. Elle va directement enrichir le dossier des rédemptions qui redonnent foi dans le genre humain. On a appris par une cliente que le jeune commercial aux dents longues qui habite dans l'immeuble de Xavier, Kevin Golla, est parti bénévolement trois semaines en Afrique aider des associations à creuser des puits. C'est assez surprenant de la part d'un garçon aussi prétentieux, mais il faut saisir l'aspect positif des choses. Comme quoi tout arrive.

Toujours aucune réponse de Ric. Pas de nouvelles de Xavier non plus. Avec ma chance, vous allez voir qu'ils se sont mis en ménage tous les deux.

À l'heure de la fermeture, je verrouille la porte de la boutique et je baisse le store, non sans avoir attendu quelques secondes de plus au cas où vous savez qui serait arrivé in extremis. Je suis passée par le fournil et le laboratoire pour dire au revoir à tout le monde. Je ne voulais pas trop traîner parce que je m'étais juré de faire une chose pour laquelle j'avais déjà trop attendu.

J'ai remonté la rue jusqu'au traiteur chinois. J'ai pris une inspiration et j'ai poussé sa porte.

— Bonsoir. Ça faisait longtemps ! me lance M. Ping avec son inimitable accent asiatique.

— Comment allez-vous ?

— Bien, et vous ? J'ai appris que vous travaillez à la boulangerie. C'est une bonne place. En plus, jolie comme vous êtes, tous les garçons vont venir et le chiffre d'affaires va décoller !

« Il suffirait d'un seul pour que tout redécolle... »

— Merci, c'est gentil.

— Qu'est-ce que je vous prépare ? Ce sera à emporter ?

— Je vais vous prendre des rouleaux de printemps et des raviolis de crevettes.

— Excellent choix.

— Monsieur Ping, j'étais à la cathédrale dimanche dernier et je tenais à vous dire que j'ai été éblouie par votre fille. Lola a été extraordinaire. Je suis désolée qu'elle n'ait pas eu le prix qu'elle méritait.

Il s'est immobilisé. Lentement, il relève le visage. Son habituel sourire a disparu. Il regarde autour de nous, se penche et me glisse :

— Vous êtes la première à me le dire. Vous n'imaginez pas...

Il suspend sa phrase. Il n'a plus aucun accent. Il me fait signe de le suivre derrière. On franchit un rideau de perles. Dans un escalier qui monte à l'étage, il appelle :

— Lola, viens ici, s'il te plaît.

Il se retourne vers moi :

— Auriez-vous la bonté de répéter à ma fille ce que vous venez de me dire ? Elle est en larmes depuis une semaine. Comment voulez-vous que les enfants fassent des efforts quand on les trahit à ce point ? Le maire lui avait promis...

Des pas dans l'escalier. L'enfant apparaît. Elle semble si normale. Tant qu'elle n'a pas de clavier sous les doigts, rien ne la distingue des autres petites filles. D'autres pas dans l'escalier. Une femme arrive. M. Ping lui tend la main :

— Je vous présente ma femme, Hélène. Chérie,

cette jeune femme est une cliente, mais elle est venue...

Il s'interrompt et me désigne Lola. Je m'agenouille pour me placer à sa hauteur :

— Bonjour, Lola, je m'appelle Julie et je viens souvent voir ton papa parce qu'il a de bonnes choses. Mais ce soir, je suis surtout venue te dire que, dimanche dernier, ton récital à la cathédrale était le plus beau que j'aie jamais entendu. Pour moi, et pour tous ceux qui étaient là, c'est toi qui as gagné. Il ne faut pas que tu renonces, il ne faut pas que tu te décourages. Les grandes personnes font parfois des erreurs ou des choses malhonnêtes, mais cela ne doit pas t'arrêter. Tu aimes la musique et tu nous la fais aimer. Je suis très fière de te connaître et je suis pressée de t'entendre à nouveau.

Elle me regarde avec l'intensité dont seuls les enfants sont capables. Elle fait un pas vers moi et me prend dans ses bras minces en me serrant très fort. Dans mon dos, je sens ses petits doigts, ceux qui ont tant de pouvoir.

Lorsqu'elle me relâche, sa mère me fait un signe de la tête. Elle est bouleversée. Sur ses lèvres, je lis juste : « Merci. »

M. Ping me tend la main.

— Vous n'avez pas idée de ce que vous venez de nous offrir. Si un jour vous avez besoin de moi...

— Tout va bien, je n'ai rien fait d'extraordinaire. Votre fille, si.

Cela me fait vraiment drôle de l'entendre parler sans accent. On repasse dans la boutique.

— Monsieur Ping, puis-je me permettre une question personnelle ?

— Je vous en prie.

— Pourquoi votre accent ?

Il a un sourire désabusé.

— Les gens s'attendent à ce que vous soyez tel qu'ils se l'imaginent. Je suis le Chinois du quartier. C'est mon rôle. Vous imaginez un Chinois sans accent ? Les gens n'aimeraient pas apprendre que je suis né dans le Nord, ils se moquent que mon fils étudie le théâtre classique et que ma fille soit douée au piano. Ils veulent nous voir rester dans la petite case où ils nous ont placés.

— Ma grand-mère vous aurait répondu qu'il n'est pas de prison dont on ne s'évade pas.

« Ric pourrait aussi le dire... »

Quand je suis sortie de sa boutique, le ciel était rempli de nuages sombres. Au loin, le tonnerre a grondé. Les premiers orages de fin de saison. En traversant la rue, j'ai même senti l'électricité dans l'air. Le tonnerre a roulé, encore plus proche. Un frisson m'a parcourue. Avec ma chance, je vais me prendre la foudre. À moins que ce ne soit mon téléphone qui vibre. Au milieu de la rue, comme une folle, je le sors de ma poche. C'est Ric, et ce n'est pas un SMS mais un appel.

Je pense à Lola, je pense aux a priori stupides des gens, je pense à Mohamed, je pense aux raviolis que j'ai oubliés, je songe à tous les signes que le destin nous envoie. J'ai trop peur de ce que Ric va me dire mais après avoir attendu si longtemps que mon téléphone sonne, rien ne pourra m'empêcher de décrocher.

41

Pourquoi ont-ils ce pouvoir sur nous ? Par quel miracle arrivent-ils à nous faire passer d'un état à un autre en quelques millisecondes ?

— Merci pour ton message. Je ne suis pas très SMS alors j'ai préféré attendre que tu aies fini ta journée pour te parler de vive voix. Je ne te dérange pas ?

« À ton avis ? Ça fait six jours que je ne dors pas, que je passe mes journées à te guetter, que je frôle ta porte. T'as rien compris ou quoi ? »

— Non, tout va bien. Ta semaine s'est bien passée ?

— La semaine ? C'est vrai qu'on est déjà samedi. Je n'ai rien vu filer.

« Moi j'ai compté chaque minute, j'ai espéré un milliard de fois et je suis morte de chagrin autant de fois moins une. »

Il reprend :

— Tu trouves tes marques à la boulangerie ?

— Il faut prendre le rythme, mais ça va.

C'est terrible mais j'ai l'impression qu'on n'a rien à se dire. C'est comme ça avec les vieux couples. Le temps ne nous laisse plus que le quotidien. On est comme deux empotés, moi debout en pleine rue et lui… J'ose demander :

— Tu fais quoi ?

— Je prépare du matériel pour un client.

— Le samedi soir ?

— Une urgence.

« Ben voyons. »

— Ric, je voulais m'excuser pour dimanche dernier. Je n'ai pas été très correcte après le concert mais j'étais tellement…

— T'excuser ? Mais arrête de t'excuser pour tout ! Ce n'est pas la première fois que je te le dis. J'étais content d'y aller avec toi et, pour la remise des prix, je crois que tu avais raison. Si tous les gens réagissaient avec ton intégrité, alors ce monde serait plus juste.

J'aimerais tellement qu'il soit devant moi pour voir ses yeux pendant qu'il me dit ça. Je ne sais pas comment le lui demander, mais je crève d'envie de savoir quand on pourra se revoir. Il me dit :

— Demain matin, je vais courir. Toi tu seras à la boulangerie mais, en revenant, je passe te voir et on se cale un truc.

« C'est ça, calons-nous un truc. »

— Super. Bon courage pour ton urgence et cours bien.

— À demain.

— À demain, Ric.

Quel bonheur de dire ces simples mots. Cette fois, il n'a pas dit « À bientôt ». « À demain », c'est déjà un rendez-vous.

Entre la sonnerie et le moment où j'ai raccroché, il s'est écoulé environ trois minutes pendant lesquelles j'ai été anxieuse, énervée, touchée, honteuse, pleine d'espoir, heureuse et impatiente. Pourquoi nous font-ils ça ?

Je n'avais plus qu'une seule envie : dormir. La chemise de Ric me tendait à nouveau les manches. Je me suis glissée sous les couvertures, j'ai tout raconté à Toufoufou et je me suis écroulée.

42

J'étais en train de garnir un sachet avec huit pains au chocolat lorsque je l'ai vu passer. Il a fallu que je recompte. Il portait son sac à dos. En moi, un chronomètre s'est alors automatiquement déclenché. Il est revenu 1 heure et 21 minutes après. Désolée, mais je n'arrive pas encore à compter les dixièmes. Avec sa vitesse de course moyenne, il a pu aller assez loin dans la ville et même s'aventurer au-dehors. Il entre dans la boutique. Mme Bergerot le salue :

— Bonjour, jeune homme. Julie va s'occuper de vous, vous serez en bonnes mains. Mais je crois que vous le savez déjà…

En temps normal, je ne suis pas du genre à rougir, mais là, je me sens devenir plus écarlate qu'une tarte aux fraises.

— Salut, Julie.

— Bonjour, Ric.

« Et dans le stade plein à craquer, la foule en délire hurle à l'unisson : *Calez-vous un truc ! Calez-vous un truc !*, avec des pompom girls qui forment les lettres avec leurs bras. »

— Je vais te prendre une baguette. C'est beaucoup

pour moi mais je vais peut-être avoir du monde à dîner… Sinon, je la mettrai au congélateur.

Pourquoi me dit-il ça ? Je n'ai pas assez souffert la semaine dernière ? Soit il a réussi à faire évader sa grognasse – ce qui expliquerait pourquoi je ne l'ai pas vu pendant des jours – et ils se préparent un souper avant d'aller vous-savez-où faire vous-savez-quoi, soit il va lui faire des sandwichs avec amour…

Je lui en choisis une bien cuite, pas du tout comme il aime. Il me souffle :

— Dis donc, je viens de voir Xavier. Cet après-midi, il organise une petite fiesta pour célébrer la livraison de sa dernière portière peinte. Il m'a demandé de t'inviter. On y va ensemble, si tu veux.

Je m'étrangle. Mon vieux copain Xavier m'invite par l'intermédiaire d'un vague comparse qu'il connaît depuis à peine un mois ? J'hallucine ! Ric ajoute :

— Vers 15 heures C'est bon pour toi ?

— Pas de problème. Tu passes me chercher ?

— Parfait.

Il va pour sortir mais se ravise et me demande :

— Ça va ? T'as l'air d'avoir avalé de travers…

Il fait un peu moins chaud que ces derniers temps. Dans la cour, trois enfants jouent au tennis contre le mur aveugle d'un bâtiment voisin. Xavier a recouvert son monstre d'une immense bâche bleue. C'est tellement gros qu'on dirait qu'il cache un sous-marin. Ric marche devant moi. Quelques personnes sont déjà arrivées. À première vue, que des garçons. Xavier apparaît. Il a mis une combinaison de mécanicien, kaki, impeccable.

— Salut, Ric ! Salut, Julie ! C'est sympa d'être venus.

Heureusement, il n'y a qu'à moi qu'il fait la bise…

— Alors, c'est le grand jour ? dis-je.

— Pour la carrosserie en tout cas. Vous allez voir la bête. On attend encore un collègue et sa femme, et je vous montre.

Tout le monde tourne autour du monstre recouvert.

— Et t'as réussi à compenser le volume du réservoir ? lui demande un grand costaud.

— En rognant un peu sur le coffre, oui.

Les deux derniers arrivent enfin. Un jeune couple. Ils se tiennent la main. Rectification, c'est surtout elle qui s'agrippe à lui. Il faut que je fasse attention de ne jamais me comporter comme ça avec Ric.

— Nathan et Aude ! s'exclame Xavier. On n'attendait plus que vous. Approchez pour assister à la présentation officielle, venez voir les merveilles de la tôle !

Tout le monde se salue. Impatient comme un gamin, Xavier se place devant son véhicule :

— C'est cool de vous voir tous ici. Ça veut vraiment dire quelque chose pour moi. Vous m'avez tous aidé pour ce projet, d'une façon ou d'une autre. Dans quelques semaines, XAV-1 roulera pour de bon mais, dès aujourd'hui, je veux partager avec vous cet instant.

Il est ému. Il attrape le bord de la bâche et tire dessus.

Lentement, le plastique glisse le long du véhicule, qui se révèle. L'arrière, les portières, le toit puis le capot et l'avant apparaissent. En noir mat et dans ces dimensions, c'est plus qu'impressionnant. Pendant des mois, j'ai vu Xavier assembler ce qui ressemblait à un gros bric-à-brac de ferraille, mais avec son enveloppe, on découvre la ligne, l'élégance du fuselage de sa berline. Spontanément, on se met tous à applaudir. Xavier va y aller de sa petite larme. Ses collègues le félicitent chaleureusement. Ric et moi restons en retrait. Alertés par le bruit, quelques habitants de son immeuble ont ouvert leurs fenêtres. Une petite dame s'écrie :

— Elle est magnifique, Xavier !

À l'étage du dessous, c'est un couple qui crie bravo. Les gamins ont arrêté de jouer, subjugués par un engin comme on n'en voit que dans les films.

Un des collègues caresse l'arrière de la voiture. Son geste d'une douce sensualité ne serait sans doute pas différent s'il effleurait la femme de ses rêves. Il faudra un jour que quelqu'un m'explique.

— T'as complètement repris la ligne, elle est démente, lâche-t-il, admiratif.

Un autre sort un appareil photo :

— Il faut immortaliser ce moment historique !

On se place tous le long du flanc de l'engin et on demande au plus grand des gamins de prendre le cliché. Si on m'avait dit qu'un jour je poserais à côté d'une bagnole et que j'en serais heureuse… Mais cette photo-là, j'y tiens déjà. D'abord parce que ça fait plaisir de voir Xavier dans cet état et ensuite parce que c'est la première de Ric et moi.

Xavier nous interpelle :

— Encore une petite formalité, mes amis. Avant que je pose la garniture du tableau de bord, j'aimerais que vous me fassiez tous un petit autographe sur l'armature. Ce sera mon saint Christophe à moi, mon porte-bonheur.

Il sort un marqueur de sa poche et le tend au grand costaud. Tour à tour, chacun s'installe à la place du conducteur. Chacun y va de son petit mot. Xavier s'approche de moi :

— J'aimerais que ce soit toi la dernière, pour clôturer en beauté. Tu veux bien ?

Je suis touchée de cet honneur. Lorsque mon tour arrive, Xavier ouvre la portière et m'installe. À l'intérieur, c'est encore un peu industriel. Les cadrans et les boutons sont en place, mais sur la structure métallique encore nue. Sur les à-plats d'alu, ses amis ont laissé leurs messages. Ric aussi. Il a écrit : « Que ta route soit longue et belle. Je suis heureux d'avoir croisé ton chemin. Ric. » C'est beau. Bizarrement, je trouve que ça sonne comme un message à quelqu'un que l'on apprécie mais que l'on va quitter. Ric sait qu'il va partir, mon ventre se noue mais, quelque part, je l'ai toujours su.

Xavier prend place côté passager.

— Profites-en, Julie ! C'est sans doute la seule fois où tu seras au volant ! La prochaine, je serai ton chauffeur et je t'installerai derrière comme une princesse.

On rigole comme des mômes. À travers les vitres blindées, les autres nous observent et font des photos. Que dois-je écrire ? Je n'ai jamais dédicacé de tableau de bord. Je me lance. Xavier lit au fur et à mesure, ce qui est super intimidant. « Voilà longtemps que tu es un des moteurs de ma vie. Je souhaite que nos routes se suivent toujours. De tout mon cœur. Julie. » Il me saute au cou.

— Je suis très honorée de signer ton chef-d'œuvre, Xavier. C'est une belle idée que tu as eue là.

— Elle n'est pas de moi. C'est Ric qui me l'a

donnée. Il m'a raconté que ses parents signaient tous leurs travaux comme ça, à l'intérieur.

« Ric t'a parlé de ses parents ? »

Je regarde Xavier qui ressort déjà. Dehors, Ric plaisante. Je suis perturbée. Xavier vient ouvrir ma portière avec des attentions de majordome. Je serais bien restée à l'intérieur quelques instants de plus, le temps de digérer. Et c'est alors que l'un de ses amis lui déclare :

— Dis donc, elle est vraiment balèze ta caisse. J'ai l'impression que tu l'as encore élargie par rapport à ce qui était prévu.

— De quinze centimètres.

— Tu l'as déjà sortie de ta cour ?

— Pas encore.

— T'es certain qu'elle passe dans le porche de ton immeuble ? Ce serait trop con...

43

On a passé la fin de la journée à consoler Xavier. Ça s'appelle une tuile. Même en démontant les tôles, ça ne passe pas. Il n'existe que trois solutions : casser la porte de l'immeuble – ce qui est impossible –, tronçonner la voiture – infaisable sans lui infliger des dommages irréversibles – ou la faire évacuer par hélico. On peut aussi invoquer les fées et les farfadets, mais personne n'a proposé l'option. Xavier était tellement en colère contre lui-même qu'on en est même arrivés à se demander si, en se cotisant tous, on ne pouvait pas lui offrir l'hélitreuillage. Ric s'est montré vraiment gentil avec lui et il était prêt à mettre pas mal pour l'évacuation aérienne.

Ce lundi matin, j'ai essayé de lui téléphoner, mais Xavier est sur répondeur. Il a dû passer une nuit épouvantable. J'ai presque honte d'avoir aussi bien dormi. Chaque soir, le monde se divise en deux grandes catégories : ceux qui vont s'endormir comme des marmottes, et les autres qui auront des cernes le lendemain. Chacun son tour, on passe d'un camp à l'autre au gré de nos vies. Pauvre Xavier, cette nuit, c'était son tour de ne pas fermer l'œil.

En me raccompagnant, Ric a laissé entendre que l'on pourrait se voir d'ici quelques jours. Alors, à nouveau, j'attends. Je n'ose pas prendre l'initiative.

Cette fois, j'ai mis les gâteaux pour Mme Roudan dans une boîte en plastique, ainsi les portes de l'ascenseur de l'hôpital ne m'éclateront plus le petit chou – je n'arrive pas à croire que c'est moi qui ai dit ça.

En entrant dans sa chambre d'hôpital, je l'ai trouvée assise sur son lit, vêtue d'une des chemises de nuit que j'avais apportées aux infirmières.

— Bonjour, Julie !

Elle semble heureuse de me voir.

— Bonjour, madame Roudan. Vous ne regardez pas la télé ?

— C'est ton heure, alors j'ai éteint pour t'attendre.

— Vous avez l'air en pleine forme.

— Je suis contente que tu sois là. Tu as vu ? Ils m'ont donné une belle chemise de nuit. Et des produits de toilette aussi. Il y a même du parfum.

— Tant mieux.

Je vois bien qu'elle m'observe. Pour donner le change, je lui fais admirer ses nouvelles tomates et ses fruits.

— Les petits pois ne vont pas tarder.

— Ils seront pour toi. Les infirmières m'interdisent de plus en plus de choses.

Elle me désigne la perfusion piquée dans son bras.

— Ils disent que ça me fatigue moins l'organisme si je me nourris avec ça. Alors, la boulangerie, comment ça se passe ? Il est revenu, ton méchant client ?

— Il est là tous les jours.

— Il ne faut pas te laisser faire.

— On est dans le commerce, on ne doit rien dire. C'est un client comme un autre.

— Tu peux me croire, les gens vont jusqu'où on les laisse aller.

— Ma grand-mère aurait pu dire ce genre de chose.

— Et avec Ric ?

Je lui ai tout raconté. J'avoue que ça me fait du bien. Je sais qu'elle ne me jugera pas. On s'est bien amusées. On a aussi discuté de son jardin, puis de la rue, du quartier et même du jardin public où elle m'a avoué avoir volé une bonne partie de la terre de son potager. Elle s'est fatiguée plus vite qu'à ma précédente visite. Je n'aime pas ça. Je ne veux pas que ce soit un signe.

Ceux qui disent que l'on ne peut faire qu'une seule chose à la fois racontent des histoires. J'étais en train d'écouter Mme Roudan me parler du jardin public lorsque soudain, ça a fait tilt. J'ai eu un flash, une vision. Ça y est. Je sais comment sortir la voiture de Xavier !

44

— Xavier, ouvre ! C'est moi, Julie.

Je tambourine à nouveau à la porte de son appartement. J'entends du bruit.

— Ne reste pas cloîtré comme ça. Il faut que je te parle.

Bruit de serrure, la porte s'entrebâille. Xavier a la mine détruite.

— J'ai peut-être la solution pour ta voiture.

— Eh ben, t'es un génie, parce que c'est impossible.

— Écoute-moi, Xavier !

Je le poursuis jusqu'à l'intérieur de son appart. C'est beaucoup moins bien rangé que chez Ric. La télé est allumée, il y a des chips jusque sur le canapé. Sa combinaison de mécanicien est jetée en boule dans un coin.

— Je voudrais aller vérifier quelque chose à ton atelier, maintenant.

Il finit un fond de verre de je ne sais quoi et grommelle :

— La largeur de ma bagnole, je la connais. Celle du porche aussi. C'est mort. Point barre.

— Ce n'est pas de ça dont il est question. S'il te plaît, accompagne-moi à ton garage.

Il finit par céder. Lorsqu'il ouvre le battant, son monstre est face à nous, blotti dans l'ombre comme un grand fauve décidé à se laisser mourir dans sa cage. Je me précipite vers le mur du fond. J'étudie, je me hisse sur la pointe des pieds. Des briques.

— Xavier, est-ce que tu serais prêt à faire un peu de maçonnerie pour libérer XAV-1 ?

— Qu'est-ce que tu racontes ?

— Derrière ton mur, c'est le jardin public. Si on casse cette paroi et qu'on démonte la palissade qui se trouve juste derrière, on débouche directement sur la grande allée latérale. Ta voiture, on peut la sortir par le jardin public.

— T'es folle ?

— Admettons que je n'aie rien entendu. Réfléchis.

Il s'approche du mur.

— De l'autre côté, tu dis qu'il n'y a qu'une palissade ?

— Je viens d'aller vérifier. Elle est fixée à des poteaux facilement démontables. On dévisse, on passe, on remonte, et le tour est joué !

— Qu'est-ce que tu fais de la haie ?

— Ta haie, Xavier, elle existait quand on était en primaire. Tout a crevé depuis longtemps et tant mieux pour nous. Si tu ne me crois pas, monte sur ton toit et tu verras.

Il sort comme un diable. Je n'ai pas le temps de le suivre qu'il a déjà grimpé sur la toiture. Dressé sur le pignon, il jauge l'autre côté. Il se gratte la tête en soupirant. Il me regarde de là-haut et saute juste à côté de moi.

— T'es un génie, Julie. Ça va probablement foirer mais t'es un génie.

Il me prend dans ses bras.

Le soir même, j'ai débarqué chez Ric à l'improviste. Avant qu'il ouvre sa porte, j'ai clairement entendu qu'il bougeait des choses en catastrophe. Qu'est-ce qu'il mijote ?

— Ah, c'est toi ! Un problème ?

— Plutôt une solution, mais j'ai besoin de ton aide.

Il m'invite à entrer. Enthousiaste, je lui expose mon idée. Il écoute avec attention sans rien laisser paraître de ce qu'il en pense. Quand il est sûr que j'en ai terminé, d'une voix calme, il objecte :

— On n'aura jamais les autorisations.

— C'est bien pour ça qu'on ne va pas les demander. Si on est assez nombreux, on peut faire suffisamment vite pour ne pas se faire repérer.

— Tu te rends compte du monde qu'il faudrait ? Même si on casse le mur de brique avant, il faut démonter les palissades, et il faut que le tank de Xavier traverse la moitié du jardin public avant de pouvoir sortir. Tu imagines tout ce qu'il faut coordonner ?

— Un peu. J'ai déjà fait une liste.

Il sourit.

— T'es vraiment une fille étonnante.

« Il aurait pu dire que j'étais jolie, que j'étais sensuelle, fascinante, mais bon, pour le moment, je vais me contenter de ça. »

Cela dit, je me surprends moi-même. Me voilà métamorphosée en organisatrice de coup tordu. J'ignore pourquoi je prends cette histoire tellement à cœur. Peut-être parce que je tiens beaucoup à Xavier, peut-être parce que deux grosses injustices en quelques jours, ça m'insupporte. Pour Lola, je ne peux rien faire, mais pour XAV-1, je vais me défoncer.

45

Mardi, c'était la rentrée scolaire. À la boulangerie, on l'a sentie passer. Des cohortes de bambins avec des mamans. Il y en avait partout, dans la rue comme dans la boutique. À eux tous, ils ont dû engloutir deux tonnes de pains au lait, chouquettes, brioches et autres viennoiseries. Ça fait peur quand on y pense.

Allez les enfants, prenez vos cartables et vos gommes neuves. Finis les jeux dans la rue, finies les glaces. Il est temps de travailler et de vous faire des amis, avec qui, vingt ans plus tard, vous pourrez faire des trucs stupides comme organiser l'évacuation clandestine d'une voiture trop grosse pour passer par la porte…

Avec Mme Bergerot, on a trouvé notre façon de fonctionner. Je commence même à tenir la caisse de temps en temps. Je crois que les clients m'ont adop-tée. M. Calant vient faire son numéro à heure fixe mais il ne m'énerve même plus. Ce type finira par récolter ce qu'il sème. Je ne crois pas que ce sera à cause d'une justice immanente ou d'un dieu vengeur qui viendrait lui faire payer sa méchanceté. Je pense simplement que chaque action entraîne une réaction et que cet abruti va finir par en déclencher une corsée.

Golla, le commercial de l'immeuble voisin, le vendeur de cuisines qui s'est reconverti dans l'humanitaire, est rentré de son séjour en Afrique. Il est bronzé, sa chaîne en or et sa gourmette se voient encore plus. Il s'est acheté une petite voiture rouge qu'il prend pour une Formule 1. J'ai beau être surprise qu'un type aussi frimeur et imbu de lui-même ait pu se mettre au service des autres, je dois dire qu'il remonte dans mon estime et que j'ai envie d'être gentille avec lui. Je n'ai pourtant jamais vu personne d'aussi fier de lui-même. Il semble convaincu que chacune de ses apparitions éclaire nos mornes existences et qu'il est un Graal pour toutes les filles et un modèle pour les garçons. En bon frimeur, il s'est arrangé pour que tout le monde sache la bonté dont il a fait preuve vis-à-vis de ces malheureux dans leurs villages perdus. Quelle image les Africains vont-ils avoir de nous après l'avoir rencontré ? Il attrape son pain de mie et sa salade chèvre-croûtons puis me fait un clin d'œil en sortant.

J'aime beaucoup la vie que je mène en ce moment. Je vois souvent Ric, je mets au point mon plan pour Xavier et je suis surprise que tout le monde me suive dans cette opération.

Sophie a accepté de faire le guet à l'angle du boulevard. Sonia a demandé à son ninja de venir nous aider, elle lui a présenté ça comme une mission d'honneur sacrée. J'ai convaincu Xavier de réquisitionner ses collègues pour démonter son mur de brique. Il a aussi récupéré des talkies-walkies à son travail. Ric supervisera le démontage des palissades. On aura aussi deux autres copines pour surveiller l'immeuble de Xavier et l'aile sud du jardin public. Tout à l'heure, j'ai reçu la confirmation que des amis de mes parents qui possèdent un terrain clos dans la zone pavillonnaire hébergeront XAV-1.

Cela fait maintenant quatorze fois que je chronomètre chaque étape et je crois vraiment que ça peut marcher. On passe à l'action samedi soir. Le premier week-end après la rentrée, il devrait y avoir moins de monde dehors dans la soirée. Les employés municipaux passent fermer les grilles à 23 h 30. J'ai même demandé à Xavier de s'assurer qu'il y avait du carburant dans son engin et qu'il démarrerait au quart de tour.

Le vendredi, à J − 1, en soirée, je passe voir les garçons qui sont en train de casser le mur de brique. Je traverse la cour en sifflotant pour ne pas attirer les soupçons. J'éprouve un délicieux frisson à comploter. Les portes de l'atelier sont fermées. En m'approchant, j'entends quelques chocs sourds, mais rien qui puisse donner l'alerte. Je frappe selon le code convenu. C'est Xavier qui a voulu qu'on ait un code. Il la prend très au sérieux, cette opération. Finalement, il a son blindé et on est son commando. Ce dont il a toujours rêvé.

Ric m'ouvre. Il est en débardeur et tient un burin. Il referme si vite derrière moi que je me prends la porte. Je m'attends presque à ce qu'il me demande si je n'ai pas été suivie. Ces garçons, quels grands enfants...

Dans le garage, c'est le chantier. Xavier a protégé sa voiture avec la bâche. Sur le sol, des couvertures de déménagement étouffent le bruit de la chute des briques. C'est Jean-Michel, le mec de Sonia, qui manie la masse, puis Xavier et un collègue récupèrent les briques.

Ric commente :

— C'est pas de la tarte.

Jean-Michel porte une tenue de combat noire comme dans les films de kung-fu. Il souffle avant de frapper et j'ai l'impression qu'il salue les briques qui tombent. Il est mignon aussi, celui-là…

Je demande :

— Vous êtes dans les temps ?

Xavier vérifie sa montre.

— On aura fini d'ici quatre heures. C'est un peu long parce que je veux récupérer les briques pour remonter le mur ensuite. Ric, c'est à toi de prendre le relais.

Jean-Michel tend la masse à Ric, qui s'empare du manche. Il est plus fin que son complice ninja mais il y va de bon cœur. Ses coups sont précis. Je le trouve beau dans l'effort. Pour un peu, j'en oublierais presque la mission de l'agent JT.

J'aime bien l'ambiance, les baladeuses qui projettent leur lumière crue, les chocs comme un métronome, Xavier qui peaufine le travail au burin pour dégager les briques. On se croirait dans un film de guerre dans lequel les héros doivent s'échapper d'une forteresse ennemie en creusant un tunnel.

Dix minutes après, c'est au tour du collègue de Xavier de s'y coller. Ric reprend son souffle. Il a de la poussière de ciment plein les cheveux. Il s'approche. Ses épaules luisent, ses bras semblent encore plus puissants. Vous allez penser que je passe mon temps à le trouver beau, mais c'est vrai. Je vous promets, si un jour je le trouve moche, je vous le dirai.

46

Samedi soir. H – 1. À ce stade, je suis convaincue que c'est le truc le plus dingue et le plus idiot que j'aie fait de toute ma vie. Pour l'ultime veillée d'armes, l'équipe mange un morceau chez Xavier, juste avant de passer à l'action. Même s'ils ne font jamais ça dans les films de guerre, j'ai apporté des gâteaux. Drôle d'atmosphère. Beaucoup des membres du commando XAV-1 ne se connaissaient pas.

Xavier montre à Sophie comment se servir du talkie-walkie. Ric répète une dernière fois les étapes avec le collègue pendant que Jean-Michel se concentre, en équilibre sur une chaise dans une position impossible. Il a mis son bandeau de combat. Sonia le dévore des yeux.

Xavier termine le briefing de Sophie. Elle me rejoint :

— J'arrive pas à croire que c'est toi qui as imaginé ce plan tordu.

— Comment dois-je le prendre ?

— Je te préviens, si on se fait piquer, je dis que vous m'avez droguée.

— T'auras qu'à leur chanter quelque chose, n'importe quoi. Ils te croiront.

— C'est cruel.

— Tu es prête ?

— Tu réalises ce que tu es en train de faire ?

— Non, j'ai programmé la prise de conscience pour dans deux heures.

Je me lève :

— Les gars, il est l'heure.

« Mon Dieu, quelle réplique pourrie. J'ai trop regardé de séries... »

La nuit est presque tombée. Tout est calme.

— Équipe Radar, tout le monde est en place ?

— Surveillance immeuble : en place. Aucun problème.

— Surveillance jardin public : en place. Aucun problème en vue.

— Surveillance rue : auf..., nit... rut... zingal.

— Sophie, si tu veux qu'on te comprenne, il faut garder le bouton appuyé.

— Quelle quiche je fais !

— Voilà, comme ça, c'est parfait, tout le monde t'a entendue. Équipe Boulon, en place ?

— Parés.

Xavier inspire et expire régulièrement pour essayer de se détendre. On a l'impression qu'il va jouer sa vie. Je suis avec lui dans le garage. C'est nous qui allons donner le top départ. Le mur a été entièrement abattu, on voit la palissade. Dès que le passage sera ouvert, il se met au volant de XAV-1 et démarre.

Il me prend le talkie :

— Attention au top, on lance l'opération.

— Négatif, négatif ! intervient Sophie. Promeneurs en approche. Mais qu'est-ce qu'ils foutent ?

— Prévenez-nous dès qu'ils seront partis, répond Xavier de plus en plus sous pression.

Les secondes sont interminables. Si l'un de nous se fait capturer, ils vont le torturer jusqu'à ce qu'il donne les noms de ses complices. Moi, je ne balancerai jamais Ric. Ils pourront faire pression en s'en prenant à Jade, je ne lâcherai rien. Plutôt mourir.

Le talkie grésille. La voix de Sophie :

— Ils sont partis, la voie est libre.

— Si c'est clean pour tout le monde, on lance.

Tous confirment.

— Alors top départ, mes amis !

À la seconde, on entend les visseuses de Jean-Michel et de Ric qui entrent en action. En moins de trois minutes, ils ont eu le premier panneau. Le tiers du passage est ouvert. Je traverse côté jardin public pour prêter main-forte au collègue, Nathan, et déplacer les éléments. Pendant que le ninja dévisse, Ric s'attaque déjà aux poteaux. Il ordonne :

— Xavier, mets-toi au volant et tiens-toi prêt à démarrer.

Un chat débouche d'un fourré et nous regarde. Je le fixe :

— Toi, si tu parles, je te jure, je t'épile…

— Qu'est-ce que tu fabriques, Julie ? Aide-moi plutôt à virer le deuxième panneau.

Jean-Michel semble avoir des difficultés avec les dernières vis. Il insiste.

— Ne force pas, lui glisse Ric, tu vas foirer les têtes.

Hurlement de la visseuse dans la nuit. Trop tard.

— Merde, la vis est foutue !

Jean-Michel nous regarde et réfléchit :

— On ne peut pas arrêter maintenant, à deux vis du dernier panneau. Que les esprits des combattants nous guident !

« On est morts. Je suis folle de les avoir entraînés là-dedans. On est une bande de bras cassés, des vrais malades. »

Xavier s'inquiète. Ric le renvoie dans son bolide. Soudain, Jean-Michel pousse un petit cri ridicule et fait un bond en donnant un grand coup de pied dans le dernier point d'accroche. Il retombe comme un flan mal démoulé sur un carrelage. La palissade a gagné le round.

— Saloperie ! hulule-t-il, je me suis niqué le pied !

Ric n'hésite pas une seconde, il fonce dans le garage, cherche dans les outils et ressort avec un pied-de-biche.

— Tant pis, on va péter les vis.

Il fait levier et arrache le dernier panneau. Jean-Michel se traîne sur le côté et on déplace la plaque.

— Xavier, démarre et fous le camp !

Au moment où il tourne la clé, le pot d'échappement crache un énorme nuage noir. N'ayez aucune crainte pour l'environnement, parce que Jean-Michel en a respiré la plus grande partie. Six ans de tabagisme passif en moins d'une seconde. C'est vraiment un héros.

Tous feux éteints, XAV-1 roule lentement vers nous en marche arrière. Même moi je trouve que le moteur fait un bruit magnifique. Ric le guide.

L'engin recule encore, amorce une courbe pour se

placer dans le bon sens sur l'allée. Xavier baisse la vitre :

— Ça va aller ?

— Tout roule, sauve-toi. On se retrouve chez toi.

Ric prend le talkie :

— Surveillance zone sud et grilles, convergez vers l'entrée, XAV-1 arrive.

Xavier démarre et, dans la nuit, son énorme bolide sombre glisse entre les massifs de fleurs en prenant toute la largeur de l'allée.

Ric ne perd pas de temps :

— Jean-Michel, tu vas te mettre à l'abri dans le garage, je vais tout remonter avec Nathan. Julie, va avec lui et commence à le soigner.

— Vous allez y arriver tous les deux ?

— T'inquiète pas. Il n'y a qu'à revisser.

Il me raccompagne et, avec Nathan, referme un panneau derrière moi. Il est là, de l'autre côté de la palissade, à s'affairer en silence.

Jean-Michel se tord de douleur.

— Appuie-toi sur moi, on monte chez Xavier voir ce que tu as.

47

Quelqu'un frappe à la porte de l'appart de Xavier. C'est le bon code. Ric est là. Je lui saute littéralement dans les bras. Ma joue sale contre la sienne pleine de terre. Mes bras autour de son cou. Je serre de tout mon cœur. Il pose ses mains sur mon dos. C'est peut-être parce qu'il ne m'étreint pas avec la même passion que je prends soudain conscience de la familiarité dont je viens de faire preuve. Tant pis, c'était génial, et sous la crasse de mon visage, il ne pourra jamais voir que je suis rouge comme une pivoine. Je l'entraîne au salon où Jean-Michel est étendu avec de la glace sur sa cheville et toutes les filles autour de lui. Le repos du guerrier. Ric demande des nouvelles. Jean-Michel survivra. Par contre, le diagnostic vital de son orgueil est engagé…

— Des nouvelles de Xavier ? m'interroge Ric.

— Il a téléphoné. Tout va bien. Il ne devrait pas tarder.

Les filles se racontent déjà les sueurs froides qu'elles ont eues. Jean-Michel se tait, à moins qu'il ne médite. Nathan sert à boire à tout le monde, mais on attend Xavier pour trinquer.

Ric s'approche de moi :

— Tu as été parfaite. Un vrai soldat d'élite.

— Tu le penses vraiment ?

— Tu as assuré comme une pro.

— Ton sang-froid m'a impressionnée.

On frappe à nouveau. C'est un code, mais pas le bon. Je m'approche de la porte :

— Qui c'est ?

— C'est moi, fait la voix pressante de Sophie, ouvre, j'ai oublié le code et, dans deux secondes, je vais être obligée de pisser sur le palier tellement j'ai envie !

Quelques minutes après, Xavier nous rejoint. L'équipe est enfin au complet. On a gagné. Ensemble, on a réussi un truc dingue. Comme des experts, à part les traces de pneus dans la pelouse entre le garage et l'allée, nous n'avons rien laissé derrière nous. On est tous tellement satisfaits d'avoir accompli cet exploit que, pour le célébrer, on fait tout le bruit que l'on n'avait pas le droit de faire pendant l'opération. Pour un peu, on chanterait des chants de garnison, mais je ne connais que des comptines. Vous imaginez un bataillon des forces spéciales qui entonne en chœur « Une souris verte » ?

Et là, tout à coup, alors que tout le monde trinque et se raconte déjà la légende, je suis prise d'une irrépressible angoisse et je me mets à trembler. Je vais faire ma première crise d'hystérie. Sophie s'approche. Elle n'a pas l'air affolée du tout.

— Bravo ma vieille, fait-elle, pas une minute de retard.

Je sanglote, j'ai du mal à articuler :

— De quoi tu parles ?

— De ta prise de conscience programmée. Pile deux heures après. Quelle ponctualité ! Maintenant, espèce de givrée, tu réalises ce que tu nous as fait faire ?

Je sais ce qu'il me faudrait pour me calmer : une bonne douche froide, avec Ric, sans nos vêtements.

48

Dans les semaines qui ont suivi, quelque chose a changé. Depuis cette soirée, tous ceux qui ont participé à l'opération partagent un lien encore plus fort, un secret. Comme dirait Xavier, on est tous des vétérans.

Avec Ric, on se téléphone presque tous les jours lorsqu'on ne se voit pas. Et là, je suis tentée d'envoyer le générique de notre grande émission-débat dont le thème de ce soir sera : « À partir de quand est-il raisonnable de s'attendre à ce qu'un garçon vous embrasse vraiment ou même tente de vous faire l'amour ? » Parmi les invités, nous avons un prof de gym qui se prend pour un dieu, spécialiste de la psychologie masculine ; Géraldine Dagoin, experte ès trombones ; un commercial avec sa pelle et son puits, et un chat.

Je redoute que ce qui se dessine actuellement entre Ric et moi soit la pire des options possibles. J'ai peur qu'à force de démonter des panneaux de bois, de colmater des ballons d'eau chaude et d'éviter des incendies, nous ne devenions de super amis, les meilleurs potes du monde – mais rien d'autre. Nos activités n'ont rien de commun avec celles des jeunes gens qui flirtent. Il y a bien eu le concert, mais si je devais le qualifier, ce ne serait pas l'adjectif « romantique » qui me viendrait en premier. Que dois-je faire ?

À la boulangerie, je suis maintenant au point pour le service. Je m'entends très bien avec l'équipe, qui ne regrette pas Vanessa. Denis vient me chercher pour goûter ses nouvelles recettes, Nicolas m'apprend de nouveaux mots, ce qui m'a permis de traiter M. Calant de « dégueugnoble » en lui faisant croire que cet adjectif théoriquement élogieux s'appliquait autrefois aux plus titrés des nobles de notre région. Même Mme Bergerot était écroulée de rire…

Désormais, en vendeuse un peu plus dégourdie, je peux à la fois emballer les gâteaux les plus complexes tout en écoutant les ragots et rumeurs qui s'échangent à longueur de journée dans la boutique. Par exemple, quelques jours après notre opération XAV-1, certains clients ont commencé à raconter que des malfrats avaient défoncé les grilles du jardin public pour échapper à la police et que leur voiture s'était mystérieusement volatilisée aux deux tiers de la grande allée latérale. Mme Touna a même certifié que les traces de dérapage y étaient encore visibles. Quelques jours plus tard, on a entendu parler d'une histoire d'ovni qui aurait survolé notre ville cette nuit-là, certains affirmant même avoir clairement distingué un vaisseau spatial énorme et noir en train de faire du rase-mottes dans les allées du jardin, sans doute pour prélever des échantillons de notre faune et de notre flore. On va certainement en rire un bon moment.

Finalement, ce métier est un fabuleux poste d'observation pour qui s'intéresse à ses semblables. On y voit défiler nos congénères tels qu'en eux-mêmes.

Ce ne sont pas des vendeuses qu'il faudrait dans les boulangeries, mais des chercheurs en anthropologie et des spécialistes en psychologie. Pas la peine d'attendre qu'une civilisation ait disparu pour essayer de la comprendre à travers ce que l'on déterre de ses restes. Si vous voulez capter la réalité des individus et de notre espèce, vous n'avez qu'à vendre du pain à longueur de journée.

De ma place, je n'ai ni l'envie ni la prétention de juger tout ce que j'entends. Mais j'apprends. Parfois, je suis bouleversée ou choquée, mais au-delà des anecdotes, c'est une définition des humains bien plus large et finalement assez simple qui se dessine en moi. L'intelligence est sans doute un facteur important, comme l'éducation et le physique, mais plus que tout, les gens se déterminent grâce à ce qu'ils choisissent librement de faire ou de confier. Le résultat, bien qu'infini, se répartit assez naturellement entre deux grands pôles. À force de voir défiler tout le monde, tous les âges et toutes les conditions, je m'aperçois que l'on peut partager le genre humain entre ceux qui sont faits pour aimer et ceux qui ne comprennent même pas ce que cela veut dire. Les affectifs et les autres. Depuis, je m'amuse à lire les gens à travers ce filtre. Le résultat est étonnant. Il se traduit aussi bien dans la façon d'être que dans la façon d'agir. De la manière dont une personne vous regarde à la façon dont elle traite sa monnaie, tout est un témoin. Du plus petit bonjour à la porte que l'on referme au nez de celui qui est derrière. Certains ont beau se cacher sous leurs faux airs de dur, ils ont des cœurs en or. D'autres peuvent bien tenter de se faire passer pour des gentils, ils ne pensent qu'à leurs intérêts. Même moi j'ai trouvé ça simpliste au départ ; pourtant, essayez, vous verrez que ça marche.

Immanquablement, je me pose la question au sujet de ceux que je connais – Sophie, Mme Roudan, Mohamed, mes parents, Xavier et le cas qui me touche le plus : Ric.

Comme chaque fois, rien n'est ni tout noir ni tout blanc, mais il me paraît encore plus difficile d'avoir un avis tranché sur lui. Est-ce parce que ma théorie est stupide ou parce qu'il ne se livre pas assez ? Ses actes et ses comportements le révèlent comme quelqu'un de gentil. Pourtant, il est clair qu'il ne dit pas tout. Réfléchis, Julie, de la réponse dépend sans doute une bonne part de ta vie…

Le soir, lorsque Ric a demandé à passer me voir, je peux vous dire que je me suis imaginé tout et n'importe quoi. Dans ma tête, histoire de ne pas être prise au dépourvu, j'avais réfléchi à une réponse pour chaque cas de figure possible :

« On pourrait peut-être se faire un resto ? »
C'est oui.
« On pourrait sortir ensemble ? »
C'est oui.
« Je pourrais peut-être t'embrasser là et là ? »
C'est oui.
« Tu n'as pas chaud avec ta robe légère ? »
C'est oui.
« Veux-tu m'épouser ? »
C'est oui.
Autant vous dire que j'étais prête à tout. Mais vous connaissez le don qu'ont les hommes pour nous surprendre…

49

— Je vais m'absenter quelques jours. Je n'ai pas confiance dans mon robinet d'arrêt d'eau. Je voulais savoir si tu pouvais passer de temps en temps à mon appart pour vérifier qu'il ne s'est pas transformé en piscine.

« Dommage que tu n'habites pas au-dessus de chez Mme Roudan, ça aurait arrosé son jardin. »

J'avoue que je n'avais pas envisagé cette éventualité. Mais c'est oui de toute façon. D'autant que Ric semble préoccupé.

— Sans vouloir être indiscrète, ce ne sont pas des ennuis qui t'obligent à partir ?

— Non, rien de grave.

— Tes parents vont bien ?

— Tout va bien, je t'assure.

— Pour ton appart, tu peux compter sur moi.

— Merci beaucoup.

— Tu veux aussi que je relève le courrier ?

— Inutile, je ne serai absent que cinq ou six jours.

« Cinq ou six ? Sois clair. C'est pour évaluer le nombre de cheveux blancs que je vais me faire. »

— S'il y a une fuite, je te préviens sur ton portable ?

— Je risque de ne pas être facilement joignable, mais laisse un message et avertis Xavier.

Absent. Destination inconnue. Aucune date de retour ferme. Pas joignable.

— Quand pars-tu ?

— Demain matin, tôt.

Mon moral se fissure. Je m'efforce d'empêcher mon menton de se mettre à trembler comme les enfants qui vont éclater en sanglots.

« Tu vas me manquer. Je ne sais pas si tu pars pour faire évader l'autre ratasse, mais j'ai vraiment peur que tu ne reviennes pas. Si ça se trouve, c'est la dernière fois que je te vois. »

— Julie, ça va ?

— Oui, oui. Aucun problème.

Je n'ai pas dû être très crédible. Il s'avance vers moi et m'enlace. Il me serre contre lui, fort. Ses mains remontent vers mon visage, qu'il enserre doucement entre ses paumes. Il est si proche. Je sens son souffle sur ma peau.

— Ne t'inquiète pas, murmure-t-il. C'est important pour moi. Ensuite je serai libre.

Il pose ses lèvres sur les miennes. Je ferme les yeux. Quelque chose de plus fort que tout me submerge. Je suis un château de cartes qui s'effondre au ralenti. Lorsque je relève les paupières, Ric n'est plus là et ses clés sont posées sur ma table.

50

Ma vie sans Ric. Comment vous dire ? Je pense
encore plus à lui que quand il est dans les parages.
Il nous est déjà arrivé de ne pas nous voir, mais
je pouvais au moins espérer l'apercevoir, le croiser.
Là, je sais que ça n'arrivera pas et j'ai peur que ça
n'arrive plus malgré ce qu'il m'a dit.

Son baiser n'en finit pas de provoquer une onde
de choc jusque dans les recoins les plus reculés de
mon esprit et de mon cœur. Me l'a-t-il donné pour
avouer ses sentiments ou comme un cadeau d'adieu ?

Ses mots me reviennent sans cesse : « Ensuite je
serai libre. » Qu'a-t-il voulu dire ?

J'ai l'impression qu'en partant, il m'a confié la
garde du monde, alors j'essaie d'en être digne. Pour
vous dire à quel point je fais des efforts, je suis à deux
doigts d'adopter un des chatons que propose l'annonce
accrochée à notre vitrine. Dans chacun de mes actes,
même les plus anodins, j'essaie d'être irréprochable,
de lui faire honneur, de me comporter comme s'il
pouvait tout voir, tout entendre, pour qu'il soit fier
de moi. Une fois, j'ai entendu Mme Bergerot dire
quelque chose dans le même genre. Elle parlait de

son défunt mari. Je voudrais bien en discuter avec elle, mais ces douleurs-là sont trop intimes pour être mises en commun. Ma grand-mère avait coutume de dire que les joies partagées sont multipliées alors que les peines partagées sont divisées. Mme Roudan aurait sans doute ajouté que nulle douleur n'atteint celui qui console. Ce n'est pas toujours vrai, alors le plus souvent, chacun porte son fardeau.

Le premier soir, lorsque je pénètre dans son appartement, j'éprouve un sentiment étrange. L'impression qu'il est là, qu'il m'observe. Il n'y a pas un bruit. J'avance sur la pointe des pieds comme si j'étais une impie dans un sanctuaire. Je vérifie le sol de la cuisine, il est sec. J'ouvre le placard sous l'évier. Quelques flacons de produits d'entretien ont remplacé les outils aperçus lors de notre mémorable soirée. Qu'est-ce qu'il a pu en faire ? Il est peut-être parti avec pour accomplir ce qu'il prépare en douce.

Je me retourne, j'observe son intérieur. Tout est fonctionnel, rangé, propre. Aucune photo, aucun objet superflu qui pourrait témoigner de ses goûts ou de son histoire. J'ose à peine regarder tellement j'ai l'impression d'être indiscrète. Pourtant, je me pose tant de questions sur ce qu'il ne dit pas, sur ce qu'il est vraiment... Les réponses sont sans doute là, à l'intérieur des placards, dans l'ordinateur portable, dans ces dossiers soigneusement empilés. Je suis tentée de jeter un œil mais j'en suis incapable. J'aurais l'impression de le trahir, d'abuser de la confiance qu'il a placée en moi. Soudain, une question me vient : m'a-t-il confié ses clés parce qu'il craignait vraiment une fuite ou parce qu'il me teste ? Si ça se trouve, son appart est truffé de micros et de caméras et, en ce moment même, il m'observe. Mon Dieu, je ne suis même pas coiffée !

J'étudie soigneusement le robinet d'arrêt et, à haute voix, je déclare avec l'exécrable talent d'une mauvaise actrice qui articule trop :

— Impeccable, ça ne fuit pas. Je suis bien contente pour Ric.

Je quitte son logement aussi vite que possible. Une fois sur le palier, je reprends ma respiration. Je suis appuyée dos au mur, comme un bandit en cavale qui profite d'un peu de répit. Tout à coup, je me dis qu'il a peut-être aussi mis des systèmes de surveillance pour protéger sa porte. Je me redresse dans une décharge d'adrénaline.

— Ouh ! là, là ! Qu'est-ce qu'il fait chaud ! dis-je à haute voix.

Où a-t-il bien pu cacher ses caméras ?

J'étais déjà folle, je deviens en plus paranoïaque. Quelle nana irrésistible je fais. Mais ce soir, j'ai appris une chose inédite pour moi : ce n'est pas quelque chose qui me manque, c'est quelqu'un.

51

Je compte les jours. Le week-end sans lui a été difficile. J'ai vu Xavier, très en forme. J'ai vu Sophie, pas en forme du tout. J'en ai dit un peu plus à maman au téléphone, elle est folle de joie à l'idée que j'aie enfin rencontré quelqu'un de bien. Elle m'a d'ailleurs confié au passage que, bien que n'ayant vu Didier qu'une seule fois, elle ne l'appréciait pas du tout. Que dira-t-elle de Ric si elle le voit un jour ? Papa va faire creuser la piscine en prévision des petits-enfants que l'on ne va pas manquer de faire dès que l'on trouvera un coin sombre et une dizaine de minutes. Miaou !

Au rayon fétichisme, j'ai aussi acheté la même lessive que celle aperçue sous son évier pour laver sa chemise, comme ça elle continuera à sentir comme lui.

Mme Roudan m'inquiète. Le Dr Joliot dit que ses analyses ne se stabilisent pas et que le mal progresse. Il me laisse assez peu d'illusions. Maintenant que l'on se connaît mieux, Mme Roudan accepte d'aller se promener avec moi dans les jardins de l'hôpital, mais en fauteuil roulant. Ça ne dure jamais longtemps parce qu'elle se fatigue très vite. J'ai l'impression que ses légumes l'intéressent moins. La seule chose qui arrive encore à la faire sourire, ce sont les histoires que je lui raconte, sur Ric, sur les ragots de la boulangerie. Pour moi qui n'ai pas beaucoup parlé avec ma seule grand-mère, notre relation comble un immense vide. Quand je suis repartie, elle m'a demandé un service que j'ai aussitôt interprété comme un vilain signe. Elle voudrait que je lui rapporte la photo jaunie posée sur sa table de nuit. Je n'aime pas du tout ce que cela pourrait traduire de son état d'esprit. Je vais essayer de passer la voir plus souvent, mais c'est difficile avec les horaires de la boulangerie. Quand on ferme, l'heure des visites est passée.

Aujourd'hui, cela fait cinq jours que Ric est parti. J'espère qu'il va rentrer. Peut-être qu'il me laissera un message. Peut-être qu'il est déjà chez nous – enfin je veux dire, dans l'immeuble.

Ce matin, Mme Bergerot m'a confié une mission très spéciale. Denis et moi devons livrer dix kilos de petits fours à la mairie, pour une cérémonie. J'ai mis une blouse propre, la camionnette est remplie de plateaux couverts de petits gâteaux multicolores impeccablement alignés.

Denis conduit. C'est vraiment un type adorable. Je n'arrive pas à comprendre qu'un homme aussi gentil soit encore célibataire. Il ne roule pas vite pour protéger ses gâteaux.

— On va se garer derrière la mairie, m'explique-t-il. Le maire est sympa, tu verras.

— J'ai eu l'occasion de le voir lorsque je travaillais à la banque. Sa fille y a un compte.

— Tu es contente d'avoir changé de métier ?

— C'est la meilleure décision que j'aie prise de toute ma vie !

— Je ne sais pas si la patronne te l'a dit, mais entre toi et Vanessa, on n'a pas perdu au change.

— Merci, Denis.

On arrive devant la mairie. Il contourne le parvis déjà encombré de voitures, dont certaines officielles. Je demande :

— C'est pour quoi, cette cérémonie ?

— Aucune idée. Ils en font toutes les semaines. Une inauguration, un partenariat, une célébration. Il y a toujours des médailles à distribuer et des mains à serrer.

Un agent de la police municipale nous fait signe de nous garer près de la sortie de secours de la salle d'honneur. À peine arrêtés, un serveur fait irruption et nous demande :

— On est à la bourre, vous pouvez nous aider à rentrer vos plateaux ?

— Pas de problème, répond Denis.

Les gens courent partout. Un technicien fait des essais micro, un autre place des plantes vertes aux angles de l'estrade. On dispose les plateaux de petits fours sur une longue table. Soudain, Monsieur le maire fait son entrée. Il porte son écharpe tricolore. Il salue tout le monde avec le sourire du candidat permanent. Derrière lui, Mme Debreuil entre à son tour. Elle ne serre la main de personne. Elle vérifie que tout est en ordre avant le début du show. Cette fois, sa robe est bleue, toujours aussi élégante. Elle porte son sac vedette et un collier qui scintille de mille feux.

Elle est juste devant l'endroit où je dois déposer mon plateau de petits fours. Je ne l'ai jamais approchée d'aussi près. Ses traits sont marqués mais elle en impose. Son regard passe sur moi sans même me remarquer. Je suis fascinée par son collier. Ce n'est sûrement pas du toc.

Elle fonce vers le maire :

— Gérard, ne pourrait-on pas avoir plus de lumière ? Je trouve que c'est trop sombre.

Il se tourne vers les employés de mairie :

— Les enfants, vous croyez que vous pouvez me dégoter deux ou trois projecteurs ?

Les agents municipaux s'activent aussitôt. Mme Debreuil, comme une impératrice, poursuit :

— Gérard, il faudrait aussi illuminer cette estrade, sinon c'est trop triste.

À les voir fonctionner, on se demande qui est l'élu. Comme s'ils étaient seuls, elle ne se gêne pas pour lui donner ses instructions, et il s'exécute.

Denis revient avec le dernier plateau. Il va saluer le maire, puis Mme Debreuil, qui ne saisit pas la main qu'il lui tend.

— Viens, Julie, on y va.

De retour à la boutique, je n'en avais pas fini avec les belles âmes. J'avais loupé M. Calant, mais Mme Bergerot était toute retournée par ce qu'une cliente était en train de lui rapporter :

— C'est ma fille qui me l'a dit. Elle est lieutenant au commissariat. Ils l'ont interrogé pendant quatre heures hier et il risque de gros ennuis.

J'ai peur qu'il ne soit question de Xavier. Quelqu'un aurait-il identifié sa voiture ? Je vais aller me constituer prisonnière. Je leur dirai que je suis le cerveau de l'opération. Et quand, dans vingt ans, je sortirai de prison, j'irai épiler le chat parce que je suis certaine que c'est lui qui nous a cafetés.

Mme Bergerot a l'air scandalisée comme jamais. Pourtant, elle a eu l'occasion d'en entendre des gratinées... Elle se tourne vers moi :

— Le commercial, tu sais, celui qui habite à côté, le type avec sa voiture rouge qui est parti aider les petits Africains...

Elle se tourne vers la cliente et lâche :

— Dites-lui, madame Merck, moi, ça me dégoûte trop.

— Eh bien, il n'est pas allé les aider du tout. Apparemment, il a lu quelque part qu'un type avait fait fortune au Niger en vendant des bonbons en chocolat colorés qui ressemblent à des médicaments. Et ce petit saligaud a repris l'idée. Il a sillonné l'arrière-pays du Sénégal en se prétendant médecin. Les bonbons rouges c'était contre la dysenterie, les bleus pour la fertilité, les verts pour la croissance des enfants. Il leur vendait ses « médicaments » l'équivalent de deux mois de leur salaire. Tout le monde au commissariat voulait lui casser la figure. Ce sont des employés de la Croix-Rouge qui ont découvert son odieux trafic et l'ont remis aux autorités.

J'ai beau être une fille, s'il était devant moi, je lui démonterais sa tête. Et moi qui m'efforçais d'être gentille avec lui ! On devrait toujours se fier aux premières impressions que l'on a sur les gens. Lui, c'est une sale ordure. J'espère qu'il aura les pires ennuis.

Mme Bergerot est d'autant plus furieuse que ce petit escroc s'est arrangé pour se faire de la publicité partout avec son voyage « humanitaire ». Elle se décompose soudain :

— Mais vous allez voir qu'il s'est payé sa voiture

de frimeur avec l'argent qu'il a volé à ces pauvres malheureux !

Je ne vous cache pas que, dans les jours qui ont suivi, on s'est arrangés pour lui faire autant de publicité que possible. Mais le mieux, ce fut quand il est enfin venu à la boutique...

Lorsque cette honte humaine gare sa voiture tape-
à-l'œil le long du trottoir, il n'y a que trois personnes
dans la boulangerie. Mme Bergerot, dont je sens déjà
les réacteurs vrombir, passe la tête dans l'arrière-
boutique et hurle :

— Julien, Denis, je vais avoir besoin de vous !

Il entre, avec son petit costume un peu trop grand
pour lui. Que des femmes dans le magasin. Il se comporte comme un coq dans sa basse-cour. Mais à en
juger par les regards assassins que lui jettent deux
clientes, l'information sur la réalité du personnage a
bien circulé. Pourtant, cela ne semble pas le perturber.
Il est content de ce qu'il est. Fascinant. Comment un
humain digne de ce nom peut-il s'arranger avec sa
conscience au point d'arriver à paraître si fier alors
qu'il s'est fait jeter d'Afrique et que les flics et la
justice sont après lui ? C'est sans doute la force de ces
individus, être insensibles à tout sauf à leurs intérêts.

Il se plante devant Mme Bergerot, qui fulmine.

— Je vais vous prendre deux baguettes et quatre
tartes aux oignons.

— Désolée, il n'y en a plus.

Déstabilisé, il ouvre de grands yeux.

— C'est une blague ?

Il désigne le râtelier rempli de pain et les tartes.

— Et ça, qu'est-ce que c'est ?

— Une illusion d'optique. Par contre, si vous voulez, nous avons des pilules contre la connerie et la méchanceté, ajoute la patronne en montrant le présentoir de confiseries.

Julien et Denis débarquent. Notre chef boulanger a même apporté sa longue pelle à four.

L'escroc minable jauge son petit monde et fait encore une fois preuve de grandeur. Il pointe un doigt menaçant vers Mme Bergerot et déclare :

— Vous n'avez pas le droit de faire ça. C'est un refus de vente. Je vais porter plainte.

Mme Bergerot est à deux doigts d'exploser. Julien l'arrête et passe devant le comptoir. Il se plante devant l'autre fumier :

— Écoute, espèce d'enfoiré : tu ne remets jamais les pieds ici. Tu te casses. Les gens comme toi sont une honte.

— Tu crois que tu me fais peur ?

Denis s'avance en renfort :

— Si tu n'as pas peur, c'est une preuve de plus que tu es un gros con. On t'a dit de te barrer. Quitte le quartier, quitte la ville.

Mme Bergerot ajoute :

— Quitte même la planète, espèce d'ordure !

Il redresse la tête et bat en retraite, convaincu d'être digne. En trois jours, Mohamed lui a demandé de rembourser son ardoise et lui a interdit de venir, la libraire ne veut même plus lui adresser la parole, son employeur a reçu des demandes de remboursement de la quasi-totalité des clients à qui il avait réussi à fourguer ses cuisines. Le pharmacien a organisé une collecte pour envoyer des fonds et des vrais médicaments aux gens qu'il a abusés. Il a récupéré beaucoup. Ça fait chaud au cœur. Parfois, le mal engendre le bien. On va peut-être réussir à réparer l'abjection de ce petit foireux. Mais je vais vous dire ce qui me révolte le plus : malgré tout, il risque de s'en sortir. Même s'il passe au tribunal, il aura le droit à un avocat qui ira sans hésiter jusqu'à la mauvaise foi pour lui sauver les fesses. De toute façon, ce genre de type se trouve toujours des excuses. Ces gens-là ont un talent pour ça — j'ai vécu avec l'un d'eux pendant des années. Ils mettent leur honneur ailleurs que dans leurs actes. Celui-là, c'est dans sa voiture. Ça me rend dingue. Si je n'avais pas été une fille, j'aurais été aux côtés de Denis et Julien. J'enrage de ne rien avoir dit et de ne rien pouvoir faire. J'ai bien une idée à propos de sa voiture, mais c'est moche.

J'ai eu Ric au téléphone, il rentre ce soir, tard. Il m'a promis de passer. Il aura été absent sept jours. Je suis heureuse de son coup de fil, soulagée qu'il rentre. Je vais tout lui raconter, les ovnis, Mme Roudan, l'autre ordure et même les Australiens qui sont arrivés pour le mariage de Sarah. J'espère qu'il me racontera tout lui aussi et qu'il acceptera ce que je vais lui demander.

J'ai ramené plein de choses salées et sucrées de la boulangerie au cas où il aurait faim. J'ai aussi décidé de lui relever son courrier. Croyez-le ou non, mais je n'ai même pas jeté un œil à ce qu'il avait reçu. Vous vous rendez compte ? Voilà quelques semaines, je me coinçais la main dans sa boîte en l'espionnant, et aujourd'hui j'ai les clés et je ne regarde même pas.

Je l'attends. J'épie les pas dans l'escalier. J'ai envie de danser tellement je me sens bien à l'idée de le revoir, mais Toufoufou désapprouve. On frappe. Il est là devant moi. J'ai l'impression que ma vie reprend enfin son cours après une parenthèse. Il a les traits tirés. Je le trouve amaigri. Son regard paraît plus sombre. Cette fois, c'est moi qui l'attire à l'intérieur et l'enlace. Je n'ose pas l'embrasser mais je pose ma tête contre sa poitrine. Il caresse mes cheveux.

— Je t'ai rapporté un petit souvenir.

Il me tend un paquet-cadeau. À la forme, ça ne peut pas être la poupée qui fait « youpi ! » mais je suis certaine que ce sera bien quand même. Je le déballe. Une boîte. À l'intérieur : un pull brun, doux, épais, superbe. Je crois que c'est un modèle pour homme. Je suis dubitative.

— Il est magnifique, merci beaucoup.

— Comme tu sembles aimer les vêtements masculins…

« Pour que je l'aime autant que ta chemise, il faudrait d'abord que tu le portes pendant un an, à même la peau. Mais laisse tomber, c'est un truc de fille. »

Je le pose sur moi, il est deux fois trop grand. Je vais pouvoir louer la deuxième moitié à Sophie ou à une famille de chats. En plus, ce n'est pas avec ce genre de cadeau que je vais en déduire où il se trouvait…

— Il n'y a eu aucun problème à ton appartement, aucune fuite.

— J'ai vu. Merci d'avoir monté le courrier.

« Sur tes enregistrements de surveillance, tu constateras que je n'ai fouillé nulle part. Je ne me suis même pas roulée dans tes affaires. »

— Tu veux rester manger un morceau ?

— C'est gentil mais je suis crevé. Il faut que je dorme.

« As-tu pu faire ce que tu voulais ? Es-tu libre maintenant ? Plus de cachotteries, plus de sac à dos mystérieux, plus d'outils permettant de scier les barreaux ? »

— Ton voyage s'est bien passé ?

— Oui, merci. Tu as mes clés ?

Il a beau être gentil, le message est clair. J'attrape le trousseau sur ma bibliothèque.

— Je sais que tu es fatigué mais je souhaitais quand même te poser une question…

— Dis-moi.

— Samedi prochain, c'est le mariage d'une amie. Est-ce que…

J'hésite. Pas envie de me faire jeter le soir de nos retrouvailles. Il attend. Je prends une inspiration et je me lance :

— Est-ce que tu serais d'accord pour que l'on y aille ensemble ?

Ça y est, je l'ai dit. Et maintenant, je chronomètre son délai de réponse au millième de seconde et j'enregistre sa réaction en très haute définition pour me repasser le film ensuite afin de bien analyser.

— Avec plaisir. Tu me diras ce que je dois mettre.

C'est presque louche que ça se passe si facilement. Ils sont bizarres, les garçons. Parfois, ils font des tas d'histoires pour rien et, sur un coup pareil, c'est du velours. Est-ce que quelqu'un a le mode d'emploi ?

Il m'embrasse seulement sur la joue mais pas seulement comme un ami.

— Je suis heureux de te revoir. Je serais bien resté mais vraiment, je suis épuisé. On s'appelle demain, d'accord ?

54

Toute la semaine, les filles m'ont appelée pour me dire qu'elles avaient aperçu Steve, sa famille ou un de ses copains pompiers. Certaines sont même passées à la boulangerie juste pour ça. Elles sont comme des folles devant ces Australiens. Sophie a passé une soirée avec Sarah et sa future belle-famille. Elle dit que Steve et elle ont l'air très amoureux. Elle dit également que les parents de Steve sont aussi laids que lui est beau. Comme quoi…

Mme Bergerot a bien voulu que je prenne mon samedi après-midi pour aller à la cérémonie. Sarah a de la chance, il fait un temps sublime.

Ric est super élégant. Pantalon de lin crème, chemise brun pâle, cravate et veste d'un ton un peu plus soutenu que la chemise. Moi, j'ai ressorti mes escarpins spécial torture, mais c'est bien parce que c'est Sarah. Je nous observe dans le reflet de la vitrine du boucher qui donne sur le parvis de la mairie et je trouve que l'on va bien ensemble.

Les premiers invités sont déjà là. Pour reconnaître les Australiens, inutile de leur demander leur passeport, ils font tous une tête de plus que la moyenne.

C'est vrai qu'ils sont beaux. Ils ont l'air heureux d'être là. Maëlys et Léna sont déjà arrivées. Il y a même des pompiers du coin, venus saluer leurs collègues de l'autre bout du monde et s'assurer que, désormais, ils pourront décrocher les chats des arbres et faire des bals musettes sans avoir peur que Sarah ne se jette sur eux. Je présente Ric à toutes mes amies. Sophie a un petit sourire en coin.

Une voiture ancienne joliment décorée de tulle et de lis se gare devant la mairie. Sarah descend la première. Elle est radieuse. Elle a gardé sa coiffure, simplement plus soignée, et a choisi un maquillage naturel. C'est elle, en mieux. Elle a eu la bonne idée de ne pas se métamorphoser pour le jour de son mariage au point que, comme cela se produit souvent, on ne la reconnaîtrait pas. Steve descend à son tour, un murmure parcourt l'assemblée. En fait, ce sont surtout les filles qui ont réagi. Je pense que certaines sont folles de jalousie et que les plus modérées se disent au moins que Sarah a eu raison d'attendre et d'aller aussi loin pour le chercher. Au-delà de sa carrure, Steve dégage tout de suite quelque chose de sympathique. Il a fait l'effort d'apprendre quelques mots de français et il se montre adorable avec toutes les hystériques qui, sous prétexte de lui souhaiter la bienvenue, se pendent à son cou.

La cérémonie ne traîne pas. Monsieur le maire laisse à peine à Sarah le temps de goûter son bonheur. Sophie est témoin et, côté australien, c'est Brian, le meilleur ami du marié. Steve répond avec un accent qui finit de faire craquer les plus coincées. Jade, qui n'est jamais décevante, a réussi à tomber de sa chaise au moment pile de l'échange des alliances.

Ric est près de moi. Je suis émue de voir Sarah si heureuse. Les heures où elle déprimait sont loin maintenant. Encouragée par la liesse générale, j'ose prendre la main de Ric. Il me sourit. J'ai eu raison. Le maire félicite les jeunes époux. Applaudissements, flashes d'appareils photo, cris de joie et Jade qui hurle « à poil ! ».

À la sortie, les pompiers en tenue ont fait une haie d'honneur au couple. Sophie se faufile derrière moi et me glisse :

— Je crois que Jade a commencé à faire la fête avant l'heure. J'ai l'impression qu'elle a bu...

— On la garde à l'œil. Passe le mot aux autres.

Sophie approuve, s'approche encore plus de mon oreille et me glisse :

— Dis donc, je comprends que tu le caches, ton Ric, il est mignon !

Pendant la séance de photos sur le parvis, les invités font connaissance. D'une langue à l'autre, chacun communique comme il peut avec des gestes, des sourires. Il y a un grand blond qui a déclaré à Maëlys qu'elle avait « un joli paysage ». Ça promet.

J'aime bien voir les gens rassemblés, heureux. Finalement, le mariage est le seul jour où l'on a l'occasion de réunir tous ceux qui font notre vie. Côte à côte, la famille, les amis, les collègues. Tout se mélange. Vous pourrez toujours me faire remarquer que les mêmes se réunissent aussi aux obsèques, mais le héros de la fête en profite nettement moins. Alors je vais faire comme Sarah semble le faire, goûter ce plaisir.

Le cortège de voitures nous emmène au Domaine des Lilas, un manoir qui accueille toutes les réceptions élégantes des environs. Sarah et Steve n'ont pas fait les choses à moitié. Dans le parc au pied de l'imposant bâtiment, sur une immense pelouse entourée de grands arbres, des tentes de réception, un buffet et des ballons blancs ont été installés. C'est à la fois champêtre et sophistiqué. Les gens s'amusent et les enfants cavalent partout. Leurs beaux habits ne vont pas rester propres longtemps. Les flûtes se remplissent. On porte un premier toast aux mariés. Les Australiens entonnent un chant de chez eux. Même en parlant anglais, avec leur accent, impossible de dire si c'est un hymne ou un chant paillard. Deux dames âgées discutent avec un ami de Steve, lui aussi pompier. Elles sont devant lui comme au pied d'un gratte-ciel, obligées de lever la tête bien haut pour en voir le sommet. Elles gloussent chaque fois qu'il essaie de prononcer un mot en français. Elles lui en apprennent d'autres : « mariage », « château », « art de vivre » et je ne sais pas trop pourquoi, « petite culotte ».

Ric et moi ne nous lâchons pas d'une semelle. Je ne me fais aucune illusion, ce n'est pas à cause d'une passion dévorante que nous extérioriserions tout à coup. Non. On se sent comme deux gosses, un peu intimidés, un peu sur la touche, et on se rassure en n'étant pas tout seuls. Je crois que lui n'en est pas vraiment conscient. Il observe, il parle gentiment à ceux qui lui adressent la parole. Trop de gens, trop d'inconnus. C'est la première fois que je le vois ainsi, presque vulnérable. Le regard que les gens posent sur nous en tant que couple est surprenant. Ils acceptent, ils légitiment. Ils ne parlent pas à chacun mais aux deux. Ils nous demandent si on est mariés, si cette journée nous en donne l'envie. C'est la première fois que je me retrouve officiellement considérée comme

286

la compagne de Ric. J'ai envie d'y croire, mais j'ai l'impression d'usurper.

La voix de Sarah résonne dans les haut-parleurs. Elle est montée sur une estrade et tient le micro qui servira sans doute ce soir au chanteur. Steve est à ses côtés. Ils forment un couple magnifique. D'un joli mouvement du bras, Sarah désigne le ciel :

— L'été joue les prolongations pour nous. Je suis si heureuse de vous voir tous ici, papa, maman, mon petit frère, et la famille de Steve ainsi que ses proches qui ont fait un si long chemin pour nous rencontrer.

Applaudissements.

— Je veux aussi dire un mot à mes amies, celles avec qui j'ai eu la chance et le privilège de partager tant de dîners géniaux. En tant qu'épouse, je perds sans doute ma carte de ce club extraordinaire, mais j'espère que vous m'autoriserez encore à me joindre à vous.

Applaudissements et cris.

— À vous toutes, à vous tous, je souhaite de vivre le même bonheur que celui que Steve et moi vivons aujourd'hui.

Elle est sincèrement émouvante. Steve prend le micro, sort une feuille de sa poche et la déplie :

— Bonjour. Je pas bien encore parler la French mais joyeux. Un friend de Sarah m'aider à écrire ce texte. Je pas bien comprendre et si je dire des choses pas bien, vous m'excusez.

Il se tourne vers sa femme :

— Je t'ai vue première fois dans incendie. Tu as mis mon feu à ma cœur. J'aime ton pays et je viens pour être avec toi.

J'en vois déjà qui ont les larmes aux yeux.

— Je suis ici pour te faire les beaux enfants avec une grosse lance à incendie…

Sarah lui arrache la feuille et passe de la béatitude absolue à la suspicion la plus farouche. Elle rit à moitié devant l'assistance, qui est pliée en deux.

— Qui a aidé Steve à écrire son discours ? Je veux le nom du coupable !

Pendant que Sarah mène l'enquête, un pompier français traduit au jeune marié. Le frère de Sarah, Franck, finit par se dénoncer sous les vivats de la foule qui applaudit. En riant, Steve fait signe à ses compatriotes, qui le capturent aussitôt et commencent à le jeter en l'air comme un sac.

La fête est comme Franck, bien lancée. Il fait beau, le champagne brille au soleil, ceux qui ne se connaissent pas se rencontrent et Ric est près de moi. Les Australiens font déjà chauffer le barbecue géant qu'a souhaité Steve. Tout est réuni pour passer une journée mémorable, sans problème. C'est compter sans Jade.

55

Si je suis coupable de quelque chose, c'est uniquement de ne pas avoir assez surveillé Jade parce que je passais tout mon temps avec Ric. On savait déjà qu'elle ne tenait pas bien l'alcool, mais on a découvert ce que ça pouvait donner avec son célèbre esprit affûté comme une banane.

La première alerte est survenue en milieu d'après-midi, lorsque Sarah a voulu réunir toutes ses amies pour une photo. Une à une, elle nous a présentées à ses parents et à ceux de Steve. C'est vrai qu'ils ne sont pas très beaux. On y prêterait certainement moins attention si leur grand fils n'était pas aussi photogénique. Le contraste est assez violent.

Lorsque Jade s'est retrouvée face au père du marié, elle lui a tendu une main molle, fascinée par son visage aussi buriné que fripé et son crâne aplati complètement dégarni. Elle a ouvert de grands yeux et lui a dit d'une voix bien pâteuse :

— E.T., tu es là ! Je suis tellement contente que tu sois resté sur Terre. Tu veux téléphoner maison ?

Elle lui a tendu son portable. Ensuite, elle a essayé de le prendre dans ses bras. Heureusement, Sophie est intervenue façon garde du corps et Léna a interposé un de ses seins pour la faire reculer d'un mètre. Le fait que le papa ne parle pas le French fut une chance. On a pu le convaincre que Jade avait été bouleversée par sa troublante ressemblance avec un de ses oncles récemment disparu qui lui avait offert son téléphone. L'idée n'est pas de moi.

On aurait dû en tirer les conclusions et mettre en place une surveillance permanente de Jade. Mais forcément, on avait tous mieux à faire que de se lancer dans le gardiennage de fofolle. Avec Ric par exemple, on est allés donner un coup de main. Je me suis retrouvée au buffet des boissons et lui au barbecue. De mon poste, je le voyais s'affairer autour des larges brasiers avec les autres hommes.

Sarah est venue chercher un verre d'eau. Je l'ai servie en la félicitant.

— Tu es sublime et c'est une réception fantastique. Je n'ai jamais vu de fête de mariage aussi réussie.

— Merci.

Elle avale son verre d'un trait :

— J'avais trop soif. Il faut être partout, mais je suis tellement heureuse !

Soudain, elle me considère avec perplexité :

— Comment se fait-il que tu te retrouves à faire le service ? Tu es invitée, profite ! Va plutôt te promener avec Ric.

— Il aide ton mari au barbecue. Et puis, tu sais, servir ne me pose aucun problème. Je te mets une baguette pas trop cuite en plus ?

Elle sourit de la remarque et, en observant la joyeuse bande de soldats du feu qui chahute autour des fourneaux, ajoute :

— Ceux-là, il va falloir les surveiller ce soir. Je sais trop comment ça finit, les bals de pompiers. Souvent, ils éteignent les incendies, mais ça leur arrive aussi d'en allumer… Rien que tout à l'heure, le copain d'enfance de Steve s'est blessé. On a frôlé le drame.

— Que s'est-il passé ?

— En jouant aux mousquetaires, Brian s'est planté une fourchette à saucisses dans le cou.

Je grimace. Elle tempère :

— Ce sont des durs, mais quand même… Bon, allez, il faut que je retourne faire le tour des invités et surveiller qu'une de nos hystériques de copines n'essaie pas d'abuser de mon chéri.

Entre deux verres à servir, je regarde du côté des garçons. Même s'il est plutôt grand, Ric est parmi les plus petits du groupe. Je le trouve attendrissant. De loin, on dirait un ado qui s'amuse avec ses grands frères. Je ne l'ai jamais vu comme ça. Sans doute à cause de l'ambiance, j'espère aussi parce que nous sommes ensemble, il a l'air plus léger, plus heureux.

Tenir le buffet m'a permis de faire la connaissance de presque tout le monde. Je n'ai pas vu Jade une seule fois. Soit elle a décidé de ne plus boire, soit elle est tombée ivre morte dans un fourré, soit elle a trouvé de quoi s'aviner ailleurs.

— Tu viens, on va faire un tour ?

Je sursaute. Ric est arrivé par-derrière sans que je l'entende. Qu'est-ce qu'il vient de me proposer ?

Il m'a fallu moins de six secondes pour réquisitionner une charmante jeune fille pour me remplacer. Je crois qu'elle ne fait pas la différence entre le champagne et l'eau gazeuse, mais je m'en fiche. Ric me prend la main et nous voilà partis vers les allées

291

qui s'enfoncent dans les sous-bois du domaine. Nous allons sortir de la zone des tentes lorsque Jade fait irruption de l'arrière de l'une d'entre elles. J'ai la réponse à ma question : elle a trouvé de quoi boire ailleurs.

— Jade, tu devrais t'asseoir et faire une pause. Va voir Sophie.

Elle n'a pas l'air de me reconnaître. Elle lève un doigt et dit en fronçant les sourcils :

— Ils sont là, ils sont partout. J'en ai vu un. Je dois les détruire pour sauver les enfants.

— Jade, qu'est-ce que tu racontes ?

Elle ne répond même pas. Ric tient ma main, prêt à m'entraîner. Suis-je d'accord pour gâcher la promesse d'un moment tous les deux afin de surveiller Jade qui pète les plombs ? Non. Pourtant, j'aurais dû.

56

La rumeur de la fête s'estompe. C'est maintenant le chant des oiseaux que l'on entend le plus. Dans un ballet lancinant, les plus hautes branches des arbres dansent à l'unisson sous le souffle léger du vent. Au sol, les taches de lumière composent des figures sans cesse changeantes. Comme c'est romantique, le mariage des autres… Ric et moi marchons côte à côte, silencieux, mais cette fois je sais que ça ne durera pas. Chacun savoure, chacun accomplit le voyage intérieur jusqu'à l'autre.

Le long du fossé qui borde le chemin, un immense tronc est couché.

— Veux-tu t'asseoir un moment ? me propose Ric.

— Avec plaisir.

Je m'installe en prenant garde que ma robe tombe joliment. Il prend place sans faire attention à rien.

Les feuilles qui bruissent, la lumière, les rires qui parfois s'échappent du mariage. Un moment suspendu hors du temps. Je ne vais rien dire. Je vais le laisser décider du moment où il aura envie de parler. Il est libre.

— Julie ?

— Oui, Ric.

— Est-ce que tu envisagerais de vivre ailleurs qu'ici ?

Je souris innocemment :

— Il faudra bien sortir des bois pour aller chercher de quoi manger, à moins que tu ne te mettes à chasser. Mais pourquoi pas ? On pourrait se construire une cabane dans les arbres. J'ai entendu dire que l'écureuil cuit avait le goût du lapin.

— Julie, je suis sérieux.

« Je sais bien que tu ne parles pas de la forêt, mais de quitter la ville. Mais je ne peux pas répondre sérieusement, ta question m'inquiète. Qu'est-ce que ça cache ? »

Il insiste :

— Quand je te regarde chez toi, à la boulangerie, avec tes amies, je crois que tu es à ta place. Est-ce que tu crois que tu pourrais être heureuse ailleurs ?

— Tout dépend de l'endroit. Tout dépend surtout avec qui. Tu as une idée du lieu ?

— Non, je me posais simplement la question, comme ça...

— Et toi ? Où te sens-tu le plus chez toi ? Je ne sais même pas où tu as grandi.

— Tu as raison. Je ne parle pas beaucoup de moi. Un jour, il faudra que je te raconte.

— J'ai parlé de toi à mes parents.

À peine ces mots prononcés, je redoute d'avoir été maladroite. Je suis allée trop loin. À l'évocation de mes parents, il va inévitablement penser à une présentation, il va craindre l'engagement, il va fuir. Reviens, Ric, ils ne sont pas en train de creuser la piscine pour nos petits !

Il laisse s'égrener de longues secondes :

— Cela me touche que tu leur aies parlé de moi…

Je ne comprends rien aux hommes. Rien du tout. Mais quelle importance ? Tout ce que je souhaite, c'est pouvoir aimer celui qui est près de moi. J'ose m'aventurer sur un terrain sensible :

— Et toi, tes parents ?

Je ne le quitte pas des yeux. Sa réponse sera décisive. Soudain, un cri. Puis un autre. Ça vient du mariage. Des hurlements. Aucun doute, il ne s'agit ni de rires, ni de manifestations de joie.

— Tu as entendu ? me demande Ric.

Je hoche la tête. Je suis dégoûtée. Pour deux raisons. La première, c'est que cette interruption lui permet d'échapper à ma question. La seconde, c'est qu'au fond de moi j'ai déjà l'intime certitude que Jade est étroitement liée aux hurlements qui se multiplient.

57

Quand nous débouchons de l'allée forestière, il est clair que quelque chose d'anormal est en train de se passer. Les enfants se réfugient dans les jambes de leurs parents. Les personnes âgées se regroupent avec des exclamations horrifiées. Soudain, je vois passer Jade qui court comme une dératée, pieds nus, une planche à la main, avec à ses trousses trois pompiers australiens qui n'ont pas l'air de plaisanter. Elle zigzague entre les invités en hurlant :

— J'en ai eu un ! Aidez-moi à éclater les autres !

Près du barbecue, j'aperçois Brian, le meilleur copain de Steve, qui se tient la tête et, toute proche, Sophie qui fait pareil. Elle a du sang plein les doigts. Ric me dit d'une voix ferme :

— Aide Sophie. Je vais leur prêter main-forte pour capturer l'autre folle.

Jade court toujours, en vociférant. Une fois la première frayeur passée, les invités observent la scène surréaliste qui se joue devant eux. Une jeune femme hystérique qui cavale comme un suricate drogué, pourchassée par des grands baraqués qui ne comprennent même pas ce qu'elle hurle. Jade est sur le point de se faire capturer. Pour s'alléger dans sa fuite éperdue, elle se débarrasse de sa planche en la jetant sur ses poursuivants.

— Jamais vous n'aurez mon sang ! *Drop dead my blood !*

Je fonce vers Sophie. J'ai l'impression qu'elle sanglote. Mais non. Elle est morte de rire. Elle a quand même du sang plein le front.

— Qu'est-ce qui se passe ? Tu es blessée ?

— Tout va bien. On ne peut pas en dire autant de Jade. Non, mais regarde-la…

— Qu'est-ce qu'elle a fait ?

— Elle s'est attaquée à Brian avec une planche parce qu'elle l'a pris pour un vampire. Je me suis interposée et j'en ai pris un coup aussi…

Je suis consternée. Brian rigole. Il me désigne les deux petites blessures qu'il s'est faites au cou avec la fourchette à saucisses. C'est vrai que ça ressemble à une morsure de vampire… Pauvre Jade, elle a trop regardé la télé. Brian retrousse les babines en m'exhibant ses dents blanches tel un monstre sanguinaire. Ce qui le rend surtout effrayant, c'est l'œuf de pigeon qui déforme sa tête. Elle n'a pas dû y aller de main morte.

Jade pousse des cris plus aigus que jamais. Elle s'est fait coincer. Les trois gaillards et Ric lui sont tombés dessus façon mêlée de rugby. Cette fois, les enfants n'ont plus peur, ils rient de bon cœur. Elle hurle comme une dingue, en deux langues. Les mecs ont beau être balèzes, ils ont du mal à la maîtriser. Il y a toujours un bras ou une jambe qui dépasse du tas et qui leur file des baffes. Même

Géraldine n'a jamais connu ça en faisant des folies de son corps.

Brian et Sophie pleurent de rire. Sarah revient en courant avec des compresses et de l'alcool. Je lui prends les produits des mains :

— Laisse, je vais m'en occuper. Ton mariage était parfait, maintenant il est inoubliable.

Sarah n'est pas décidée à s'en amuser tout de suite.

— Tu te rends compte, prendre un invité pour un vampire ? Elle est malade !

Brian montre à nouveau ses grandes dents en grognant. Sarah se déride :

— Arrête ça, si elle te voit elle va t'en remettre un coup. Mais où a-t-elle pu trouver sa planche ?

Le coup de folie de Jade a au moins eu le mérite de dérider définitivement l'ambiance. Les Australiens déchaînés passaient désormais leur temps à faire les vampires pendant que Léna et les autres filles de la bande jouaient les victimes en pâmoison. Florence et Maude se sont occupées de Jade. Elles ont commencé par lui donner une douche glacée, puis elles lui ont fait la leçon. Le soir tombait lorsque notre tueuse de vampires a réapparu, coiffée comme une rescapée de naufrage avec une robe déchiquetée qui pouvait passer pour une création de grand couturier. Penaude, elle est allée voir Sarah et Steve pour leur présenter ses excuses. Elle est ensuite allée trouver Brian, qui était désormais totalement scotché à Sophie… Il a fait semblant d'avoir peur, avant de lui faire la bise puis de se jeter sur elle en la plaquant au sol pour faire semblant de lui mordre le cou. Il a encore fallu une heure pour la calmer.

Le soir, le chanteur est tombé de l'estrade parce que le petit podium s'est à moitié effondré. Maintenant, on sait où Jade a pris sa planche.

58

Ric et moi n'avions pas pu achever notre conversation, mais lorsqu'il m'a raccompagnée, j'ai saisi une information qui m'a instantanément rendue folle : lundi matin, il va aller courir. Pourtant, il ne devrait plus avoir aucune raison de le faire puisqu'il a pris sept jours « pour régler ce qu'il devait ». Il n'en a pas non plus besoin pour sa forme physique puisqu'il s'est largement entraîné en coursant Jade. Alors je vous le demande : pourquoi va-t-il encore cavaler ?

Je ne vais pas supporter d'attendre une semaine de plus pour obtenir quelques misérables bribes de réponse. Ça me tue. À la vitesse où j'assemble les pièces du puzzle, il me faudra un demi-siècle pour connaître sa couleur préférée. Alors cette fois, je suis décidée à employer les grands moyens :

— Sophie, je ne te dérange pas ?

— J'ai rendez-vous avec Brian dans dix minutes.

— Vos têtes vont mieux ?

— Super. Ça me fait mal de l'avouer, mais cette frappadingue de Jade m'a rendu un sacré service…

— En te tabassant avec une planche ? T'es vraiment une fille bizarre…

— Sans elle, Brian et moi aurions passé la soirée sans nous adresser la parole alors que là… Dis donc, Ric et toi, ça n'a pas l'air d'aller mal non plus ?

— C'est justement à cause de lui que je t'appelle. Qu'est-ce que tu fais demain matin ?

— Ah non ! Tes plans pourris, y en a marre !

— Sophie, c'est à l'amie que je m'adresse. Souviens-toi de tous les bons moments que nous avons partagés…

— J'aimerais ne me souvenir que des bons, mais il y a aussi les autres… Ça va être quoi cette fois ? Un marathon, le vampire ou les ovnis ?

— Une filature.

— Pardon ?

— Ric va aller courir et je ne sais pas où. Je suis certaine qu'il me cache quelque chose. On prend ta voiture, je me planque à l'arrière et on le suit.

— Non mais ça va pas ? Tu vas finir dans le même asile que Jade. Qu'est-ce que tu crois, qu'il te trompe ? Mais vous n'êtes même pas en couple ! Laisse-le respirer !

— Sophie, je suis désolée d'avoir à te le dire, mais venant de la fille qui a passé quatre heures dans le placard d'un vestiaire pour mater l'équipe de volley qui devait venir prendre sa douche, je trouve ça déplacé.

— Comment oses-tu ? Et toi, avec Didier, lorsque tu as voulu te mettre à la guitare électrique et que tu t'es électrocutée ?

— T'as raison ! J'avais oublié !

— Je m'en doute, alors que moi je n'oublierai jamais quand ils sont venus se savonner !

— Sophie, s'il te plaît, aide-moi.

— Je déteste quand tu prends cette voix-là. Je me fais toujours avoir. C'est déloyal.

— Puisque tu sais comment ça va finir, autant gagner du temps.

— Je te promets que si j'ai besoin de toi et que tu refuses…

— Je te signe un papier : « Bon pour un plan foireux sans discussion. »

— Tu m'énerves. À quelle heure va-t-il courir ?

— Pour ne pas le manquer, il vaudrait mieux être en place vers 8 h 30.

— Et comment je fais si Brian reste tard ?

— Dis-lui la vérité. Tu dois sauver la vie de ta meilleure amie. Je crois qu'un vampire australien peut comprendre ça.

59

Ce matin-là, j'ai découvert une des sept vérités fondamentales qui commandent l'univers : le bonnet péruvien ne va à personne.

Quand j'ai aperçu Sophie au volant de sa voiture, avec un bonnet péruvien bien enfoncé sur le crâne et des grosses lunettes de soleil, j'ai failli tout annuler. Je ne sais pas si c'est la forme, la matière ou la couleur mais franchement, je comprends que ça énerve les lamas et qu'ils crachent sur des innocents.

— C'est tout ce que j'ai trouvé pour éviter que ton mec me reconnaisse, a-t-elle plaidé.

— Et tu n'avais pas quelque chose qui aurait pu éviter qu'il te remarque ?

— Si t'es pas contente, t'as qu'à te trouver un autre pigeon pour ta filature.

— Ne le prends pas mal, mais c'est vrai que tu as une sacrée touche…

Je me glisse sur la banquette arrière. Sophie me précise :

— Je t'ai mis une couverture, au cas où il s'approcherait. Au moindre doute, tu te caches dessous et tu fais la morte.

— Génial. Comme ça, les flics qui cherchent déjà l'ovni pourront se lancer à la poursuite de la Péruvienne qui trimballe un cadavre.

On est garées face à ma rue, à l'angle du carrefour que Ric traverse pour remonter vers le nord. D'ici, impossible de le manquer.

Lorsque Sophie tourne la tête un peu vite, les petits cordons de son bonnet s'envolent et planent. Ça donne envie de jouer de la flûte de Pan et de faire un sacrifice humain.

— Qu'est-ce que tu crois qu'il fait quand il va courir ?

— Si je le savais, on serait pas là.

— À mon avis, t'es complètement parano.

— Il n'y a pas que ce point-là qui me préoccupe. C'est tout un ensemble d'indices. Je sens qu'il y a quelque chose. La semaine dernière, il est parti pendant des jours, sans aucune explication, rien. Je ne sais même pas où il est allé.

— Ce n'est pas un crime, il tient peut-être à sa liberté.

— Je n'y crois pas. Je suis prête à parier la tête de Jade qu'il y a un truc louche.

Sophie tourne la tête, les petites ficelles virevoltent.

— Planque-toi, il arrive !

Je plonge sous la banquette arrière. Sophie démarre le moteur :

— Laissons-lui un peu d'avance. D'autant que ma bagnole n'aime pas le ralenti.

Je n'ose pas sortir la tête.

— Est-ce qu'il remonte le boulevard ?

— Tout à fait.

— Il a un sac à dos ?

— Oui, et un beau petit cul.

— Sophie !

— On est là pour surveiller, alors je surveille.

Elle passe la première et la voiture se met à rouler. Je suis comme un chien ballotté par le mouvement, respirant les effluves d'essence. Je vais être malade. Je me redresse avec précaution pour essayer d'apercevoir Ric, mais aussi pour ouvrir ma vitre. Le filet d'air me fait un bien fou, j'ai à nouveau la truffe fraîche. Je me cale la tête entre les deux sièges avant. Sophie menace :

— Si tu baves sur mes housses, je te fais piquer.

— Je te mords jusqu'à te filer la rage si tu le perds.

— T'inquiète.

Ric progresse à très bonne allure. Il va beaucoup plus vite que lorsque nous courions ensemble. Il a vraiment dû me prendre pour un mollusque.

— Tu espérais t'entraîner pour courir aussi bien que lui ?

— On dit que l'amour est aveugle, pas qu'il a un compteur de vitesse…

— C'est beau d'avoir des rêves.

— Merci de ton soutien.

Au passage piétons des écoles, Sophie est obligée de s'arrêter pour laisser traverser des hordes d'enfants. Deux petits la désignent en riant. C'est l'effet bonnet péruvien appliqué à des âmes pures qui n'ont pas encore appris à masquer leurs sentiments. Délicieux bambins. Il y en a un qui rigole tellement qu'il s'emmêle les jambes dans celles de sa mère. C'est si mignon. Ils sont de plus en plus nombreux à passer en étant morts de rire. Je panique :

— On va le perdre !

— T'as raison, laisse-moi écraser quelques-uns de ces horribles mouflets qui se payent ma tête et on passe.

J'imagine déjà le portrait-robot que des enfants de maternelle pourraient faire pour l'avis de recherche : une patate avec des yeux de mouche surmontée d'un sac à vomi bariolé…

Ric n'est plus qu'une silhouette. On redémarre enfin. Deux voitures nous empêchent d'accélérer. Sophie pose la main sur son levier de vitesse et déclare :

— Il va falloir prendre des risques…

Qu'est-ce qu'elle compte faire ? Rouler sur les trottoirs ? Appuyer sur le bouton secret qui déclenche les turboréacteurs ?

Elle passe la troisième et double comme une malade en faisant hurler le moteur. On est presque à hauteur du parc des anciennes faïenceries. Ric continue vers le nord, comme lorsque je l'avais attendu sur le banc. Il quitte bientôt le grand boulevard pour s'engager vers la droite. Sophie tourne sur les chapeaux de roues. Il y a moins de circulation sur ces routes-là, on est plus facilement repérables.

— Laisse de la distance. On est trop près, s'il se retourne, il ne verra que nous.

— Ma caisse n'aime pas le ralenti, je te l'ai dit. Si elle cale, on aura l'air mignonnes à pousser, toi sous ta couverture et moi avec mon bonnet et mes lunettes d'opossum.

Ric poursuit son parcours sans faiblir. À l'évidence, il sait où il va. On a quitté les zones résidentielles, on a même dépassé les entrepôts industriels. Que peut-il y avoir plus loin ?

Sophie se gratte la tête sans retirer sa coiffe.

— Quel cauchemar ce bonnet à la con, ça me donne chaud et ça pique !

Encore une rue à droite, puis une autre à gauche. Les bâtiments sont maintenant clairsemés, on a dépassé les limites de la ville.

— Dis donc, ton mec, craquant comme il est, il aurait sûrement pu se trouver une maîtresse plus près.

— Très drôle.

Ric vient de dépasser un entrepôt grillagé et longe un bois mal entretenu. Soudain, il saute la haie pour disparaître entre les arbres. Malédiction !

— Qu'est-ce que je suis censée faire ? Ma voiture n'est pas tout terrain.

Je réfléchis à vitesse grand V. Il y a urgence. On va le perdre dans les bois.

— Sophie, gare-toi et suis-le à pied.

— Quoi ? Mais t'es malade !

— Si j'y vais et qu'il tombe sur moi, je suis fichue.

— Alors que moi, au mieux, il va me prendre pour une prostituée de la cordillère des Andes qui fait le tapin en attendant une éclipse. Merci bien.

— Sophie, je t'en prie. Si on ne le suit pas, tout ça n'aura servi à rien.

Elle serre son frein à main rageusement.

— Je te promets, Julie, un jour, tu me le paieras.

— Promis, demain si tu veux.

Elle descend, court jusqu'à la haie. Son bonnet ne va pas du tout avec son jean et son chemisier. Elle se jette à moitié dans la haie et disparaît à son tour. Je reste là, à quatre pattes dans la voiture, avec la couverture sur le dos, comme la gourde qui attend les secours dans les films catastrophe.

Où compte-t-il aller par ce bois ? Qu'est-ce qu'il y a dans les parages ? Cette fois, j'en suis certaine, il ne choisit pas cet itinéraire parce qu'il est joli. Il ne rentre pas dans ce bois pour y courir tranquillement. Il y a autre chose. J'essaie de réfléchir. Je suis inquiète pour Sophie. Dans quel traquenard l'ai-je envoyée ? Je meurs d'envie d'aller la rejoindre. S'il lui arrivait quelque chose, je ne me le pardonnerais jamais. C'est ma meilleure amie. Je n'en aurai jamais d'autre comme elle.

Tout à coup, j'ai un flash : je réalise dans quel secteur nous sommes. Je sais ce qui est situé de l'autre côté du bois ! On est tout proche du domaine des Debreuil. Là, juste derrière, se trouve la lisière de leur immense propriété, des dizaines d'hectares, la maison familiale, les ateliers et même l'usine du plus célèbre maroquinier du monde. Le puzzle commence à s'assembler dans ma tête lorsque soudain je vois Sophie jaillir de la haie comme un polichinelle à ressort. Elle cavale comme si elle avait une meute de lamas carnivores à ses trousses. Elle a des brindilles plein le bonnet et je crois que son chemisier est déchiré. Elle dérape à moitié devant la voiture et se rue à l'intérieur.

— Cache-toi sous la couverture ! Il revient !

Elle chope une carte routière au hasard et la déplie à l'envers.

— Tu as vu ce qu'il faisait ?

Elle halète.

— Tu as raison, ce garçon cache bien son jeu.

— Qu'est-ce qu'il a fait ?

— Tais-toi, le voilà.

Je risque un œil. Ric retraverse la haie avec beaucoup plus de classe que Sophie. Il remonte la rue dans notre direction, je suis tétanisée. Il passe près de la voiture. Je crois même qu'il remarque Sophie avec sa carte. Sans doute pour avoir l'air plus naturelle, par sa fenêtre ouverte, cette andouille ne trouve rien d'autre à faire que de lui dire avec une voix de canard :

— *Buenos dias, Señor.*

C'est la première fois de ma vie que je me suis fait pipi dessus.

60

Sophie m'a tout raconté. À travers une jungle de lianes et de buissons, Ric s'est faufilé jusqu'à la clôture du domaine pour prendre des photos au téléobjectif. Selon elle, il a mitraillé une des portes de service à l'arrière de l'usine. C'est donc aux ateliers Debreuil que Ric veut s'attaquer. À la lumière de cette information, beaucoup de choses prennent tout leur sens : ses questions sur les métaux à Xavier, ses gros outils et ses livraisons. Tout à coup, je me dis aussi qu'il m'a sans doute invitée au concert parce qu'il voulait voir de près à quoi ressemblait l'héritière de la célèbre marque. Il s'est servi de moi comme couverture. J'en suis toute chamboulée. J'ai soudain l'impression de ne plus savoir à qui j'ai affaire. Je me sens trahie, perdue. Qu'y a-t-il de vrai dans notre relation ? A-t-il fait autre chose que me jouer la comédie ?

Ric m'a demandé si je me voyais vivre ailleurs parce qu'une fois son forfait accompli, il va partir et peut-être me proposer de le suivre. L'idée qu'il veuille m'emmener avec lui me touche. Voleur ou pas, je l'adore. Mais il s'est aussi servi de mon plus vieux copain, Xavier, pour préparer son sale coup.

Je le déteste. Il me berce d'illusions et joue la complicité pour se forger un alibi. Je le déteste encore plus. Je m'étais pourtant juré de ne plus jamais me faire avoir. Dans ma tête, l'avocat et le procureur se hurlent dessus. Ils vont finir par se battre au milieu de la salle d'audience. Comment peut-on éprouver une telle attirance pour quelqu'un d'aussi malhonnête ? Je suis peut-être moi-même une immonde perverse ?

Lors de son énigmatique voyage, il est sûrement allé retrouver ses complices. Mais quels complices ? Peut-être est-il l'agent spécial d'une quelconque organisation gouvernementale qui enquête sur les malversations des entreprises Debreuil. J'aimerais pouvoir le croire. Je voudrais vraiment qu'il agisse ainsi pour une bonne cause. Soudain, l'image d'Albane Debreuil me revient, en robe bleue, ou en robe rouge, ou en tailleur, mais toujours avec des parures de bijoux incroyables. Et si Ric était là pour dérober ces joyaux ? Et s'il était un cambrioleur de génie préparant son plus grand coup ? Et si c'était son dernier braquage avant de disparaître à jamais à l'autre bout du monde ? Est-ce que je suis prête à le suivre ? Est-ce qu'il me le proposera ? Comment vais-je vivre avec toutes ces questions ? La réponse est simple : je ne vais plus vivre.

Cet après-midi, malgré mon état, il faut tout de même que j'aille rendre visite à Mme Roudan. Elle m'attend. Je ne lui apporte ni gâteau, ni légumes ou fruits. Elle n'y a malheureusement plus droit.

Lorsque je suis entrée dans sa chambre, je lui ai trouvé les joues creusées. Ses yeux brillent d'un éclat étrange. Elle a décliné mon offre d'aller faire un tour dans le parc. Elle s'efforce de sourire mais je sens bien à quel point cela lui coûte. J'essaie de la distraire mais, étant donné les sentiments qui me minent, il m'est difficile d'être légère. J'espère qu'elle ne devine pas que je me force.

La photo jaunie trône sur sa table de nuit. On y voit un homme de grande taille, avec un gilet de velours, une moustache et un chapeau mou. Il se tient bien droit devant le pilier d'entrée d'une propriété. Même si la plaque émaillée fixée dans la pierre est floue sur le cliché, on y distingue le numéro 20.

— Je peux vous poser une question ?

— Évidemment, Julie.

— Je ne veux pas être indiscrète…

— Je n'ai rien à te cacher.

— Qui est l'homme sur la photo ? Votre mari ?

Avec difficulté, elle étend son bras maigre. La perfusion la gêne. Elle saisit la photo :

— J'ai été mariée, Julie, il y a bien longtemps. Il s'appelait Paul. Mais ça n'a pas duré longtemps parce qu'il voyait quelqu'un d'autre, une femme plus riche et sans doute plus belle pour laquelle il m'a laissée tomber. À l'époque, ce genre d'histoire n'aidait pas à refaire sa vie. La réputation comptait beaucoup et plus personne ne m'a approchée.

— Vous l'aimez encore ?

— Paul ? Sûrement pas. Qu'il aille au diable ! Je crois d'ailleurs qu'il y est allé voilà quelques années.

— Alors pourquoi tenez-vous tellement à cette photo ?

— Ce n'est pas Paul qui est dessus. C'est mon frère, Jean. Lui me manque.

Sa voix s'éraille.

— Où est-il ?

— Au cimetière, avec mon père et ma mère. Il est mort voilà quatre ans.

— Vous l'aimiez beaucoup ?

— Je l'adorais. C'était mon grand frère. Mais nous ne nous étions pas adressé la parole depuis plus de vingt ans, depuis la vente de la maison que tu aperçois derrière.

— Une histoire d'héritage ?

— Une histoire de vie. Il était célibataire et moi aussi. Lorsque ma mère est décédée, j'ai proposé que nous habitions tous les deux dans la maison familiale. On aurait eu chacun notre étage. Lui vivait dans un petit appartement et moi aussi, chacun à un bout de la ville. Nous y aurions gagné tous les deux. On aurait eu plus d'espace, un jardin. On aurait aussi eu une famille. Mais il a refusé. Il ne voulait pas que je prenne la place de la femme qu'il espérait se trouver.

— Il en a trouvé une ?

— Même pas. Il m'a forcée à vendre, m'a envoyé la moitié des sous et nous ne nous sommes plus jamais parlé.

— Vous lui en voulez ?

— Je lui en ai voulu, mais aujourd'hui, je m'en veux surtout de ne pas lui avoir pardonné tant qu'il était encore là. Je n'ai plus ni maison, ni famille.

Son visage est calme, son regard posé. Comment peut-on parler de choses si graves sans la moindre passion ? L'émotion s'immisce en moi. Je voudrais lui dire qu'il n'est pas trop tard, je voudrais lui promettre que tout peut s'arranger, mais c'est impossible. J'ai déjà connu cette frontière, celle, infranchissable, qui sépare l'avant de l'après.

— Julie, je souhaiterais encore te demander quelque

chose. Pourrais-tu m'appeler Alice ? Personne ne m'a appelée par mon prénom depuis l'enterrement de maman. C'était il y a vingt-deux ans.

— Avec plaisir, Alice.

Nous sommes encore restées à parler un bon moment. Nous avons pleuré un peu. Elle m'a dit beaucoup de choses que j'ai écoutées avec attention. Le soir, lorsque je suis rentrée, j'ai eu envie d'appeler mes parents. J'étais heureuse d'entendre papa me parler de ses histoires de bricolage et maman de sa nouvelle coiffeuse qui lui a raté ses mèches. Je n'ai pas de frère. C'est peut-être pour cela que je tiens tant à mes amis. À défaut d'une grande famille de sang, je me suis construit celle du cœur. Je donnerais n'importe quoi pour savoir si Ric en fait vraiment partie.

61

Avant, je regardais Ric avec fascination. Maintenant, je l'observe avec inquiétude. Je suis à deux doigts de l'épier. Ces derniers mois, j'ai vécu avec l'intuition qu'il préparait quelque chose de douteux, mais cela ne m'a pas empêchée de tomber amoureuse de lui. Sa réalité surpassait mes scénarios les plus tordus. Il était plus fort que mes suspicions. Aujourd'hui, le doute n'a plus sa place. Je sais. Ce n'est plus mon imagination qui s'emballe en même temps que mon cœur, c'est mon cerveau qui bataille contre mes sentiments.

Il se montre toujours aussi gentil avec moi, je crois même pouvoir dire qu'il l'est de plus en plus. On se voit souvent, on passe d'excellents moments, comme un couple prêt à se former. Tout serait parfait si je m'en tenais à la partie émergée de l'iceberg. Mais je n'y arrive pas. Quand je vais chez lui, je me dis constamment que des secrets remplissent ses dossiers, que derrière ses portes de placards il accumule sans doute des outils coupables, ou pire, des armes et des explosifs. Je voudrais voir à travers la matière, comme les super-héros dans les films de science-fiction. Je rêve de pouvoir promener mon regard pour tout voir, tout lire. Certainement pas pour le trahir ou l'empêcher d'agir. Non. Je suis assez lucide pour savoir qu'au sujet de Ric, j'ai abdiqué toute objectivité. Je veux seulement savoir s'il est un monstre dans un costume de prince charmant, ou l'homme que j'espère.

Heureusement que Sophie était avec moi lorsque j'ai découvert où il se rendait en cachette. Seule, je n'aurais pas pu assumer le poids de cette vérité. Elle m'en parle, me demande comment je vais, ce que je compte faire. Les jours passent, les nuits aussi, j'y réfléchis sans arrêt et j'ignore toujours comment m'y prendre.

Parfois, Ric appelle ou passe, et j'ai l'impression qu'il est plus enthousiaste de notre relation que moi-même. Un comble.

Quand je suis à la boulangerie, je garde toujours un œil sur la rue et je le vois régulièrement passer pour aller courir. J'ai remarqué une chose : il ne fait jamais signe quand il part. Au moment du départ, il est concentré, fermé. Par contre, au retour, presque à chaque fois, quand il ne rentre pas acheter quelque chose, il me salue au moins à travers la vitrine. Entre le début et la fin de ses périples, il n'est pas le même. Jekyll et Hyde. Dr Ric et Mister Patatras. Tu parles d'un titre…

Le 10 octobre, dans neuf jours, c'est mon anniversaire. Ric m'a déjà invitée chez lui pour le samedi qui suit. Cette attention aurait suffi à faire mon bonheur pour dix vies s'il n'y avait pas cette question qui me brûle les lèvres chaque fois qu'il est près de moi.

Je suis dans la boutique en train de trancher un pain

de campagne à la machine. Lorsque je me retourne, il est là.

— Salut, Julie !

— Bonjour, Ric.

Mme Bergerot a compris depuis longtemps ce qu'il représente pour moi. À chacune de ses visites, elle s'arrange pour prendre le relais et me laisser le loisir de le servir.

Ric désigne un gâteau dans la vitrine :

— Si je prenais la grande tarte qui est là, est-ce que tu viendrais la partager avec moi ce soir ?

« C'est si tu ne réponds pas à ma question que tu vas la prendre, la grande tarte. Pourquoi rôdes-tu près des ateliers Debreuil ? »

— Pourquoi pas ?

— Alors je l'achète et je t'attends vers 20 heures.

« Qu'est-ce que tu mijotes ? Je t'en supplie, Ric, avoue-le-moi. »

— J'arrive dès que j'ai fini mon travail.

Quelque temps auparavant, si une fée m'avait offert le pouvoir magique de lui poser une seule question à laquelle il répondrait sans mentir et sans qu'il se souvienne de rien ensuite, j'aurais rêvé de lui demander s'il m'aimait vraiment ou pourquoi il ne m'embrassait pas encore. Aujourd'hui, l'obsession de savoir ce qu'il fomente et la peur que cela ne nous éloigne a pris le pas sur tout. À croire que je suis abonnée aux cas sociaux.

Lorsqu'il est sorti de la boutique, Mme Bergerot s'est approchée de moi :

— Loin de moi l'idée de me mêler de ta vie privée, mais je sens qu'en ce moment tu es moins gentille avec ce garçon. Pourtant, il a l'air très bien. Tu ne l'aimes pas ?

« Il a effectivement l'air très bien et j'en suis raide dingue mais… »

— Je me pose des questions.

— Je n'ai pas la prétention de te donner des conseils, Julie. Mais en amour, il vaut parfois mieux laisser son intelligence de côté pour écouter son cœur. La solution la plus réfléchie est rarement celle qui fait le bonheur. Suis ton instinct.

Elle a mis le doigt dessus. Pile. Réfléchir et douter ou se laisser vivre en espérant ne jamais se réveiller. J'ai envie de me blottir dans les bras de Mme Bergerot et de tout lui confier, de pleurer comme la petite fille que je ne suis plus.

Tout à coup, je la vois changer d'expression. Par la vitrine, elle vient de repérer un nouveau présentoir de fruits qui, comme par enchantement, prend sa place devant notre vitrine…

— Qu'est-ce que c'est encore que ça ?

« Sûrement Mohamed qui avance un nouveau pion dans la drôle de partie que vous jouez tous les deux. »

— Vous voulez que j'aille voir ?

— Laisse, ma fille, je vais y aller moi-même. Il faut de l'expérience pour gérer ce bonhomme.

« Ben voyons. »

62

Mes parents sont arrivés trois jours avant mon anniversaire. Ils reviennent toujours dans la région à cette époque, un peu pour revoir leurs amis restés dans le coin, surtout pour être avec moi au moins une fois par an. Le temps passe vite. En bons retraités, ils ont des emplois du temps de ministres et moi j'ai ma vie. Maman dit que l'on se verra certainement plus lorsque j'aurai des enfants. Elle a sans doute raison.

Pendant leur séjour, ils logent chez les Focelli, d'anciens voisins. J'allais à l'école avec leur fils, Tony, mais on n'a jamais été très proches. Déjà, dans le bac à sable, il se prenait trop au sérieux. Il braillait à qui voulait l'entendre que ses châteaux étaient les plus beaux. Il a conservé cette attitude en grandissant, il prétendait faire les meilleures rédacs et avait les vêtements les plus à la mode. Il a épousé la plus belle fille et je suis certaine que lorsqu'ils ont divorcé, au lieu d'être simplement malheureux et d'essayer de changer, il a crié partout qu'il avait le meilleur avocat. Un autre dieu vivant. Pourtant, ses parents ne sont pas comme ça et je me suis toujours bien entendue avec eux.

Papa et maman ont absolument voulu nous inviter, Ric et moi, au restaurant. Quand je pense à la façon dont ils ont insisté, j'ai l'impression qu'ils sont plus heureux de le rencontrer que de me revoir. Ils seront bien déçus lorsqu'ils verront les gros titres des journaux : « TON FUTUR GENDRE EST EN CABANE » ; « EXCLUSIF : LE PÈRE POTENTIEL DE CEUX POUR QUI VOUS ALLEZ CREUSER UNE PISCINE EST UN DANGEREUX CRIMINEL ! »

N'allez pas croire que je suis réfractaire à l'idée de présenter Ric à mes parents. Je me demande simplement qui je leur présente.

Ric était très enthousiaste lui aussi à l'idée de les rencontrer. Prise en étau entre deux élans aussi puissants, je me retrouve coincée à l'Auberge du cheval blanc, une institution de la région, le visage illuminé par le bougeoir posé au milieu de notre petite table ronde. Ric s'est habillé comme pour le mariage, et moi j'ai mis des chaussures plates afin de pouvoir m'enfuir en courant au cas où la situation déraperait.

Mes parents ont l'air en forme. Maman porte ses bijoux – ils sont moins gros que ceux de Mme Debreuil mais quand même. J'espère que Ric ne va pas essayer de les voler. Maman n'arrête pas de parler, elle a un avis sur tout. La couleur de la nappe, le serveur qui devrait se tenir droit, les gâteaux apéritifs cassés qui auraient dû être retirés de la coupelle. Elle trouve toujours quelque chose à commenter. Papa me regarde. Je crois qu'il se dit que sa petite fille a bien grandi. Chaque fois que l'on se voit, il se débrouille toujours pour partager un moment seul avec moi. J'ai toujours aimé cela. Dans ses yeux, j'ai l'impression de rajeunir. Sans cesse il refait notre parcours, de l'âge où je tenais dans les paumes de ses mains à celui où il a découvert une jeune femme. Je crois qu'il ne verra toujours que son bébé.

J'ai bien vu que maman avait passé Ric en revue de la tête aux pieds. Il est dans ses petits souliers, poli, pesant ses mots. Et moi je tremble d'entendre aborder tous les sujets sensibles. Qui va sauter dans le plat le premier ? Papa ne dira rien mais ses regards sont bien assez éloquents. Le pire, c'est lorsqu'il se tait et qu'avec l'ongle de son index, il tapote le pied de son verre. Si vous pouviez jeter un œil sous la table, vous découvririez qu'il tapote exactement en rythme avec son pied droit. Du côté de maman, ce ne sont pas les silences que je redoute, il n'y en a jamais. À cette minute précise, je suis donc un peu comme le lapin qui bondit joyeusement au milieu d'un champ de mines au risque de se faire exploser le pompon. Dans l'ambiance feutrée de ce resto suranné, avec le CD de soupe jazzy qui passe en fond et les homards qui bougent lentement sur les rochers de l'aquarium en attendant d'être dévorés, je me sens comme une funambule entre deux camps qui ne vont pas tarder à faire du tir à balles réelles.

— Alors dites-moi, Ric – vous permettez que je vous appelle Ric ? –, l'informatique, ça marche ?

— Parfois même, ça explose… Vous savez, madame Tournelle, moins ça marche et plus j'ai de travail.

— Appelez-moi Élodie, ce sera plus sympathique.

Papa observe Ric. Il n'a pas l'air de lui déplaire. Je trouve toujours amusant le moment où le jeune mâle rencontre le plus ancien. Ils se jaugent, se reniflent.

Sans doute se demandent-ils s'ils auraient pu devenir amis sans l'écart d'âge. J'ai parfois observé ce rite de passage. Le prétendant rencontre le père de la belle. Se déroule alors un examen secret, une épreuve non dite, dont nous les filles sommes toujours l'enjeu. Des millénaires de civilisation pour avoir l'impression de se retrouver au fond d'une grotte préhistorique devant des hommes qui vous négocient comme à la foire. Ne pourrions-nous pas décider par nous-mêmes sans avoir besoin que d'autres se mettent d'accord à notre place ? Est-ce que les hommes se sentent responsables de nous ou est-ce qu'ils nous considèrent comme leur propriété ? Mon père est-il en train d'essayer de juger s'il peut confier la sécurité de sa petite fille à cet individu ou Ric est-il en train de tenter de marquer son territoire auprès de cet homme installé ? Et moi, qu'est-ce que je peux faire ? C'est ma vie, après tout.

Papa lui parle d'abord de travail, avec quelques sous-entendus sur les revenus qui permettraient de faire vivre une famille. Ric répond parfaitement. Il a 10 sur 10 aux trois premières questions de l'examen. Je me dis que, si la conversation se maintient au stade de l'échange courtois autour de valeurs universelles, je vais peut-être m'en sortir sans trop de dégâts. Mais heureusement, maman est là :

— Alors, comme ça, vous aimez bien notre petite Julie ?

« À balles réelles, je vous disais. Je pense que, d'ici trois minutes, elle va lui demander s'il a des pratiques sexuelles déviantes avec le même naturel détaché. »

Ric ne bronche pas. Son charmant sourire ne vacille même pas :

— Le mieux serait de lui demander à elle...

« Dégonflé, lâcheur, espèce de traître ! Tu me refiles la patate chaude. Je m'en fous, j'ai mes chaussures plates et l'issue de secours n'est pas loin. »

Dire que je ne bronche pas serait un mensonge. Je pense qu'en moins d'une demi-seconde ma paupière gauche a tremblé convulsivement, ma main s'est crispée sur la nappe parme, ma jambe gauche a mis un grand coup de talon dans le tibia de ma jambe droite et, si j'avais eu de la nourriture dans la bouche, mon père aurait été complètement moucheté. Splendide maîtrise, Julie.

Les trois ont les yeux braqués sur moi. D'ailleurs, j'ai l'impression que tout le restaurant a les yeux braqués sur moi, même les homards.

J'aurais dû sortir une boutade légère, une petite phrase passe-partout. Mais tout ce que j'ai réussi à produire comme son, c'est un rire nerveux qui tient plus de l'étouffement porcin que de l'éclat cristallin d'un léger rire féminin.

Papa me sauve.

— Élodie, laisse-les tranquilles. Ce sont leurs affaires.

« Merci papa. Heureusement que tu es là. »

— Et pourquoi ne pourrais-je pas demander ? C'est naturel qu'une mère veuille savoir. N'est-ce pas, Ric ?

« Bien fait pour toi. Cette patate-là, tu ne pourras pas me la rebalancer. Débrouille-toi, mon bonhomme. »

Ric baisse les yeux. Il joue avec sa fourchette. Je suis mal à l'aise pour lui. Soudain, il relève la tête et fixe ma mère :

— Je n'ai pas la réponse à votre question, madame.

Mais je sais que je n'ai jamais tenu à aucune jeune femme autant qu'à votre fille.

Ce coup-ci, mes deux yeux ont cligné et je me suis autocassé le tibia. J'ai failli tomber de ma chaise et je crois qu'en plus, j'ai bavé.

Je regarde Ric. Il est serein. Même s'il cache des choses, il n'y a aucun doute possible : ce qu'il vient de dire est vrai. J'en ai la chair de poule. Mon père me regarde. Il est visiblement satisfait du petit mâle. Ma mère vient de tomber sous le charme, d'une hauteur de cinq étages. Ric est face à notre famille. Il est simple, sincère, fragile. Je ne l'ai pourtant jamais vu aussi fort. Il a osé pour moi, devant moi. Les deux hommes de ma vie prennent des risques, l'un pour me protéger, l'autre pour me tendre la main. Quel plus beau cadeau pour une femme ? Je suis une princesse et mon père est un roi. Ric est mon chevalier et j'habite un château de deux pièces assiégé par des coquilles Saint-Jacques. La vie est magnifique.

63

La pluie tombe depuis des heures. Voilà bien longtemps que ce n'était pas arrivé. Personne n'a vu venir l'automne mais, ce matin, il est bien là. La rue paraît plus sombre, les voitures passent en projetant des éclaboussures, les gens ont ressorti les parapluies et pressent le pas.

La baisse des températures et la taille des gouttes d'eau alimentent la plupart des conversations. Mme Bergerot a sorti tout un nouveau stock de phrases adaptées. Moi, je suis sur le qui-vive parce que mes parents doivent passer dans la journée pour admirer leur fille au travail. Ils veulent aussi savoir quand je pourrai prendre des vacances – ils sont impatients de nous recevoir, Ric et moi. Je redoute un peu leur visite parce que en général, quand ils sont avec moi devant des gens, ils se croient obligés de me parler comme si j'avais encore six ans… Vu le temps qu'il fait, ma mère va sûrement essayer de me mettre un bonnet et des moufles. Il va falloir gérer…

En fin de matinée, la boutique est remplie. Les gens se serrent pour que personne n'attende sur le trottoir sous l'averse. M. Calant fait son entrée. Les gouttes de pluie brillent sur ses cheveux gras. Il semble heureux. Je suis tentée de dire que c'est sa nature de gastéropode visqueux – de « gastérisqueux » comme dirait Nicolas – qui le pousse à se réjouir de la météo, mais je pense en fait que c'est son âme moisie qui se satisfait de l'air renfrogné de ses congénères. Huit personnes devant lui. Il râle :

— Faudrait une deuxième caisse ou des vendeuses qui connaissent leur boulot...

Indifférence générale. Je ne cille même pas, je m'affaire. La petite dame qui se fait servir a le malheur de dire que l'humidité lui provoque des douleurs. L'autre débris en profite pour caser une de ses phrases définitives sur « les choses qui n'ont que l'importance qu'on leur donne ». Attends d'avoir une fracture du bassin et on te la resservira. Chacun prend sur soi, dans quelques minutes il sera parti. Si on y réfléchit bien, ce genre de type est paradoxalement une bénédiction : grâce à lui, on ne s'habitue plus à la gentillesse des gens, on ne considère jamais leur humanité comme un bienfait acquis. Après lui, tout le monde a l'air plus sympa. On apprécie chaque seconde de vie où il ne figure pas. J'imagine son existence : brouillé avec sa famille, à couteaux tirés avec ses voisins. Même son chat doit lui pisser dans ses chaussons. Tout le monde espère qu'un jour il recevra ce qu'il mérite. Personne ne s'attendait à ce que ce soit maintenant, ni grâce à une petite mamie tout emmitouflée dans son imperméable s'appuyant d'une main tremblante sur son parapluie à fleurs.

À son tour, elle s'est avancée jusqu'au comptoir. Elle a salué Mme Bergerot et m'a adressé un petit salut. En général, elle vient tous les deux jours. Le mois dernier, elle s'est fait opérer de la cataracte et c'est fou ce que son regard a changé. On dirait qu'elle redécouvre le monde.

— Je vais vous prendre une demi-baguette et, si vous en avez, j'aurais bien pris un pain viennois.

L'autre crétin s'en mêle :

— J'espère bien qu'ils en ont, sinon ce n'est pas une boulangerie !

Il est tout seul à rire. La mamie lève les yeux au ciel. Le bougre insiste :

— Quand on voit comment les bonnes femmes se débrouillent, on comprend mieux pourquoi Dieu est un homme…

Quelque chose se fige sur le visage de la petite dame. Elle pose sa demi-baguette sur le comptoir, contourne la cliente qui la séparait de Calant et le bombarde de son regard tout neuf. Chacun retient son souffle. Elle va sûrement lui jeter ses quatre vérités au visage. Soudain, elle brandit son parapluie et l'abat sur lui de toutes ses forces en hurlant :

— Mais tu vas la fermer, espèce d'idiot !

Et la voilà qui s'acharne sur lui et le frappe à répétition, façon forgeron. Tout le monde est stupéfait mais personne n'intervient. J'en vois même beaucoup avec une expression qui frise la franche satisfaction. Oubliez les super-héros avec leurs costumes moulants et leur cape qui flotte au vent. Oubliez les musculeux qui surgissent de l'azur pour rétablir la justice et sauver le monde. Aujourd'hui, tout change. La main du destin, la vengeance divine, c'est une petite mamie, et elle brandit la plus redoutable des armes : un parapluie à fleurs.

Bombardé de coups, Calant se protège le visage

en poussant des petits cris de rongeur ridicules, mais il est tellement déstabilisé qu'il tombe assis sur ses fesses. La petite dame se penche au-dessus de lui :

— Voilà des années que vous empoisonnez la vie de ce quartier. Vous manquez de respect aux femmes, vous faites peur aux enfants. Vous êtes un sale type !

Elle lui en recolle trois bons coups avant d'ajouter :

— Et puisque vous aimez les petites citations, laissez-moi vous en apprendre. Pythagore a dit : « Souvent ma parole m'a fait perdre quelque chose. Toujours mon silence m'a fait gagner quelque chose. » Alors tais-toi !

— Mais madame…

— Ferme-la, je te dis ! Et n'oublie jamais que Platon a déclaré : « Chaque jour, sois gentil parce que tous ceux que tu croises livrent une rude bataille. »

Applaudissements à tout rompre. Calant s'est enfui à quatre pattes avant de disparaître dans la rue. Contrairement à tout à l'heure, le parapluie de la mamie est tout tordu et elle-même se tient bien droite. Chacun la félicite. Mme Bergerot lui a fait cadeau de son pain viennois et de gâteaux. Julien et Denis lui ont fait la bise. Je vais lui offrir un nouveau parapluie. Je sais ce que ma grand-mère aurait dit : « Tant qu'il y a mamie, il y a de l'espoir. »

64

Je trouvais déjà louche que Sophie ne m'ait pas téléphoné pour mon anniversaire, mais lorsque Xavier est venu acheter du pain et qu'il n'en a pas soufflé mot non plus, je me suis dit qu'il y avait anguille sous roche. Je pronostique un guet-apens à moyen terme.

Vingt-neuf ans, ça fait réfléchir. Presque trente. Les premiers bilans, déjà des routes dépassées que l'on ne peut plus prendre. On commence à subir les conséquences des choix d'avant. On se rend compte que d'autres jeunes, encore plus jeunes que nous, poussent déjà derrière. Je me cramponne au chiffre. Il me reste encore un an avant de paniquer. Pour le moment, je monte chez Ric, avec qui j'ai rendez-vous pour dîner.

Lorsqu'il ouvre, il m'embrasse et me souhaite bon anniversaire, mais son comportement a quelque chose d'inhabituel. Il me parle à voix basse et ses gestes ne sont pas aussi chaleureux que ces derniers temps. Je suis à peine entrée que la porte de sa chambre s'ouvre brusquement et mes amis débarquent. Sophie, Xavier, Sarah et Steve surgissent avec des paquets. Ils sont autour de moi. Ils sont ma vie, certains depuis longtemps, chacun pour des raisons différentes. Avec

Xavier, Ric installe une sorte de buffet et sort les assiettes, les salades, des plats assez peu harmonisés et des petits gâteaux.

— Tu pourras remercier ta patronne et le pâtissier, me dit-il. Ils ont tout préparé pour toi en douce et ils te l'offrent.

Je suis tellement heureuse que Ric ait eu la bonne idée de les réunir et tellement heureuse que personne n'ait invité Jade. On place les chaises en rond, Xavier s'est installé par terre sur un pouf défoncé.

En bavardant, on a commencé à comparer la réalité de nos vies par rapport à ce que l'on s'imaginait quand on était petits. Sarah a été la première :

— À six ans, je faisais déjà collection de camions de pompiers. Sans jeu de mots, j'étais au bas de l'échelle ! Mais je n'aurais jamais cru possible d'éprouver le bonheur que je vis aujourd'hui. Et dire que c'est au moment où j'avais renoncé qu'il s'est présenté…

— … Avec sa grosse lance à incendie, oui, on sait, plaisante Sophie.

Steve réagit :

— Là, je compris ce que tu dis. Vous êtes tous des obèses sexouels en French.

— Des obsédés, rectifie Xavier, des putains d'obsédés !

— C'est qu'est-ce que je dis, répète Steve avec application. Vous êtes tous des poutains de sexouels.

Et le voilà qui embrasse fougueusement sa femme.

Steve progresse vite en français. Xavier lui a appris pas mal d'insultes et de gros mots. Pour le reste, il travaille avec des livres et regarde la télévision.

Quand Xavier doit à son tour répondre à la question de ce qu'est sa vie aujourd'hui, il redevient plus sérieux :

— Pour ma part, je collectionnais les blindés, les chars et les automitrailleuses. N'allez pas croire que je rêvais d'épouser un militaire pour autant ! Franchement, l'idée de collectionner des armes lourdes m'a toujours paru étrange, surtout à moi qui suis d'un naturel plutôt pacifiste. Peut-être que cela traduisait un besoin de sécurité ou une envie de protéger les autres, j'en sais rien. J'ai fini par l'avoir mon tank, mais il a fallu que je le construise moi-même et que vous m'aidiez à le voler...

Steve s'étonne :

— Tu volé un tank ?

On a mis Sarah et Steve dans la confidence pour l'évacuation de la voiture de Xavier. Steve est mort de rire. Il dit que si on doit refaire une chose pareille, on peut compter sur lui. Lorsque vient le tour de Sophie, elle répond qu'il est encore trop tôt pour répondre. Trop tôt ce soir, ou dans sa vie ? Elle n'a pas l'air bien.

Ric s'en sort en répondant qu'il vient d'arriver dans la région et qu'il sent que bientôt sa vie va changer. Il a beau me regarder en disant cela, je ne sais pas comment je dois le prendre. Ils ont fini par me poser la question mais je n'ai même pas eu à répondre. Tout le monde s'en est chargé pour moi. Sarah a parfaitement résumé ma situation :

— Toi, en ce moment, c'est une révolution par semaine ! Tu changes de job, tu changes de m...

Ric a fait semblant de froncer les sourcils, puis il s'est mis à rire en envoyant un clin d'œil appuyé à

Xavier. S'il a parlé, Xav me le paiera. Sarah a rougi comme un des camions qu'elle collectionnait.

On est restés tard, on a mangé n'importe quoi puisque chacun avait apporté un plat. On a même tenté de faire goûter nos fromages à Steve qui, tout baraqué qu'il est, a quand même reculé devant un petit bout de roquefort. Il y a du monde pour faire du surf et lancer des boomerangs, mais lorsqu'il s'agit de manger un petit morceau de moisi, y a plus personne. Ils m'ont aussi fait souffler les bougies de mon gâteau et j'ai reçu des cadeaux. De la part de Xavier : un superbe presse-papiers fait de métaux mélangés en volutes qu'il a lui-même fabriqué. Sarah et Steve : un gros livre sur les plus beaux voyages à faire à travers le monde. Ric : un CD de Rachmaninov. Sophie : trente petites boîtes qu'il a fallu que je déballe les unes après les autres. Vingt-neuf contenaient chacune une bougie parfumée et, dans la trentième, elle avait entassé des sachets de croquettes à chat, des capotes et une annonce pour un détective privé découpée dans un journal gratuit. Garce. On a bien rigolé, surtout elle. On a aussi refait le monde, c'était génial.

Pour vous dire à quel point on a parlé de tout, je ne sais plus par quel biais on est arrivés à ce sujet mais, à un moment, Sarah m'a demandé :

— Mais pourquoi t'acharnes-tu sur les chats ? Qu'est-ce qu'ils t'ont fait ? Tu t'es fait griffer quand tu étais bébé ?

— Je ne sais pas. C'est vrai qu'ils sont beaux, qu'ils sont super élégants, mais je trouve qu'ils ne donnent pas autant d'affection que les chiens.

— C'est pas vrai, objecte Xavier. J'en ai connu plein qui étaient vraiment adorables.

— Peut-être, mais alors explique-moi pourquoi il n'y a pas de chat d'avalanche ou de chat d'aveugle ? Parce que les chiens sont plus intelligents ? Sûrement pas. Tu as déjà vu un chien changer de maître parce qu'il ne se plaisait plus chez lui ? Jamais. Alors que les chats font ça. Le chat nous instrumentalise, il ne roule que pour lui !

Je termine ma réplique comme une exaltée. Dressée sur la barricade, j'exhorte la foule à repousser l'envahisseur félin.

Mes amis me regardent avec effarement. Je crois que tout le monde se fout des chats et des chiens. Il faut aussi que j'arrête ce genre de trucs. En plus, c'est vrai que c'est mignon, les chats.

Vers 2 heures du matin, on a tous aidé Ric à ranger et on a pris congé. Je l'ai remercié. Il m'a embrassée mais il y avait trop de monde pour que ça se passe comme je l'aurais voulu. Sophie est redescendue avec moi pour m'aider à porter mes cadeaux. Une fois arrivées devant ma porte, on a laissé les autres continuer et je lui ai soufflé :

— Je n'ai pas voulu en parler devant la bande, mais tu n'as pas l'air en forme. Qu'est-ce qui se passe ? Brian te manque ?

— S'il n'y avait que ça…

— Tu veux m'en parler ?

On se retrouve dans mon appart. Sophie prend une chaise et se glisse dessus, épuisée.

— Excuse-moi, dit-elle, j'ai essayé de ne pas plomber l'ambiance de ton anniv mais j'ai eu du mal.

— Raconte-moi.

— Je pense beaucoup à Brian. Je ne sais pas si c'est de voir Sarah se marier ou toi tomber amoureuse, mais je me sens drôlement seule. J'en suis même à me dire qu'au point où en est ma vie ici, je pourrais partir m'installer en Australie avec lui.

« Ton départ serait un vrai coup dur pour moi, mais ça, je te le dirai une autre fois. »

— Tu en as parlé avec lui ?

— C'est lui qui l'a fait. On s'appelle toutes les nuits à cause du décalage horaire.

— Il pourrait s'installer en France, il serait près de Steve...

— Son père est malade. Il ne veut pas le laisser tomber.

Sophie me regarde soudain droit dans les yeux :

— Mais ce n'est pas ce qui me perturbe le plus, Julie.

« Qu'est-ce qu'elle va me dire ? »

Elle cherche ses mots.

— C'est à propos de Ric...

Elle s'arrête.

« Mais parle, bon sang ! Tu l'as vu embrasser une autre fille. Pire, tu es amoureuse de lui... »

— Sophie, dis-moi, s'il te plaît...

— Tu continues à te demander ce qu'il prépare...

— À chaque minute. C'est un enfer. Je vis sous un déluge de questions : pourquoi vise-t-il le domaine Debreuil ? Pourquoi met-il si longtemps à passer à l'action ? Voilà des mois qu'il prend des photos et prépare son coup. Qu'est-ce qu'il attend ?

— J'ai hésité à te le dire, mais je ne pourrais plus jamais me regarder en face si je te le cache. Promets-moi que tu ne vas pas faire de bêtise.

— Arrête, Sophie, tu me fais peur. Qu'est-ce que tu sais ?

— D'abord, promets-moi.

« Je m'en fous, je peux te jurer que la Terre est plate mais je veux savoir. »

— Je te promets.

Elle sort une enveloppe de son sac à main. Dedans, un article de journal, qu'elle déplie et pose sur la table.

« Le célèbre maroquinier Debreuil ouvre un musée dans l'enceinte de son vaste domaine. Les plus belles pièces de la collection familiale, les inestimables œuvres d'art et souvenirs historiques accumulés par Charles Debreuil et sa descendance à travers le monde, jusqu'à la prestigieuse collection de bijoux de sa petite-fille, la directrice actuelle, Albane Debreuil. Dans l'un des derniers écrins du luxe français, les visiteurs du monde entier vont pouvoir admirer les fabuleux trésors d'une des dynasties d'artisans les plus prestigieuses qui soit. L'ouverture est prévue dans trois semaines, pour le 1er novembre, en présence de nombreux officiels et célébrités… »

Voilà donc ce que Ric attend, voilà sa cible. Tout se confirme. Je suis bel et bien amoureuse d'un voleur. Joyeux anniversaire, Julie.

65

Avec le retour des pluies, je n'avais plus besoin d'arroser le jardin de Mme Roudan. J'étais en train de récolter les dernières courgettes lorsque mon portable a sonné.

— Vous êtes Julie Tournelle ?

— C'est moi.

— Je vous appelle au sujet de votre tante, Alice Roudan.

— Qu'y a-t-il ?

— J'ai le regret de vous annoncer qu'elle s'est éteinte dans la matinée. Sincères condoléances.

Je suis debout, dans ses plates-bandes, les mains pleines de terre. Le vent souffle sur le sommet du toit, il fait gris. Un vertige.

— Elle n'a pas souffert ?

— A priori, non. Nous avions augmenté les doses de morphine. Nous avons été obligés de descendre son corps à la morgue, mais vous pourrez la voir. Elle a laissé des papiers pour vous.

— Je vais passer tout à l'heure. Il faut que je m'organise.

— Comme vous voulez, mademoiselle, il n'y a plus d'urgence...

J'ai raccroché et je me suis assise par terre. Les larmes sont venues immédiatement, chaudes, nombreuses. J'ai pleuré en caressant ses plantes. Elle ne verra pas les dernières fleurs de son jardin. Ce n'est pas la même douleur que lorsque David s'est tué en scooter. Il n'y a pas de révolte, pas de rage, juste une peine immense. La première fois que j'ai ressenti cela, c'est quand le chien de mes voisins, Tornade, est mort. Pendant que mes parents parlaient avec ses maîtres, j'avais aperçu son cadavre par une porte entrebâillée. Il ne jappait plus, il ne courait plus vers moi pour que l'on joue à la balle. Je me suis enfuie jusqu'au fond de notre jardin, où je me suis cachée dans un trou derrière le massif de lilas. C'était mon refuge secret. À cet instant, je donnerais cher pour m'y trouver. À l'époque, mes parents m'avaient cherchée, appelée, mais je n'avais pas répondu. J'avais besoin d'être seule. Ce n'est qu'à la nuit que mon père, fouillant une fois de plus le jardin pendant que la police menait des recherches dans la rue, m'a repérée dans le faisceau de sa lampe, blottie comme un piaf terrifié. Il m'a prise contre lui et on a pleuré ensemble. C'était la première fois, mon premier cadavre, le premier départ d'une créature que j'aimais. Depuis, j'en ai vu d'autres. La deuxième grande leçon est venue quelques mois plus tard. Quand mon oncle Louis est décédé, je n'ai pas pleuré. Pour être franche, je n'ai même pas été triste. J'ai pris conscience avec horreur que je préférais de loin le chien du voisin à ce vieux ronchon. J'en ai eu honte, mais j'ai appris depuis à voir les choses en face. Si on est honnête, on n'aime pas les gens ou les choses par légalité ou logique. Il y a autre chose. Un sentiment irrationnel qui ne se mesure vraiment qu'un jour comme aujourd'hui. Mme Roudan est morte et ça me fait une peine de chien.

Lorsque j'arrive à l'hôpital, tout le monde me traite comme si j'étais de la famille. On me propose de voir le corps. J'accepte. Je ne reconnais pas vraiment Alice. Peut-être à cause de la lumière crue des néons, peut-être parce qu'il n'y a plus de vie en elle. Il y a deux heures, je cultivais ses légumes et je suis là, la regardant, osant à peine poser la main sur son front parce que j'ai peur de ce que je vais ressentir. Je lui dois pourtant ce dernier geste d'affection. C'est épouvantablement froid. Je me remets à pleurer, je l'embrasse. Elle n'était rien pour moi et pourtant je sais qu'elle va laisser un vide énorme.

— Comment voulez-vous procéder pour les obsèques ?

— Vous avez besoin d'une réponse maintenant ?

— Savez-vous au moins si vous voulez la faire incinérer ou si elle doit être inhumée ?

— Enterrée. Je crois qu'il y a un caveau de famille au cimetière nord. Sa mère et son frère y sont déjà. Vous êtes certains qu'elle n'a pas d'autre famille que moi ?

— Ce serait plutôt à vous de savoir. Il n'y a que vous sur la feuille d'urgence et elle a fait tous les papiers à votre nom.

— Quels papiers ?

L'employé me tend une enveloppe kraft assez épaisse. Je quitte le service et m'installe dans la zone d'attente de l'aile administrative. Je sors les papiers. Sur le dessus, la photo de son frère. Des papiers officiels, des documents avec des tampons de notaires, une procuration, d'autres imprimés. Tout semble avoir été signé le même jour, la semaine précédente, au lendemain de ma dernière visite. Il y a aussi une enveloppe avec mon nom écrit dessus. Je la décachette :

« Bien chère Julie,

« Je sens que je vais partir et je ne suis pas certaine de tenir jusqu'à ta prochaine visite, alors je dicte ce petit mot à une infirmière. Je ne possède pas grand-chose et, n'ayant pas de proches, je suis heureuse de te le laisser. J'ai encore un dernier service à te demander. Mets-moi en terre près de mon frère et de mes parents. Nous serons à nouveau une famille. Viens nous voir de temps en temps, ça me fera plaisir. L'appartement est désormais à ton nom. Il ne doit pas valoir bien cher mais cela t'aidera à t'installer et à reprendre tes études. J'espère que tout marchera comme tu veux avec Ric et que vous serez heureux. J'aurais bien voulu vous voir. Tu auras été le dernier rayon de soleil de ma vie. Avec toi, j'ai eu l'impression d'avoir une fille dont j'aurais pu être fière. Tu te poses beaucoup de questions. Je sais que tu trouveras les réponses. Tu es à l'âge où tu ne dois pas regarder la météo pour faire ce dont tu as envie. Ce sont les vieux qui regardent la météo avant de sortir. Va, merci pour tout, tu m'as offert un bonheur que je n'espérais plus. N'oublie jamais, ma petite, que quels que soient tes malheurs, tu as de la chance parce que tu es vivante et que tout est possible.

« Je t'embrasse,

« Alice. »

Le jeudi après-midi, Mme Bergerot tient la boutique toute seule. Sophie, Xavier et Maëlys m'accompagnent au cimetière. Ric est là aussi. Je ne sais pas ce qui me bouleverse le plus, la disparition d'Alice ou le fait qu'ils se soient tous arrangés pour ne pas me laisser toute seule. Contre moi, j'ai la photo de son frère et sa lettre. Il ne pleut pas mais le ciel est gris comme un faire-part. On est tous vêtus de noir et on attend le corbillard devant le cimetière. Le vent siffle dans les peupliers, les feuilles s'envolent. Personne ne parle mais on est ensemble.

Lorsque le véhicule arrive, on le suit jusqu'à l'allée où les fossoyeurs ont ouvert la sépulture de famille. Je vis la scène en apesanteur, comme au ralenti. Je vois les hommes des pompes funèbres qui sortent le cercueil. Ils le mettent en place et attendent mon signal pour le descendre. Il vient se poser juste au-dessus de celui de son frère. À cet instant, je veux croire qu'ils vont être réunis dans un monde meilleur. J'espère simplement qu'ils vont se retrouver et ne plus jamais se perdre.

Je me tiens au bord de la fosse. J'aide à répartir les fleurs. Sophie pleure. Cela ne doit pas être facile pour elle qui a perdu son père voilà seulement un an. Xavier et Maëlys ont un air grave et ne me lâchent pas du regard. Ric est en retrait derrière eux, comme s'il se cachait. Je me décale pour laisser les hommes faire leur travail et j'aperçois son visage bouleversé. Il semble submergé par quelque chose de plus personnel que de l'empathie.

Nous restons jusqu'à la fin de la remise en place de la dalle. Il y aura bientôt un nom de plus gravé sur la stèle. Le corbillard repart. Le cimetière est désert. Je ne sais pas prier. Je me baisse et je caresse la pierre tombale. Je murmure à voix basse :

— Bonne nuit, Alice. Embrassez-les pour moi. Je vais revenir vite, je vous le promets.

66

Je dois vraiment faire pitié parce que tout le monde est gentil avec moi à la boulangerie. Ma situation vis-à-vis de Ric me ronge. Le décalage entre ce que nous vivons en apparence et ce que je sais est trop grand. J'ai honte, mais le deuil de Mme Roudan me permet d'avoir l'air défaite sans que personne ne me pose de question.

Je n'arrive plus à me réjouir de rien, je ne pense qu'à son projet de cambriolage et à l'ouverture du musée Debreuil qui approche. Plus que deux semaines. Fera-t-il son coup juste avant ? Fuira-t-il juste après ? Me proposera-t-il de partir avec lui ? En attendant, il se comporte comme si de rien n'était et moi je psychote à mort.

Voir défiler les clients me change les idées. Pourtant, chacune des rencontres, chacune des conversations, si anodine soit-elle, est passée au prisme de mon doute. J'ai remarqué une chose en observant les toutes jeunes filles qui viennent acheter leurs salades pour le déjeuner. Elles ne parlent déjà plus des garçons ou d'amour comme nous le faisions à leur âge. Je les écoute. Elles se rassurent, elles se la racontent. Par-dessus tout, elles espèrent. Je les trouve touchantes. Chaque génération a ses codes, ses mots, son jargon. Suivant notre âge, on a flashé, vibré, fantasmé, kiffé, ou je ne sais quoi encore, sur les mecs. Pourtant, quelles que soient les époques, certains mots n'ont jamais changé, certains termes ne subissent pas l'influence des modes. Adorer, espérer, souffrir, attendre et pleurer. Personne, pas même ces jeunes filles insouciantes, n'ose jouer avec la vérité profonde de notre destin.

Ric devait passer ce matin mais il n'est pas venu. Je ne l'ai pas vu partir non plus. C'est déjà l'heure de fermer pour la pause de midi. Je raccompagne une dernière cliente et verrouille la porte du magasin. Lorsque je baisse le store, Mohamed me salue. Je lui réponds. C'est bon de savoir qu'il n'est pas loin. Nous échangeons quelques mots chaque matin quand j'arrive et chaque soir quand la boulangerie ferme. La pluie l'oblige à bâcher ses étalages. Souvent, je me demande ce qu'est sa vie en dehors des heures d'ouverture de son magasin. Avec les horaires qu'il fait, il ne doit pas rester grand-chose.

Dans l'après-midi, je me suis inquiétée pour Ric. Il n'est plus dans ses habitudes de me laisser sans nouvelles aussi longtemps. Je l'appelle sur son portable :

— Ric ?

— Bonjour, Julie.

— T'es où ? Je ne reconnais même pas ta voix.

— Je suis malade à crever...

Il s'exclame :

— La vache, il est déjà 3 heures... Je comate depuis hier soir. J'ai dû attraper froid.

Il tousse, s'étouffe à moitié. Je ne l'ai jamais entendu dans cet état.

— Tu te soignes ?

— Du café, de l'aspirine.

— Je vais passer à la pharmacie et j'arrive.

— Te complique pas. Ça ira mieux demain.

— Tu as de la température ?

— Si tu espères que je me mette un thermomètre…

— Est-ce que tu as le front chaud ?

— Plutôt glacé, et en sueur.

— Repose-toi, j'arrive avec ce qu'il faut vers 20 heures.

— D'accord.

Il n'a pas essayé de m'empêcher de venir, il a dit « D'accord ». Ma grand-mère avait coutume de dire que les hommes malades sont comme les loups blessés. Ils ne se laissent approcher que par ceux en qui ils ont une confiance absolue. Mon moral remonte un peu parce que ce soir j'ai rendez-vous avec un loup.

J'ai dévalisé la pharmacie au point que M. Blanchard m'a dit que je pourrais rapporter ce qui ne me servirait pas. La première fois que je frappe chez Ric, il ne répond pas. Je tape plus fort et je finis par entendre une voix étouffée qui me dit d'entrer. La porte est ouverte.

Je le trouve dans son lit, tout pâle, la couette remontée jusqu'aux narines.

— Je ne veux pas te refiler ma crève.

— Depuis quand tu es dans cet état-là ?

— Je me suis mis à trembler hier soir. C'est quoi, ce gros sac de médicaments ? Je te préviens, je ne veux pas entendre parler de suppositoires.

Je m'assois sur le bord de son lit.

— Puis-je au moins poser ma main sur ton front ?

Il accepte d'un hochement de tête.

Au contact de ma paume sur sa peau, il ferme les yeux, comme une bête blessée qui trouve un peu de réconfort. Il est brûlant.

— Est-ce que tu sens tes ganglions à la gorge ?

— J'en sais rien.

— Tu permets ?

Il baisse la couette. Je crois qu'il est torse nu. Je le palpe sous le menton, à la gorge. Sa barbe naissante me gratte le bout des doigts. Elle pousse plus vite avec la fièvre. J'adore cette sensation.

— Alors ?

« On ferait mieux d'appeler un médecin mais je préfère que tu souffres un peu et que ce soit moi toute seule qui te soigne… »

— Je vais te préparer un mélange maison et tu vas prendre du sirop. Tu as dû attraper un bon coup de froid. Évidemment, tu cours toujours en tee-shirt quel que soit le temps.

Il sourit :

— Julie, j'ai déjà une maman et on n'est pas encore mariés, alors tes commentaires de maîtresse d'école…

Qu'est-ce qu'il a dit ? « Maîtresse » ? « Mariés » ? Ses yeux brillent. Je vais perdre mes moyens. Voilà des semaines qu'il ne m'avait pas fait cet effet-là. Tout à coup, je ne le vois plus comme un cambrioleur, je ne me méfie plus du tout de lui et de ce qu'il prépare, je le ressens comme au premier jour. Il faut que je me lève, sinon je vais me jeter sur lui pour l'obliger à me filer ses microbes par la bouche.

— J'imagine que tu n'as rien mangé ?

— Figure-toi que j'ai hésité entre une choucroute supplément saucisse et un triple cheese avec de la mayo, mais finalement, rien que d'en parler, j'ai envie de vomir.

— Tu ne dois pas rester l'estomac vide. Bien que malade, ton organisme a quand même besoin d'un peu de nourriture. Je vais te préparer un bon bouillon.

« Ça y est ! C'est l'horreur ! Tout juste vingt-neuf ans et je parle comme ma mère ! C'est foutu, l'abominable outrage du temps a commencé ses ravages ! Un jour je lui dirai de mettre ses chaussons et il m'appellera "maman" devant nos enfants… »

Je me dirige vers la cuisine :

— Tu n'as sûrement rien pour préparer un repas léger dans ton frigo ?

— Un bouillon de pizza avec des nuggets et du pâté, ça marche ?

Je me permets d'ouvrir son réfrigérateur. C'est génial. J'ai l'impression d'être chez moi, chez nous. Sur la table de la cuisine, je remarque les fameux dossiers répartis en deux piles. Aucune inscription, rien qui puisse laisser présager de ce qu'ils contiennent.

Ric grommelle :

— Je déteste être malade.

« Quel scoop ! Un mec qui déteste être malade ! Si on en trouve un qui accepte de se soigner sans faire d'histoires, sans mimer une agonie digne d'un torturé sous l'Inquisition, ça vaudra le coup de faire un documentaire. »

Ric rejette sa couette. Il est bien torse nu. Peut-être même nu. Il bougonne encore :

— J'ai chaud, j'ai froid, j'en peux plus. Si on ouvrait la fenêtre ?

— T'as raison, un bon courant d'air et tu peux espérer la pneumonie.

— Je baigne dans mon jus depuis hier soir. Je me sentirais mieux si je prenais une douche.

Je crois qu'il est décidé à se lever. Je suis affreusement gênée. Je vais retourner à mon appart chercher ce qu'il faut pour lui faire un bouillon. Je ne veux pas le voir à poil, pas dans ces circonstances-là. C'est quand même dingue les mecs. Ils montrent plus facilement leurs fesses que leur cœur.

— Je descends chercher des légumes chez moi.

— Tu reviens ?

À son ton, il a l'air d'en avoir vraiment envie.

— Je suis là d'ici dix minutes. Ça te laisse le temps de prendre ta douche si ça te tente.

— OK. Je laisse ouvert.

En vrai, il me faut moins de trois minutes pour arriver chez moi, ramasser les légumes, deux-trois ingrédients et remonter. Mais je vais lui laisser le temps. C'est moche, mais je suis tellement contente qu'il soit malade... Je suis avec lui, comme si on faisait notre vie ensemble, comme s'il n'y avait rien d'autre que notre relation. Il a besoin de moi, je le soigne, rien ni personne entre nous. Un idéal de vie. Ce doit être ça le bonheur : un mec malade à crever et une fille qui sait faire la soupe.

Lorsque je remonte, j'entre directement.

— Ric ?

Aucune réponse. L'eau ne coule pas dans la salle de bains. J'avance jusqu'à sa chambre. Il est assoupi. Je m'approche sur la pointe des pieds. Il dort profondément. Je m'assieds sur le bord de son lit. Je le regarde et j'ose lui caresser le front. Mes doigts se faufilent dans ses cheveux. Je ne l'avais jamais observé quand il a les yeux fermés. Les gens qui dorment ont toujours quelque chose d'émouvant. Ils sont vulnérables. Comme partis ailleurs, ils vous confient en quelque sorte leur corps.

Ric dort tellement bien que je pourrais me blottir contre lui sans qu'il s'en rende compte. Mais je n'ose pas. Je ne me plains pas pour autant. Enfin je peux étudier la forme de son épaule et de son bras. Enfin je peux regarder les courbes de son visage, sa mâchoire, ses lèvres. Ses longs cils et ses paupières protègent le regard qui renaîtra tout à l'heure. Je le caresse encore, et je me plais à croire que bien qu'endormi comme une marmotte, il est d'accord.

Ric, tu me fais assez confiance pour entrer chez toi. Tu t'en remets à moi pour te soigner. Tu me permets de te toucher, comme jamais auparavant. Pourquoi ne me confies-tu pas ton secret ? Pourquoi es-tu tombé malade ? Est-ce ce projet insensé qui t'affaiblit ? Je sais que tu ne parleras pas. Je voudrais que cet instant dure toujours, je ne demande rien d'autre à la vie que de ressentir ce que j'éprouve pour toi en ce moment.

Malgré moi, l'image des dossiers sur la table de la cuisine s'impose à mon esprit. Ric n'avouera jamais rien, mais j'ai peut-être une chance de savoir quand même. Je tourne la tête et les aperçois. Est-ce que je dois suivre mes doigts qui se perdent dans ses cheveux ou mon instinct qui m'ordonne de saisir cette occasion unique ? Dans ma tête, l'avocat et le procureur en sont cette fois venus aux mains. C'est la grosse baston ! Le procureur menace mais l'avocat lui a tiré la langue. Ça l'a énervé et il a sauté par-dessus son pupitre pour aller lui en coller une. Ils se poursuivent en s'étranglant avec leurs petites écharpes en fourrure. C'est pathétique. J'ordonne une suspension de séance.

J'abandonne Ric. Je tire la porte de sa chambre pour qu'il ne me surprenne pas. Mes mains tremblent. Lequel ouvrir en premier ? Je prends un dossier au hasard. Il contient des factures. Le second renferme quelques fiches d'interventions informatiques. Si c'est son vrai travail, ça n'a pas dû lui prendre bien long-temps. Le suivant contient des photos – la résidence des Debreuil, une magnifique bâtisse aux multiples toits imbriqués, les ateliers, ce qui semble être les dif-férentes entrées du domaine. D'autres clichés montrent un digicode sans doute pris au téléobjectif sur lequel un doigt appuie sur une touche. Avec la série, on reconstitue le code. Il y a aussi des photos aériennes. Je parcours les documents avec fébrilité. Comment a-t-il obtenu tout ça ? Le quatrième dossier est rouge, plus épais. Je fais glisser les élastiques des rabats. J'ai un pressentiment. Au-dessus, la photocopie d'un calendrier avec la date du 31 octobre signalée par une croix. Il y a aussi des plans, ceux de la bâtisse, ceux d'une usine et de différents ateliers. Certains sont marqués d'itinéraires tracés en bleu. Je tombe tout à coup sur quelque chose d'encore plus accablant : la copie d'un plan légendé : « Salle principale du musée ». J'ai du mal à m'y retrouver mais on y dis-tingue le positionnement des vitrines. La numéro 17 est énergiquement entourée en rouge.

J'entends du bruit dans la chambre de Ric. Je referme tout en catastrophe.

— Julie ?

— J'arrive !

Il s'est redressé sur son lit. Il est décoiffé autant à cause de mes caresses que de l'oreiller. Il s'étire.

— J'ai dormi longtemps ?

« Trop ou pas assez, selon que l'on se situe de ton point de vue ou du mien. »

67

Dans douze jours, la veille de l'inauguration, Ric va voler le contenu de la vitrine 17 du musée Debreuil. Certainement les plus belles pierres de la collection. Comment voulez-vous que je vive normalement en sachant cela ?

À la boulangerie, je suis une pile électrique. Tout me fait sursauter. Hier, j'ai poussé un hurlement digne d'un film d'horreur parce que j'ai cru qu'un malade m'agressait avec un couteau géant alors qu'il ne s'agissait que de Nicolas qui apportait des baguettes en faisant le clown.

— Tu fais trop « flouille », m'a-t-il déclaré.

Ça doit vouloir dire que je fais flipper et que je fiche la trouille. Il est préférable que M. Calant ne vienne plus parce que je lui aurais réglé son compte moi-même. Même Sophie s'est rendu compte de mon état, mais je ne lui ai rien dit.

— Cette histoire te monte à la tête, m'a-t-elle déclaré. Tu ne vas pas pouvoir tenir avec cette pression.

« Au pire, dans douze jours, soit il est au cachot, soit il est en fuite. »

Je crains que Ric ne renonce à me proposer de partir avec lui. Il est sûrement convaincu que je suis trop sage pour accepter une vie de cavale. Il doit se dire que je ne lâcherai jamais ma petite existence bien confortable pour partager sa fuite. A-t-il raison de penser cela ?

Que serais-je vraiment prête à faire pour lui ? Au-delà des discours, des rêves de bonheur, des révoltes menées avec le ventre plein, de quoi serais-je vraiment capable ? La différence se joue là. Je redoute la réponse. J'ai peur que Ric ne soit au-dessus de mes moyens.

Pourtant, je n'ai plus aucun doute sur la valeur qu'il a pour moi. Ce n'est pas un joli garçon dont je me suis entichée parce que je me sentais seule. Non. Je ne l'attendais pas, je ne cherchais ni flirt ni même l'idée d'une liaison d'aucune sorte. Quelque chose s'est produit en moi, à cause de lui. Le résultat me dépasse, me tient, me fait vivre et peut aussi me détruire.

S'il croit que je ne suis pas capable de le suivre dans sa fuite, je dois le faire changer d'avis. Il faut que je lui passe le message, subtilement, efficacement – tout moi. Il pourra alors me proposer de partir avec lui. Promis, je n'emporterai pas grand-chose comme bagages : deux culottes, un épluche-légumes et Toufoufou. Il n'y a pas une seconde à perdre.

Ric n'est pas complètement remis de son espèce de grippe. Je vois bien qu'il se démène pour se remettre sur pied mais son corps ne suit pas. Je suis de plus en plus convaincue que ce mal résulte de l'angoisse qui l'empoisonne à mesure que l'échéance de son cambriolage approche. S'il le supporte si difficilement, pour quelle raison le fait-il ? S'il n'en a pas le cran, pourquoi s'acharne-t-il avec un tel soin à planifier ce vol ? Il a peut-être, quelque part, une femme retenue en otage dont il doit payer la rançon, ou dix-huit enfants illégitimes qui meurent de faim et à qui, touché par la grâce un soir d'orage, il veut enfin offrir une vie meilleure. À moins qu'il n'ait une liaison très secrète avec Jade qui veut s'acheter les mêmes seins que Léna. Toujours est-il qu'affaibli par sa maladie, Ric ne sort quasiment pas de son appartement.

Prétextant lui changer les idées, je lui ai proposé de venir dîner chez moi ce soir. Il a tout de suite accepté. Je crois pouvoir officiellement annoncer sans aucune vantardise qu'en ce moment il recherche ma compagnie. Trompettes, coups de canon, lâchers de colombes. Merci de ne pas libérer les volatiles avant les tirs de canon parce que ça serait un carnage.

J'ai rapporté des salades de la boulangerie et un gâteau léger pour que ça lui rappelle notre premier dîner. Instruite par l'expérience, j'ai vérifié mon propre ballon d'eau chaude et j'ai débranché tout ce qui n'était pas absolument nécessaire au bon déroulement de la soirée, téléphone compris. Rien ne doit pouvoir venir troubler notre tête-à-tête. Nous avons à parler, je dois impérativement lui poser les questions qui me torturent et il ne devra pas repartir sans y avoir répondu. Notre avenir en dépend, surtout le mien.

Il a fait l'effort de se raser et de mettre une jolie chemise. Lorsqu'il est entré, il s'est arrêté pour regarder partout autour de lui.

— J'ai l'impression que ça fait une éternité que je n'étais pas venu ici.

« Il ne tient qu'à toi d'avoir la clé. »

Il reprend :

— Je n'ai même pas eu le temps de démonter le disque dur de ton ordinateur. Tu ne m'en veux pas ?

— Ce n'est pas bien grave, tu as autre chose à faire.

« Comme piquer des plans ou prévoir par quelle bouche d'aération tu vas infiltrer le musée Debreuil... »

Il s'apprête à m'aider à dresser la table mais je l'oblige à s'asseoir :

— Tu tiens à peine debout. Laisse-moi faire.

« Tu as l'air tellement crevé que je suis prête à te proposer de te faire la courte échelle pour ton casse. Je porterai tes sacs... »

Il demande des nouvelles de mes parents, de Xavier et des autres. Il enchaîne avec une analyse de ma situation à la boulangerie. Il a un don pour me faire parler, ce qui lui évite d'avoir à se dévoiler. Je ne suis même pas certaine que cette stratégie soit consciente. Je crois qu'il agit ainsi avec tout le monde, tout le temps, depuis toujours. Il se protège. Je voudrais pouvoir lui offrir autre chose.

Avec le peu qu'il mange, le repas ne dure pas bien longtemps. Ses yeux brillent de plus en plus mais c'est à cause de la fièvre. Jusque-là, il s'est toujours arrangé pour que notre conversation ne s'aventure pas sur des terrains trop proches de lui. À ce stade du dîner, je dois pourtant passer à l'offensive :

— Ta maladie ne t'a pas trop pénalisé au niveau du travail ?

— Rien de catastrophique. J'ai simplement décalé les rendez-vous.

— Pas d'urgence ?

— Non, j'ai eu de la chance.

— Tu vas prendre des vacances d'ici la fin de l'année ?

— Je n'en sais encore rien. Et toi ?

« Bien joué, mais je ne vais pas tomber dans le panneau. »

— Non. Quelques jours par-ci par-là.

Je repars à l'attaque :

— Tu vas aller voir ta famille pour les fêtes ?

— Il reste encore deux mois, j'ai le temps de décider. Et toi, tu as eu du neuf pour l'appartement de Mme Roudan ?

« Coriace, l'animal. »

— Le dossier est entre les mains du notaire. Elle m'a fait un beau cadeau.

Les aiguilles de la pendule tournent. Je dois lui parler avant que le loup ne rentre dans sa tanière. Il a sans doute déjà noté que je ne laisse plus vagabonder nos propos à sa guise. Je le regarde bien en face :

— Ric, si tu as des problèmes, tu sais que tu peux m'en parler.

Il a un rire nerveux. Point sensible.

— Mon seul souci pour le moment, c'est cette satanée grippe et tu m'aides déjà beaucoup.

— Je ne parle pas de ça.

Je n'arrive pas à soutenir son regard. Je baisse les yeux :

— J'ignore si tu le sais, mais tu es très important pour moi.

— Merci, Julie, tu l'es aussi.

— Je ne veux pas que quelque chose t'arrive…

— Rassure-toi, il ne va rien m'arriver.

— Parce que si tu avais quoi que ce soit, même

355

de difficile à dire, rappelle-toi que je suis prête à l'entendre…

Il me fixe étrangement. Dans son attitude, quelque chose se tend. Je le connais. Il est en train de se fermer. Sa bouche se rétracte au point de n'être plus qu'un trait. J'ai peur mais je ne dois pas reculer.

— Ric, il nous arrive à tous de faire des bêtises ou de se fixer des buts impossibles…

Son regard se durcit.

— Julie, qu'est-ce que tu essaies de me dire ?

Sa voix est froide.

— Mon but est de t'aider, Ric, rien de plus.

— C'est très gentil et j'apprécie vraiment tout ce que tu fais pour moi, mais je t'assure que tout va bien.

— Je voudrais qu'il n'y ait aucun secret entre nous. J'aimerais vraiment que tu aies assez confiance en moi pour me dire tout ce qui te préoccupe.

Il tourne la tête. Son visage fuit. Lorsqu'il me regarde à nouveau, ce n'est plus le Ric que je connais. C'est un étranger qui fusille l'intruse qui cherche à forcer son intimité.

Faut-il que j'insiste ? Dois-je rester sur l'insupportable malaise qui s'est installé entre nous ? Il doit se douter que je sais quelque chose. Il a sans doute peur. Il faut que je le rassure mais je n'en ai ni la force, ni la méthode. Je suis au bord des larmes. Tout ce que je trouve à faire, c'est lui tendre la main. Il ne la saisit pas.

— Ric, je ne veux pas te perdre. Tout ce que je souhaite, c'est vivre près de toi et peu importe la vie que tu nous choisiras. Je ne cherche pas à te raisonner, je ne tenterai jamais de t'entraver mais je t'en supplie, confie-moi ce qui va jusqu'à te rendre malade.

Il se contient mais je sens bien qu'à l'intérieur il bout. Ce n'est pas du tout la réaction que j'espérais mais il est trop tard. Il fait tournoyer sa fourchette nerveusement, comme une arme qu'il s'apprêterait à lancer. Il réfléchit une dernière fois avant la charge. Soudain il me fixe et se lève :

— Julie, je t'aime beaucoup mais je vais y aller. Je crois qu'il est préférable de ne pas nous voir pendant quelque temps. Je t'appellerai. Merci pour le dîner.

Il quitte mon appartement. Le claquement de la porte me fait l'effet d'un coup de fusil en plein cœur.

Nous sommes le 19 octobre, il est 21 h 23 et je suis morte.

Il fait nuit, un peu froid. Sur le balcon de l'appartement de Jérôme, je frissonne en regardant la ville qui scintille. L'idée stupide de sauter par-dessus la rambarde me traverse l'esprit, mais je vois d'ici la baffe que me collerait Mme Roudan à mon arrivée au paradis. Je ne suis d'ailleurs pas du tout certaine d'y aller, surtout si les chats et leurs neuf vies ont leur mot à dire. La fête de divorce de Jérôme se déroule à merveille. J'ai l'impression que certains, arrivés célibataires, repartiront en couple. Jérôme discute avec l'ex-femme de son premier mariage. Ils rient ensemble. Ce serait drôle qu'ils se remarient… Je les observe de l'extérieur à travers la baie vitrée. J'aperçois aussi le messager du destin, le drôle de type avec sa tête d'écureuil. Il parle à une jolie fille aux cheveux très courts. Il lui demande probablement ce qu'elle a fait de plus idiot dans sa vie. Peut-être sa coupe de cheveux. Il y a plus grave.

S'il vient me reposer la question, je sais quoi lui répondre : mon acte le plus irréfléchi a été de me mettre à dos l'homme que j'aime. Quelques heures avant, nous avions toutes nos chances. Il lui restait encore assez de temps pour me proposer de fuir avec lui. Il nous restait suffisamment de temps pour nous enlacer et sentir la force du sentiment que nous partagions peut-être. J'avais encore le temps de le faire renoncer à son projet autrement qu'à travers un interrogatoire. Nous n'en sommes plus là.

La confiance est la base de tout. J'aurais dû lui faire confiance, le laisser abattre ses cartes comme il le voulait sans fouiller dans son jeu. Si ce soir Jérôme organisait l'élection de Miss Foirade, je serais certaine de remporter la coupe haut la main. Perdre Ric, qu'est-ce qui pouvait m'arriver de pire ? Son image quittant mon appart, sa voix me disant qu'il valait mieux ne plus nous voir, la douleur qui m'a alors écrasé la poitrine, jamais je ne pourrai les oublier. Ces cicatrices-là ne se voient pas, mais vous les sentez toujours.

Lorsque je serai vieille, seule, meurtrie depuis des décennies par le manque de celui que je savais être l'homme de ma vie, je serrerai sans doute la seule photo qu'il me reste de nous, un beau dimanche près de la grosse voiture de Xavier.

Dans dix jours, nous serons à la date fatidique et Ric ira dérober les bijoux de la vitrine 17. C'est un voleur et pourtant, je n'arrive pas à le condamner pour le délit qu'il va commettre. Je lui souhaite même de réussir et de trouver le bonheur que je n'ai pas été capable de lui offrir. Mais, au fond de moi, je sais que personne ne pourra lui donner plus que je ne l'aurais fait. Ce n'est d'ailleurs pas vrai. La seule vérité, c'est que personne ne pourra me donner plus que ce qu'il m'apportait.

Ric n'est pas l'homme d'un crime. S'il était mauvais, il n'aurait pas ces regards-là, ni ces mots, ni ces gestes. En disant cela, je ne suis pas aveuglée par l'amour. S'il n'était qu'un vulgaire malfrat, il ne se serait pas rendu malade alors que la date approche. Quand je pense qu'en plus je lui ai compliqué la vie au point qu'il préfère se couper de la seule compagnie qui semblait le rendre un peu heureux… Idiote.

Dans le salon de Jérôme, je vois tous ses amis qui rigolent, qui s'amusent. Beaucoup attendent la rencontre qui fera de leur existence autre chose qu'une simple vie. Moi j'ai gâché ma chance, j'ai loupé mon tour.

J'ai du mal à contempler la joie alors que je suis brisée. Je préfère me tourner vers la nuit, vers la lune à peine visible à cause des nuages. J'entends le vent. Peu à peu, je n'entends plus que lui. Comment réparer mon erreur ? Que dois-je faire pour aider Ric ? Comment lui prouver tout ce dont je suis capable ? Par quel moyen puis-je le protéger de lui-même ?

À la faveur d'une trouée dans les nuages, la lune m'apparaît soudain, nette et lumineuse. Sa beauté illumine mon esprit et, comme dans le ciel, les brumes s'écartent pendant un instant. Je viens d'avoir une idée. Je vous ai promis de vous raconter le truc le plus idiot que j'aie fait de toute ma vie. C'est à cet instant précis qu'une étincelle surgie du fond du désespoir lui a donné vie. J'ai la solution à tous mes problèmes, la réponse à toutes mes questions. Je vais voler les bijoux avant que Ric ne le fasse.

69

— Géraldine, c'est une question de vie ou de mort !
Je t'en conjure !

— Ne dis pas de gros mots. Tu te rends compte de
ce que tu me demandes ? Déjà, je te laisse accéder au
dossier bancaire confidentiel de notre plus gros client.

— Je sais et je t'en remercie.

— Si Raphaël s'aperçoit que j'ai utilisé ses codes
d'accès, il va me tuer et je perds mon job.

« Note bien que, si tu es morte, tu n'as plus besoin
d'emploi. »

— J'en suis consciente, Géraldine, mais je te supplie de me faire confiance. Tu sais que je ne ferai
jamais rien qui puisse te nuire et qu'à l'agence, j'ai
toujours été honnête...

— C'est vrai, mais je sais aussi que tu as assez de
cœur pour te mettre dans la panouille jusqu'au cou
pour quelqu'un.

— De toute façon, s'il arrive quoi que ce soit, je
prendrai tout sur moi. Tu pourras me charger. Cela
n'aura pas d'importance, je n'aurai plus rien à perdre.

— Qu'est-ce que tu mijotes ?

— Je préfère t'en dire le minimum. Moins tu en sauras, moins tu seras exposée.

— Tu me fais flipper, Julie. Je les connais un peu, les Debreuil. En affaires, ce sont de vrais tueurs, alors il n'y a pas de raison pour que ce soit différent dans les autres domaines.

— Je n'ai pas le choix, Géraldine. Je n'ai absolument aucun droit de te demander ce coup de main, mais je n'y arriverai pas sans toi…

— Qu'est-ce que tu veux exactement ?

— Tu m'as bien dit que les ateliers Debreuil cherchaient des investisseurs privés ?

— Leurs comptes sont limites. Ils n'ont plus de réserves et une bonne part des œuvres qu'ils vont exposer dans leur musée est déjà hypothéquée.

— Pourtant, leurs sacs ne sont pas donnés…

— Albane Debreuil mène grand train. Elle dilapide les bénéfices de l'entreprise. L'année dernière, elle a même pris un prêt garanti par la société pour financer un haras qui n'en finit pas de perdre de l'argent. Tout est comme ça. Encore deux ans sans argent frais et la maison Charles Debreuil sera obligée de se brader à un grand groupe ou à un fonds de pension.

— Si tu leur apportais un investisseur, ils t'écouteraient ?

— On n'est pas leur seule banque, mais je suis certaine que oui.

— Ils vérifieraient sa solvabilité ?

— Ils nous demanderaient de le faire.

— C'est bien ce que j'espérais.

— Pourquoi ? Tu connais un investisseur assez riche ?

— J'y travaille.

Je sais ce que vous vous dites : elle est folle. Vous avez raison. Mais quand on n'a plus rien à perdre, on tente le tout pour le tout. En espérant me rassurer, j'essaie de me remémorer tous les personnages historiques qui ont réussi quelque chose d'impossible simplement parce qu'ils n'avaient pas d'autre choix que de le tenter. J'en suis là.

Dans six jours, Ric passera à l'action. Je dois avoir réussi son coup avant lui, sans les plans, sans le matériel, sans l'entraînement. Je pensais bien appâter Albane Debreuil avec de l'argent, mais je n'espérais pas que l'état de ses finances puisse la rendre si réceptive…

Mon plan est simple : je la rencontre sous prétexte d'injecter de l'argent frais dans sa société. Je lui demande si je peux visiter son musée en avant-première. Quand on sera devant la vitrine numéro 17, je casse tout, je rafle les colliers et je m'enfuis en courant. Je rapporte le tout à Ric comme un chat apporte une souris crevée à ses maîtres en guise de présent. Il ne peut pas faire autrement que de m'aimer et nous vivons heureux comme Blanche Neige et son prince, sans les nains. Vous n'êtes pas convaincus ? Moi non plus. J'ai une peur bleue mais cet acte à la fois suicidaire, désespéré et stupide est ma seule chance de prouver à Ric que je suis prête à tout pour lui. Et lorsque je me dis ça, j'y crois et je suis bien décidée à le faire. Je sais que je n'y arriverai pas toute seule et l'esprit torturé qui vit tapi dans ma tête a déjà tricoté le scénario.

Le plus surprenant, comme dans l'affaire de l'évacuation de la voiture de Xavier, c'est l'étonnante facilité avec laquelle les gens adhèrent à vos idées même les plus barrées lorsque vous en êtes vous-même viscéralement convaincu. Je ne dis pas que c'est du velours sur ce coup-là, je dis seulement que je m'attendais sérieusement à ce que ceux que je sollicite me claquent la porte au nez et ne veuillent plus jamais me parler.

J'ai commencé par Géraldine, et elle joue le jeu. Malgré ce que je lui promets, elle risque gros quand même et je m'en veux. Pour la disculper, je suis prête à jurer que je suis entrée à la banque uniquement pour la manipuler et que je l'ai menacée de la faire chanter au sujet de sa liaison avec Mortagne.

Je peaufine mon plan jour et nuit. Je le passe au crible sous tous les angles imaginables. Toutes les quarante secondes, je vois une bonne raison pour que ça foire, mais j'évite d'aller jusqu'à me dire que je vais finir derrière les barreaux. En même temps, j'imagine que Ric serait éperdu de reconnaissance face à cette sublime tentative ratée et que, du coup, ce serait moi la pouffiasse qu'il tenterait de faire échapper de prison. Je suis tellement pressée qu'il m'emmène dans son palais...

Paradoxalement, je vais beaucoup mieux depuis que je complote. Je ne me dis pas que je prépare un cambriolage. Je n'imagine même pas que l'agent JT serait pris dans le « compte-à-rebours-infernal-d'une-course-contre-la-montre-impossible® ». Non. J'œuvre pour Ric. Je lui prépare la plus belle surprise de sa vie, la plus grande preuve d'amour qu'une jeune femme stupide puisse donner à un beau gosse. Le truc le plus idiot de ma vie sera peut-être le plus beau.

Je n'ai peur ni du réquisitoire de l'avocat général,

ni du jugement de la foule, ni des réflexions de ma mère. Mme de La Sablière a dit : « Tout le devoir ne vaut pas une faute commise par tendresse. » Mazarin a dit : « Il faut être fort pour affronter une catastrophe, il faut être grand pour s'en servir. » Mme Trignonet, ma prof d'art plastique au lycée, a aussi dit : « Ça va te partir à la tête et tu l'auras bien cherché. »

Rien à taper. Si je m'en sors, c'est à moi que l'on demandera de faire des phrases qui traversent les siècles. Je suis invincible. Ce monde m'appartient. Il ne faut pas que j'oublie de descendre les poubelles en partant.

70

Je viens de faire un rêve. Dans la plus belle salle de concerts du monde, j'entre sur scène, auréolée d'une pure lumière qui fait chatoyer les innombrables diamants dont tout mon corps est couvert. Je me retrouve face à des milliers de fauteuils habillés de velours rouge, parfaitement alignés, tous vides à l'exception de celui situé exactement au centre du parterre. Un seul spectateur : Ric.

La gorge serrée, je gagne le centre de la scène et je salue avec majesté. Lentement, au son de la première note d'une formation symphonique, un orchestre au grand complet monte du fond des fosses et apparaît derrière moi. Lola est au piano.

Ma voix démarre doucement, comme un secret que l'on murmure, comme un aveu. En une chanson, il y aura ma vie, la promesse que je lui fais. Il y aura du rythme, des violons, du rock, du blues, du slow, des dièses et des solos. Quelques minutes pour la quintessence d'une vie, quelques secondes de ce qui embrase un cœur. Pour lui je vais chanter, pour lui je vais tout donner.

J'entends déjà les mélodies, je prononce déjà les

mots. Ma chanson parle d'amour, d'espoir, de tout ce qu'une femme sait abdiquer pour celui qu'elle aime. J'espère qu'il restera jusqu'à la fin. J'espère qu'ensuite une rose rouge tombera à mes pieds. J'espère qu'il me retirera tous mes diamants. Le doute n'est plus en moi, je suis là où je le dois, j'accomplis ce que je crois, comme jamais. J'ai seulement peur de me réveiller et de découvrir que la salle est pleine à craquer, qu'il n'y a plus un fauteuil de vide, à l'exception de celui situé exactement au centre du parterre. C'est aujourd'hui que je joue ma vie.

71

Xavier raconte souvent que, juste avant une opération, les commandos se taisent pour mieux se concentrer. C'est sans doute pour cela que lui-même ne dit pas un mot, alors qu'il nous conduit vers la propriété d'Albane Debreuil, avec qui nous avons rendez-vous.

Xavier a mis le même costume sombre qu'à l'enterrement de Mme Roudan. Vêtu ainsi, près du cercueil, il ressemblait à un homme en deuil – ce qui n'était pas vrai. Cette fois, au volant de son impressionnante berline blindée, on dirait un garde du corps qui, sur simple pression d'un bouton secret, peut vous expédier un missile sorti d'une trappe cachée – ce qui n'est pas vrai non plus.

La voiture file le long des rues, puissante. À travers les vitres teintées, je vois les passants qui se retournent sur le véhicule.

Je suis installée sur la banquette arrière, à côté de Mme Bergerot. Elle porte un superbe manteau de fourrure. Il a beau être en synthétique et légèrement trop petit, il fait son effet. De toute façon, maquillée et coiffée par Léna, elle ressemble vraiment à la milliardaire russe qu'elle est censée incarner dans mon plan. Elle a ce port du menton, cette noblesse de visage et cette assurance dans le regard acquise en vendant plus de deux millions de baguettes et autant de croissants à n'importe qui.

Je suis vêtue d'un ensemble chic gris perle, assez strict, que m'a prêté Géraldine. Je crois que ça me va beaucoup moins bien qu'à elle, mais ce n'est pas moi que Mme Debreuil regardera.

À cette minute, je ne veux prendre aucun recul sur ce que nous sommes en train de faire. Je ne veux pas penser un instant à la situation dans laquelle j'entraîne ceux qui font ma vie. Depuis quelques minutes, Sophie est certainement arrivée au domaine Debreuil, où elle se fait passer pour une journaliste venue immortaliser la rencontre prometteuse entre l'héritière d'une des plus grandes marques du luxe français et une richissime femme d'affaires qui va peut-être lui donner les moyens de se développer encore plus à l'international.

La voiture quitte le grand boulevard pour s'engager dans des rues plus étroites. Quelle que soit la vitesse à laquelle Xavier négocie les virages, les suspensions nous maintiennent parfaitement à l'horizontale dans un confort absolu. XAV-1 est vraiment un véhicule d'exception. Dans le rétroviseur intérieur, je croise le regard de Xavier. Même avant d'aller au casse-pipe, un commando a le droit d'être fier de ce qu'il a accompli. Mme Bergerot est elle aussi impressionnée par la voiture. Elle en oublie presque l'incongruité de ce qu'elle s'apprête à faire pour moi. Voilà encore une heure, nous étions toutes les deux dans la routine de la boutique, mais lorsque nous avons baissé le rideau pour la fermeture du midi, le décor a changé. Elle s'est sauvée pour se faire habiller. Un rideau qui se baisse pour un autre qui se lève.

Elle se penche vers moi :

— Alors je ne dis rien, c'est bien ça ?

— Exactement, vous vous contentez de murmurer à mon oreille et je traduis à Mme Debreuil.

— Tu ne me lâcheras pas d'une semelle, on est bien d'accord ? Parce que sinon, je ne sais plus quoi faire.

— Je vous suis comme une ombre. Je suis votre interprète et secrétaire particulière.

Ni à elle, ni à Xavier, pas plus qu'à Sophie, je n'ai dit ce que je comptais faire. Mon but est officiellement de repérer les lieux, particulièrement la grande salle du musée, pour empêcher Ric de commettre une folie à la veille de l'inauguration. Moi-même, je ne sais pas trop ce que je vais pouvoir tenter une fois devant la vitrine numéro 17. Il va falloir improviser. Si c'est possible, je vole le précieux contenu et je m'enfuis. Je suis prête à tout et j'en assumerai seule les conséquences. Mes amis s'en sortiront parce qu'ils ne sont au courant de rien et que j'ai écrit trois lettres – une à la police, une au palais de justice et une au maire – que Mohamed a pour instruction de poster dès demain si je ne suis pas revenue le voir d'ici là. Il n'y aura pas de marche arrière possible. Je fais sauter les ponts derrière moi. Vous allez voir que c'est moi qui vais être obligée de fuir le reste de mes jours et que c'est Ric qui m'accompagnera. Contrairement à lui, je n'hésiterai pas à le lui proposer. Je suis certaine que Steve pourra nous planquer en Australie. On mangera du kangourou, Ric me soignera parce que la première fois que j'aurais lancé un boomerang, il me sera revenu en pleine poire.

Nous venons de tourner dans la rue qui conduit tout droit au domaine. Elle est bordée de luxueuses propriétés qui s'agglutinent près de l'adresse mythique, comme des courtisans autour d'un monarque. Au loin, on distingue déjà les majestueuses grilles sur lesquelles les célèbres initiales du fondateur s'entrelacent comme sur les précieux sacs à main. C'est beaucoup plus glamour par ce côté-là que par l'arrière des usines.

— Mesdames, êtes-vous prêtes ? demande Xavier.

Mme Bergerot lisse son manteau et hoche la tête. Je réponds :

— On est prêtes, Xavier.

Je ne sais pas pour vous mais, face à une épreuve, il m'est souvent arrivé de me dire que je donnerais volontiers dix ans de ma vie pour m'y soustraire. Pas cette fois. Je suis tendue mais je n'ai absolument pas envie de renoncer. D'abord parce que je me sens à ma place, et ensuite parce que jamais je ne donnerais ne serait-ce qu'une heure d'une existence que j'espère passer avec Ric.

Xavier enfile une paire de lunettes de soleil et ralentit devant l'entrée du domaine. Un garde se présente à sa portière. S'il a un yorkshire, il va aboyer... L'homme est visiblement bluffé par le véhicule. Xavier baisse sa vitre et lâche :

— Nous avons rendez-vous.

L'homme bafouille, n'ose même pas demander si nous sommes ceux que sa patronne attend.

— Suivez la route... Bienvenue.

XAV-1 s'engage sur l'allée privée qui serpente entre les chênes centenaires. Nous débouchons bientôt face à la bâtisse que j'ai vue sur les photos. De la pierre, des petits toits, des tourelles aux angles.

On dirait la fusion d'un relais de chasse victorien et d'une périgourdine. Le moins que l'on puisse dire, c'est que les Debreuil savent soigner le décorum. L'immense résidence de trois ailes enserre une cour pavée au centre de laquelle s'élève une fontaine jaillissante. L'ensemble serait impressionnant même dans une superproduction hollywoodienne. XAV-1 vient s'immobiliser au pied d'un large perron. Aussitôt, un homme apparaît sur le seuil.

J'aperçois la voiture de Sophie. Xavier descend et ouvre la portière à Mme Bergerot. Je sors seule et avance vers l'homme venu nous accueillir :

— Bonjour, veuillez prévenir Mme Debreuil que Mme Irina Dostoïeva est arrivée.

J'ai travaillé mon accent toute la nuit. J'ai eu le temps, vu le peu que j'ai dormi. C'est un fin mélange de russe d'opérette tel qu'on l'entend dans les films d'espionnage avec quelque chose en plus, comme si je parlais avec un sèche-cheveux dans la bouche. Je sais exactement ce que ça donne parce que j'ai essayé cette nuit.

— Bienvenue au Domaine Debreuil. Je m'appelle François de Tournay. Je suis le chargé d'affaires de Mme Debreuil.

Je lui tends une main franche :

— Valentina Serguev, assistante personnelle de Mme Dostoïeva. Je vais aussi servir d'interprète car elle ne parle pas votre langue.

Il se précipite au-devant de celle qui marche déjà en direction de la maison. Dans un mouvement aussi ampoulé que bancal, il lui baise la main :

— Mes hommages, madame, c'est un grand honneur de vous recevoir.

« Te fatigue pas mon pote, vu l'état des comptes de la boîte, on sait exactement pourquoi vous êtes contents de la voir... »

L'intérieur de la propriété est encore plus spectaculaire. Les murs, les meubles, chaque objet raconte la légende de la marque et de son illustre fondateur. Explorateur, botaniste à ses heures, Charles Debreuil fut le premier utilisateur des bagages qu'il inventa. C'est dans les ports, puis les aéroports qu'il construisit sa notoriété, mais ce fut son fils, Alexandre, le père d'Albane, qui fit la fortune de la famille grâce à ses fameux sacs à main. Comme sur les vitraux d'une cathédrale, le mur de ce grand hall retrace l'épopée familiale. Les Debreuil savent se mettre en scène.

— Mme Debreuil sera là dans un instant. Elle reçoit une journaliste.

— Nous avons peu de temps, dis-je sans complexe.

Il disparaît. Mme Bergerot se penche vers moi et me souffle :

— J'avais déjà vu des photos dans les magazines, mais c'est encore plus beau en vrai.

Xavier se tient légèrement en retrait, les mains croisées sur le devant de sa veste, prêt à bondir sur quiconque attenterait à la vie de la richissime Irina. Sans doute pour en imposer encore plus, il a gardé ses lunettes de soleil. Il fait beaucoup moins clair ici que dehors. J'ai peur qu'il ne se mange un meuble.

Albane Debreuil fait son entrée. Tailleur hors de prix, bijoux éblouissants et démarche de conquérante :

— « Mривет ! », Mrs. Dostoïeva.

Soit elle parle russe et on est foutus, soit elle a juste appris le mot pour l'esbroufe.

Les deux femmes échangent une longue poignée

de main en se jaugeant. Le fait est que Mme Bergerot n'a pas moins d'allure que l'héritière. Je vais me faire piquer l'Oscar de la meilleure actrice par la boulangère. Je m'approche :

— Mes respects, madame. Je suis Valentina Serguev, secrétaire particulière et traductrice pour notre entrevue…

Elle me serre la main :

— Dites à votre patronne que je suis enchantée de la recevoir dans ces murs chargés d'histoire. On m'a beaucoup parlé d'elle. J'aime les femmes qui savent prendre leur destin en main et je suis très heureuse à l'idée de pouvoir nous associer.

Avec l'air inspiré de la traductrice experte, je baragouine n'importe quoi le plus discrètement possible avec un accent approximatif. Mme Bergerot hoche la tête avec satisfaction. Cette fois, c'est sûr, j'ai perdu l'Oscar.

Nous nous retrouvons dans l'élégant bureau de la maîtresse des lieux, où nous attend déjà Sophie. Je n'oublierai jamais son expression lorsqu'elle nous a vus entrer tous les trois. La boulangère, le spécialiste de la soudure et sa folle de copine. Elle a fait un peu la tête du conquistador qui a découvert le premier temple inca. À moins que ce ne soit celle du type qui, le soir de ses noces, se rend compte que sa femme est un travelo.

On nous présente comme si on ne se connaissait pas. Une expérience. On sort des banalités. Tout le monde se cire les pompes, la presse est formidable, les Russes aussi et les sacs à main pareil. Sophie prend des photos, Mme Debreuil fait l'impossible pour paraître complice de sa nouvelle meilleure amie.

Ensuite, Sophie se retrouve poliment mais rapidement congédiée. Elle a été géniale. C'est sûr, je vais le payer cher quand on se retrouvera toutes les deux.

Mme Debreuil nous installe face à son bureau, dans des fauteuils légèrement plus bas que son propre siège. Elle nous domine discrètement et prend place sous un immense portrait de son père. Xavier reste debout en arrière.

— Votre agent de sécurité souhaite peut-être attendre dans le salon voisin ?

— Impossible, dis-je, catégorique. Ce ne serait pas conforme à nos procédures de sécurité.

— Ici, Mme Dostoïeva ne risque rien...

— Nous ne transigerons pas sur ce point.

Mme Debreuil opine et nous tend deux porte-documents en maroquin spécialement fabriqués et marqués pour l'occasion par ses meilleurs ouvriers.

— Vous trouverez les chiffres clés de l'entreprise et nos différents projets. Nous avons cru comprendre que Mme Dostoïeva était prête à investir dans le luxe.

— Elle est en Europe pour rencontrer et évaluer les opportunités, puis elle se rendra sur d'autres continents. Elle décidera ensuite.

— Je comprends.

Et la voilà qui se lance dans la présentation de sa marque. On sent qu'elle a rodé son show et qu'elle est très au point. J'ai eu peur que Mme Bergerot ne nous trahisse en réagissant à des propos qu'elle n'est pas supposée comprendre, mais elle tient son personnage à la perfection. Régulièrement, je me penche pour lui murmurer n'importe quoi à l'oreille, après quoi elle hoche la tête d'un air pénétré. Derrière, je sens la présence rassurante de Xavier.

Albane Debreuil est attentionnée, courtoise, souriante – tout ce qu'elle n'est pas au naturel. Que ne ferait-on pas pour renflouer ses caisses et continuer à mener la grande vie…

Mme Bergerot parcourt les documents en anglais et pointe un paragraphe sur les fonds propres de l'entreprise. Elle se penche vers moi et me souffle :

— Il semble qu'il y ait un déséquilibre. Demande-lui des éclaircissements.

« Mais qu'est-ce que vous faites ? On n'est pas là pour un audit. Et d'où tirez-vous cette culture de l'économie ? Je pensais que c'était du flan pour embobiner Mohamed ! »

— Mme Dostoïeva souhaite des précisions sur le paragraphe 6, alinéa 2.

Albane Debreuil a un petit rire gêné :

— Je reconnais là l'experte en finances. Ce chiffre doit être tempéré par les provisions faites au titre du ralentissement économique. Rien d'alarmant.

Je traduis. Mme Bergerot me fait signe de me pencher :

— Cette explication n'est pas recevable puisque à la page d'avant, elle a déjà provisionné tous les encours négatifs sur les bénéfices. Elle ne peut pas les passer deux fois. C'est de la fraude.

« J'en suis baba. En plus de vendre des croissants, Mme Bergerot aurait pu décrocher un prix Nobel d'économie. »

— Un problème ? s'inquiète Albane Debreuil.

— Rien d'important. Mme Dostoïeva me faisait simplement remarquer que nous pouvons sans doute vous mettre en contact avec un conseiller fiscal plus avisé que celui qui a rédigé ces documents…

Mme Bergerot hoche la tête :

— *Da, da !*

Je vais tomber dans les pommes. Heureusement, Albane reprend son exposé sans se rendre compte de rien. Au bout de vingt minutes, je regarde ostensiblement ma montre et je la coupe :

— Je suis désolée, mais nous avons un emploi du temps très strict à tenir. Un autre rendez-vous nous attend aujourd'hui assez loin d'ici pour l'éventuel achat de deux milles hectares de vignoble classé.

Mme Debreuil encaisse. J'ajoute :

— Par contre, à défaut d'avoir le temps de visiter vos ateliers si réputés, Mme Dostoïeva est intéressée par le musée qui regroupe vos trésors.

— L'inauguration a lieu dans deux jours. Je comptais vous inviter pour cette occasion. Mme Dostoïeva pourrait être l'invitée d'honneur du dîner, couper le cordon à mes côtés et même rester quelques jours. Elle peut loger sur le domaine.

— C'est très aimable à vous mais le 1er, nous serons aux États-Unis pour un gala de charité avec le Président.

— Le Président... Je comprends. Écoutez, si cela vous fait plaisir, je dois pouvoir vous faire visiter le musée moi-même maintenant. C'est encore un peu en chantier mais les collections sont en place. Laissez-moi une minute, le temps d'organiser cela pour vous.

72

En nous guidant à travers les couloirs de sa résidence, Albane Debreuil parle sans arrêt. Sa vie, les
témoignages bouleversés des femmes qui lui confient
à quel point ses sacs à main ont changé leur vie,
les affreuses contrefaçons, les nouveaux produits en
développement dont un étui à jetons de caddies… Que
du passionnant. J'écoute d'une oreille distraite. Je me
sens comme une athlète qui va entrer sur la pelouse
du stade. L'épreuve m'attend au bout du corridor,
vitrine 17. Lancer de poids ou lutte, je ne sais pas,
mais cela finit immanquablement par un sprint suivi
d'une course de fond. Une sorte de triathlon façon
Julie. J'espère que la vitrine 17 ne contient pas un
bijou trop lourd ou un masque en or massif sinon
je n'arriverai jamais à cavaler avec. Peu importe, je
suis décidée à remporter la médaille. C'est mon but
ultime, le sommet de ma carrière, vingt-quatre heures
avant que Ric n'entre à son tour dans l'arène. Je vais
le coiffer au poteau et lui offrir ma victoire.

Nous arrivons dans le couloir d'accès qu'emprun-
teront les visiteurs. Il y a encore du plastique sur les
moquettes. Des fils pendent des faux plafonds. Bien

que la tentation soit grande, j'ai payé pour apprendre qu'il ne faut JAMAIS les mettre à la bouche. Les escabeaux et les outils encombrent le passage. On sent que le lieu a été évacué d'urgence de ses ouvriers pour nous laisser la place.

Sur les murs, histoire de mettre les visiteurs en condition avant d'entrer dans le sanctuaire de la légende, des photos sont alignées. Charles Debreuil pendant ses expéditions, Charles Debreuil ou son fils posant avec les stars, les icônes des décennies passées et les puissants du monde entier. S'étalent aussi les fameuses campagnes de pub de la marque. Acteurs, chanteuses, sportifs, tous ont tôt ou tard associé leur image aux emblématiques bagages de la marque. Quelques clichés présentent aussi Albane en grande compagnie. Je vous parie qu'elle va faire placarder une des photos prises par Sophie au cas où Mme Dostoïeva reviendrait…

Notre hôte explique :

— Le public accédera par une entrée dédiée du domaine. Parking de cent places, une boutique avec beaucoup de petites choses à tous les prix… Merchandising spécifique.

Nous arrivons dans le grand hall qui dessert les différentes zones du musée. Trois agents de sécurité armés se font aussi discrets que possible. Je demande innocemment :

— Cet endroit doit être remarquablement protégé ?

— Nous bénéficions des toutes dernières avancées technologiques. La surveillance a été conçue pour être opérationnelle dès les abords du domaine. Nous pouvons boucler l'ensemble du bâtiment en moins de quatre secondes.

« Bonne chance Ric, avec ta perceuse... »

Nous traversons deux petites salles où sont présentées les différentes techniques de fabrication. Vingt-trois fois la surface de mon appart pour expliquer comment on fait un sac à main...

Mme Bergerot me murmure :

— Il faudrait que j'aille aux toilettes...

— Mme Dostoïeva souhaiterait connaître la valeur des pièces que vous exposez.

— L'ensemble de la collection est assuré pour 26 millions. Mais, au-delà de cette valeur, certaines pièces sont inestimables. Nous avons par exemple des bagages historiques ou des bijoux d'exception qui font partie d'une collection créée par mon grand-père. Mon père l'a considérablement enrichie à son tour et je poursuis leur œuvre. Vous allez pouvoir en juger.

Nous voilà au seuil d'une salle plus vaste. Je crois reconnaître la forme du plan des dossiers de Ric. Albane écarte les bras comme une prêtresse en transe :

— Nous voici au cœur de notre musée. Mon grand-père et mon père auraient été si fiers...

Des murs aveugles, un plafond assez bas, une multitude d'éclairages ponctuels qui créent une ambiance élégante, mais aussi des caméras partout et des détecteurs. La porte est blindée. Cet endroit est un vrai coffre-fort. Les vitrines y sont harmonieusement disposées. Sur chacune, figure une pancarte provisoire avec son chiffre.

La numéro 1 est ouverte sur plusieurs objets de maroquinerie usés – un porte-documents, un sous-main et une parure de bureau.

— Ces pièces ont trôné sur le bureau des monarques d'Angleterre. Elles ont été offertes par mon aïeul et mon père les a rachetées lors d'une vente au profit des œuvres de la Couronne.

J'essaie d'apercevoir la vitrine 17. La pression monte. Si je dois fuir, je n'ai pas d'autre choix que de passer par l'unique porte de cette salle. Dans le hall, je vais tomber sur les trois gorilles. Si j'ai l'air calme et naturelle, ils n'oseront sans doute pas m'arrêter.

Vitrine 6 : un premier collier. Spectaculaire rivière de diamants et d'émeraudes. Magnifique. Vitrine fermée, clignotant rouge sur le socle de velours noir qui supporte la parure. Avec la fortune que cette pièce à elle seule doit représenter, Ric et moi aurions sans doute de quoi vivre pour le restant de nos jours.

Vitrine 10 : Un bagage à tiroirs secrets spécialement fabriqué pour le célèbre danseur et chorégraphe Vladimir Tarkov, qui transportait une relique sacrée, un morceau du voile de sainte Clotilde. Ce qu'il considérait comme son porte-bonheur le suivait dans toutes ses tournées et, avant d'entrer sur scène, il l'embrassait.

Vitrine 12 : La malle dans laquelle le corps du dissident argentin Pablo Jumeñes fut jeté dans le fleuve Parand à Rosario.

— En vous penchant, confie Mme Debreuil, vous distinguerez les traces de sang au fond et les rayures faites avec ses ongles pour essayer d'en sortir. Il a dû souffrir atrocement avant de périr noyé.

J'aperçois enfin la vitrine 17, mais je n'arrive pas à identifier ce qu'elle renferme. La 14 et la 15 contiennent toutes les deux des bijoux, toujours plus gros, toujours plus chers. Il y a même un œuf de Fabergé. On se croirait à la tour de Londres.

Nous atteignons enfin notre but : la vitrine convoitée par Ric. En découvrant son contenu, je ressens un choc. Elle ne renferme qu'un vieux sac à main. Ce n'est forcément pas ce que Ric ciblait. Je dois savoir. Je fais un effort surhumain pour demander d'un ton léger :

— Votre musée est superbe. J'aime beaucoup l'enchaînement et l'alternance des vitrines. Comment répartissez-vous les objets présentés ?

— Au feeling. Nous avons longuement réfléchi à la scénographie du lieu mais nous procédons à des ajustements chaque jour.

J'en étais sûre. Ils auront changé l'ordre des vitrines au dernier moment. Quel bijou Ric pouvait-il convoiter ? La rivière de la 6 ? Je reste interdite devant la vitrine 17, abasourdie par ce changement qui remet en cause tous mes plans. Mme Bergerot s'approche. Elle se doute que quelque chose me contrarie mais ne peut pas me parler. Albane est trop proche et pourrait entendre. Irina Dostoïeva contemple le vieux sac usé avec moi.

— C'est une pièce très spéciale, commente Mme Debreuil, mais j'avoue que j'ai hésité à la présenter au public. Au départ, nous avions prévu de placer ici un de nos plus beaux joyaux.

« Je m'en doute, et tu n'imagines pas à quel point ça me pose un problème… »

— Ah bon ?

— Notre conseiller muséographique a dit que la part patrimoniale n'était pas assez représentée, alors j'ai cédé. Ce sac est le premier qui fut produit dans nos ateliers. C'est l'ancêtre de toutes nos collections, la base de notre plus célèbre produit.

Je n'arrive pas à me ressaisir. Mme Bergerot flotte aussi. Mme Debreuil le remarque :

— Vous semblez fascinée par cette pièce ?

— La première pierre d'un édifice est toujours émouvante, parviens-je à prononcer.

Albane semble hésiter :

— Si cela peut faire plaisir à Irina, je serais heureuse de la lui offrir.

— C'est très gentil, mais Mme Dostoïeva n'a pas pour habitude de recevoir ce genre de présent.

— Elle semble tellement sous le charme… Demandez-lui ce qu'elle en pense. De toute façon, j'avais prévu de lui offrir notre dernier modèle… À la place, elle recevra le premier ! Si nous nous associons, elle aura de toute façon accès à notre patrimoine.

Je traduis. Mme Bergerot reste interdite. Sans attendre la réponse, Mme Debreuil fait signe à une caméra toute proche. Elle désigne la vitrine. Un léger déclic résonne dans le silence feutré. Cette collection est imprenable. Je ne sais pas quel bijou Ric comptait voler, mais il n'y serait de toute façon pas arrivé.

Albane Debreuil ouvre la vitrine blindée et soulève le sac. En s'inclinant respectueusement, elle le présente à Mme Bergerot :

— Voici un modeste souvenir de notre première rencontre. Et que cela ne vous engage à rien d'autre qu'à une longue amitié partagée !

Je traduis avec beaucoup de mal. J'ai la tête en vrac. Que vais-je dire à Ric ? Quelle victoire vais-je lui offrir ? S'il tente le coup malgré mon repérage, il se fera prendre. Je n'ai rien résolu du tout. Je ne l'ai pas sauvé. Je ne l'ai pas coiffé au poteau. Je suis simplement désormais parfaitement consciente du traquenard absolu dans lequel il va se jeter. Quoi qu'il fasse, je vais le perdre. S'il échoue, il finira en prison. S'il réussit malgré tout, il s'enfuira sans moi puisque je n'ai pas su lui inspirer confiance, et je le perdrai aussi.

Il me faut un autre plan pour éviter la catastrophe. Le seul qui me vienne sur l'instant, c'est d'assommer Ric et de le ligoter pour l'empêcher d'accomplir son forfait. Ensuite, je le séquestrerai pour toujours. Je compte sur le syndrome de Stockholm pour qu'au fil des années, il finisse par m'aimer.

73

Xavier nous a raccompagnées jusqu'à la boulangerie. Sur le trajet du retour, à la fois soulagés et ravis
de leur exploit, lui et Mme Bergerot n'arrêtaient pas
de rire et de commenter la comédie que nous venions
de jouer. Je n'ai pas dit un mot.

Sophie nous attendait sur le trottoir. En voyant le
grand véhicule, Mohamed est sorti de sa boutique.
Lorsqu'il a compris que c'était nous, il m'a rapporté
les trois lettres.

— Tout s'est bien passé ? m'a-t-il demandé.

— Personne n'aura d'ennuis, c'est déjà ça.

— Tu n'as pourtant pas l'air très heureuse.

— Il n'y a pas de quoi l'être.

— Voilà tes lettres. Je ne sais pas ce qu'elles contenaient mais, vu les destinataires, je suis content de ne
pas avoir eu à les poster. Récupère les timbres avant
de les détruire.

— Merci, Mohamed.

Je l'embrasse.

Sophie fonce sur moi :

— Alors ?

— Rien. Je n'ai pas un seul carat pour Ric.

— Qu'est-ce que tu vas faire ?

— Aucune idée.

Je la prends dans mes bras.

— En tout cas, je n'oublierai jamais ce que tu as fait pour moi aujourd'hui. Si j'ai une sœur sur cette terre, ma vieille, c'est toi.

Je la serre comme si je n'allais plus jamais la revoir de ma vie.

— Qu'est-ce qui t'arrive ? On l'a quand même fait. C'était pas rien ! T'auras qu'à dire à ton mec que tu as tenté l'impossible pour lui et que ce n'est pas ta faute si c'est sans espoir.

« Sans espoir, exactement comme moi. »

— Sophie, s'il te plaît, n'efface pas les photos de ton reportage. Ça fera des souvenirs.

— Tu peux même compter sur moi pour faire des agrandissements et te faire chanter avec.

— Vilaine garce.

— Sale pouffiasse.

— Je t'aime.

Elle m'étreint à son tour. Xavier s'approche :

— Julie, je m'excuse mais il va falloir que je retourne au boulot. Je suis grave à la bourre.

Je le prends dans mes bras. Ce trottoir ressemble de plus en plus à un quai de gare où se dérouleraient des adieux déchirants.

— Xavier, merci pour tout. Ta voiture est un chef-d'œuvre et tu es un mec en or.

— Aucun problème, c'était cool. Je ne sais pas trop ce que tu cherchais en faisant tout ça, mais j'espère que tu as eu ce que tu voulais.

— Vous voir m'aider, vous voir risquer autant pour

moi, c'est le plus beau trésor que j'ai découvert dans ce musée.

Je l'embrasse de tout mon cœur :

— J'ai une chance incroyable de vous avoir comme amis et je suis une idiote de vouloir plus.

Je vais pleurer sur son costume. Il referme ses grands bras autour de mes épaules.

— Julie, si Ric ne se rend pas compte tout seul de la fille fantastique que tu es, compte sur moi pour lui ouvrir les yeux à coups de pied.

On se sépare. Xavier et Sophie remontent chacun dans leur véhicule, celui de Sophie tient presque dans la largeur de celui de Xavier. Drôle de cortège qui finit par disparaître en klaxonnant au bout de la rue.

Mme Bergerot et moi restons seules sur le trottoir.

— C'est pas tout ça, ma fille, dit l'ex-femme d'affaires russe, mais il va falloir se remettre au travail.

— Je ne sais pas comment vous remercier.

— Je n'ai rien fait. Le plus dur a été de me retenir de faire pipi.

J'ai envie de la prendre dans mes bras mais je n'ose pas.

— Je peux vous poser une question ?

— Bien sûr, mais dépêche-toi, c'est bientôt le coup de feu de la sortie des écoles...

— Pourquoi avez-vous accepté de vous lancer dans ce truc insensé ?

Elle hésite, puis dit doucement :

— Tu sais, Julie, je n'ai pas eu la chance d'avoir d'enfant. Je te connais depuis longtemps et ton arrivée à la boutique a fait du bien à tout le monde, surtout à moi. Tu es un peu la fille que Marcel et moi aurions aimé avoir. Alors cet après-midi, en une fois, j'ai fait un peu de toutes les folies que les parents font pour leurs petits. Et maintenant, file ouvrir.

Mme Bergerot rajuste son manteau et sa coiffure. Elle ne ressemble pas à une grande dame, elle en est une.

74

J'ai toujours regardé les choses et les gens en sachant que j'allais les perdre. Mon plan a lamentablement échoué. Je vais tout de même aller voir Ric pour lui avouer ce que j'ai tenté. Je ne crois pas que cela changera la situation. Il me suffit de repenser à son dernier regard pour avoir peur.

Je frappe à sa porte. Elle finit par s'entrouvrir.

— Julie, je t'avais dit que je reviendrais vers toi plus tard.

— Je sais, Ric. Je me souviens précisément de tout ce que tu m'as dit. Mais il faut que je te parle, ce soir. Après je ne te dérangerai plus jamais.

Déstabilisé, il me laisse entrer et déclare :

— Je n'ai pas beaucoup de temps.

« Je m'en doute. »

— Je m'en doute, avec ce que tu prépares.

De surprise, il lève un sourcil.

— Qu'est-ce que tu veux dire ?

— Je sais que tu vas t'introduire au domaine Debreuil pour un cambriolage.

Il blêmit.

— Tu vas tenter de forcer la vitrine numéro 17.

— Julie, qu'est-ce que tu racontes ?

— Ne m'interromps pas, s'il te plaît. Ensuite, tu n'entendras plus parler de moi. Je suis simplement venue te prévenir que cette vitrine est vide. Elle ne contient aucun bijou. Il faut aussi que tu saches que tu n'arriveras jamais à pénétrer dans cette salle. Elle est protégée par une porte blindée, des gardes et des systèmes électroniques dans tous les sens.

Il tire une chaise et se laisse tomber dessus. Je reste debout et j'enchaîne :

— Tu n'as aucune chance, Ric. Je ne sais pas quelle fortune tu veux dérober mais tu n'y parviendras pas. J'ai même pensé te proposer mon aide. Pour toi, j'aurais été prête à ramper dans les gaines d'aération ou à faire le guet, mais c'est inutile.

— Comment sais-tu tout cela ? Comment connais-tu cet endroit ? Tu travailles pour eux ?

— Non, Ric. J'y suis allée cet après-midi, pour toi. J'ai tout visité. J'ai tout vu.

— Bon sang, comment as-tu fait ?

— Peu importe. Ce qui compte, c'est que j'ai pu mesurer concrètement l'infaisabilité de ton opération. Ric, laisse-moi tomber si tu veux mais, je t'en supplie, renonce à cette folie-là.

En proie à des sentiments aussi violents que contradictoires, il s'agite sur sa chaise. Il me regarde :

— Pourquoi as-tu fait ça ?

— Parce que je t'aime, Ric. Parce que je préfère tout risquer avec toi plutôt que de faire semblant d'être heureuse sans toi. Si tu disparais, tu pars avec ma vie. Elle n'aura plus d'intérêt pour moi. Je ne sais pas pourquoi tu veux dérober ces bijoux, et je t'avoue que cette question me torture depuis des mois. Mais je sais qui tu es. Je le perçois quand tu parles, quand tu cours, même quand tu dors.

Je ne vais pas réussir à me retenir de pleurer.

— Je ne sais pas grand-chose, Ric, mais je sais au moins que, si je te perds, ma vie ne sera plus jamais la même. J'aurai manqué la chance que tu représentes. Je peux aimer le monde entier, à condition que je puisse t'aimer toi d'un amour qui ne ressemble à aucun autre. Je suis prête à tout quitter, à tout perdre pour vivre à tes côtés.

Il baisse la tête, mais je n'en ai pas terminé :

— Au point où j'en suis, Ric, autant tout t'avouer. C'est parce que je voulais savoir qui tu étais que je me suis coincé la main dans ta boîte aux lettres. Chaque fois que tu dis quelque chose, je le grave dans ma mémoire. Je me souviens de tous tes regards, de chacune des fois où tu m'as embrassée. Ça n'est pas arrivé si souvent... Si tu savais le nombre de fois où j'ai espéré que tu me prennes dans tes bras...

Il se prend la tête dans les mains et soupire.

— Pourquoi ne m'en as-tu pas parlé avant ?

— Parce que j'avais peur ! Peur de te perdre, peur que tu ne me rejettes ! Tiens, au fait, je t'ai rapporté un petit souvenir de ma visite au musée.

Je fouille dans le sac plastique que je serre depuis tout à l'heure comme une bouée de sauvetage.

— Tu m'as bien offert un pull d'homme, alors tu ne m'en voudras pas de t'offrir un sac à main.

Je lui tends le vieux sac usé. Il est médusé.

— Voilà ce qu'il y avait dans la vitrine 17. Pas de quoi prendre sa retraite aux Bahamas.

Il reste figé comme une statue, le regard fixe.

— Tu n'en veux pas ?

Je pose le sac sur la table, devant lui. Je suis en larmes.

— Et maintenant, je vais te laisser. Je ne t'oublierai jamais.

Il tend la main pour saisir le sac. Il tremble.

— Julie, s'il te plaît, reste. Je dois te parler.

75

Ric me regarde et entame d'une voix qu'il s'efforce de maîtriser :

— Mes parents travaillaient comme cordonniers plus au sud. Nous étions une famille modeste. Ma mère faisait les marchés et récupérait le travail chez les chausseurs du coin. Mon père passait ses journées au fond de notre garage, sur des machines achetées d'occasion. Il a travaillé quelque temps sur les selleries de constructeurs automobiles, mais il avait l'impression d'être exploité. Alors lui et ma mère ont fait le choix de rester modestes mais libres. Pendant son temps de repos, il me fabriquait des jouets avec les chutes de cuir, des holsters pour mes revolvers en plastique, des animaux fantastiques, des déguisements. J'adorais l'observer. C'est avec lui que j'ai appris que le travail, c'est parfois de l'amour rendu visible. Il fallait le voir faire glisser les pièces de peau sous les grosses aiguilles, passer la teinture, lustrer les pièces au chiffon doux, les lisser de la paume… Un jour, mes parents ont entendu parler d'un concours pour une grande marque. Il s'agissait d'imaginer le sac à main du futur. Ma mère et mon père ont donné le meilleur d'eux-mêmes, ils ont conjugué leurs talents.

Il pose la main sur le vieux sac usé, doucement, comme une caresse.

— Julie, sans le savoir, tu m'as rapporté ce que je voulais reprendre. Un souvenir. Une preuve.

Il se lève et va chercher un cutter. Il ouvre le sac avec précaution, ému, et commence à découper la doublure élimée.

— Mes parents ont créé ce prototype pour Alexandre Debreuil. Il ne les a jamais payés. Il leur a dit qu'il les recontacterait. Ils n'ont plus jamais eu de ses nouvelles. Quelques années plus tard, dans une revue qu'elle feuilletait chez le médecin, ma mère est tombée sur une publicité vantant la copie exacte de leur projet. Le reste appartient à l'histoire. Les Debreuil ont fait fortune grâce à ce que mes parents ont créé. Mon père ne l'a pas supporté. Un cancer l'a emporté moins d'un an plus tard. Ma mère n'a pas eu la force de se battre. Elle s'est entièrement consacrée à moi avant de se laisser dépérir à petit feu. Je me suis juré de les venger, de rétablir leur honneur et la vérité, de faire le procès qu'eux n'avaient pas osé entreprendre.

Il soulève la doublure. Cachées dessous, tracées à l'encre à l'intérieur du sac, on distingue les signatures de Chantal et Pietro ainsi qu'un petit dessin de chien et une signature d'enfant, Ric. À côté, il est écrit : « Que ce projet nous porte enfin chance. » Ric a les larmes aux yeux.

— Tu sais tout, Julie. Je suis venu ici pour reprendre ce qui appartenait à mes parents et traîner ceux qui les ont tués en justice. Je n'avais pas prévu de tomber sur toi. J'ai même cru que je pourrais renoncer à ma vengeance pour vivre avec toi, mais la promesse que je me suis faite pour mes parents était trop forte. Alors j'ai préparé ce vol avec toi dans les jambes.

— Tu n'as plus besoin de ce cambriolage maintenant.

— Non. Grâce à toi et aux risques que tu as pris.

— Que vas-tu faire ?

— Raconter l'histoire à la presse, à la justice, en espérant être entendu.

Il semble épuisé. Comme si la pression qu'il subissait depuis des années retombait, s'échappait de lui. Il me regarde :

— J'ai envie de pleurer, j'ai envie de chanter, j'ai envie de me jeter sur toi pour t'embrasser.

« Je n'aime pas quand tu pleures. Je t'ai entendu au mariage de Sarah, je n'aime pas trop quand tu chantes. Par contre… »

— Julie, est-ce que tu veux bien vivre avec moi ?

« Oui ! »

— Oui.

Le reste ne concerne que nous, mais je dois quand même vous confier que je vous souhaite à tous d'éprouver un jour ce que j'ai ressenti à ce moment-là. Je dois aussi vous avouer que désormais on peut donner des leçons aux chats et que, nous, on n'a pas besoin de buissons. Malgré tout ce que l'on peut se dire quand ça va mal, cette vie est notre plus grande chance. Il est 21 h 23 et je suis vivante.

Je sais ce que vous allez dire, mais je vous jure que ce n'est pas moi. Lundi dernier, alors que l'abject petit commercial dealer de faux médicaments venait de faire laver sa décapotable à la station-service, un individu cagoulé a surgi pour lui déverser un seau de crottes de chien sur la tête alors qu'il redémarrait. L'agresseur s'est enfui et n'a pas pu être identifié. L'intérieur de la voiture n'a pas pu être nettoyé. Je n'y suis pour rien. J'ai bien parlé de mon idée à mes amis et, dans la liste des suspects, figurent Xavier, Steve, Ric et même Sophie, mais je ne sais pas encore lequel est le coupable.

Je me suis réinscrite à des cours par correspondance et Mme Bergerot m'aide pour l'économie. Elle et Mohamed ne se chamaillent plus depuis qu'il a été hospitalisé d'urgence pour un malaise et qu'elle s'est précipitée à son chevet. Ils ne peuvent plus faire semblant, tout le monde se moquerait d'eux. Julien et Denis ont parié qu'ils finiraient ensemble.

On n'a plus jamais revu M. Calant. Théo, le fils de la libraire, s'est un peu calmé depuis qu'il a une copine, et sa mère va mieux. Lola continue le piano, elle donne un concert dans trois semaines. On a tous prévu d'y aller.

Albane Debreuil a accepté un règlement amiable pour étouffer le scandale qui aurait encore affaibli son entreprise. Dans un mois, il y aura une vitrine dans le musée qui présentera les parents de Ric et leur travail.

Pour les vacances, Sophie part en Australie. Le père de Brian est mort. Malgré la honte qu'elle éprouve à profiter de cette triste nouvelle, elle se réjouit qu'il envisage de venir s'installer ici.

Léna a eu un accident de voiture mais elle n'a rien. Les experts ont dit que ses seins lui avaient sauvé la vie. Je ne sais plus quoi penser.

Géraldine est enceinte de Mortagne. Elle est malade comme une bête, elle vomit toutes les heures. L'agence pue, même les clients se plaignent. La dernière fois, elle a dégueulé sur la fougère de Mélanie. Comptez sur moi, je lui ai bien redit qu'un enfant, c'était un miracle.

Quant à moi, comment vous dire ? Peut-être qu'un jour quelqu'un rigolera en voyant écrit « Julie Pata-tras » sur une boîte aux lettres, mais je m'en fiche. Ric est là. Tous les soirs, je m'endors une heure après lui parce que je veux pouvoir le regarder. Il est bien l'homme que je crois. Il m'aide à savoir qui je suis. Je me doute que la vie ne sera pas simple, je sais qu'il y aura toujours des abrutis, des cyniques, des épreuves et des injustices. Je sais que les choses sont rarement comme elles devraient l'être, mais je crois du plus profond de mon âme qu'à nous tous, on doit pouvoir survivre à cette chienne de vie.

Portez-vous bien. Aimez. Risquez. Ne renoncez jamais. Affectueusement,

Julie.

PS : Ne laissez pas les chats vous convaincre que les bonnets péruviens vous vont bien.

FIN

ET POUR FINIR...

Une des dernières fois où mon père et moi nous sommes assis pour parler, nous étions sous un tilleul, face à une vallée, dans le Lot, et il m'a dit quelque chose que je n'oublierai jamais : « Les hommes sont stupides et les femmes sont folles, mais lorsqu'ils se rencontrent, cela donne parfois des choses très belles. »

Dans ma vie, rien n'est jamais venu démentir cette révélation.

Fils adoptif, je sais que les liens les plus forts ne sont pas uniquement ceux du sang. Les êtres à qui je tiens tellement, aussi bien dans ma famille que parmi mes amis, m'en apportent tous les jours la preuve. Je sais que ce monde ne m'attend pas et qu'être utile est encore le meilleur moyen de ne plus jamais être abandonné.

Je fais ce métier pour rencontrer. J'espère divertir, surprendre et, de temps en temps, apporter un regard qui pourrait être constructif. Je suis donc comme tous ceux de mon espèce, ambitieux sans en avoir toujours les moyens, de bonne volonté en sachant rarement comment m'y prendre. Je ne suis pas celui qui jettera la première pierre. J'ai plutôt le profil à me la prendre…

Depuis que je suis gamin, j'observe, j'écoute et, presque malgré moi, je n'oublie pas grand-chose. Parce qu'une famille m'a recueilli, parce que des familles m'ont accueilli, parce que vous me laissez être le témoin de vos existences, aujourd'hui je peux sans problème me tenir devant vous et dire que je suis faible, que je suis imparfait, mais que je suis définitivement des vôtres et que – sauf exception ! – je vous aime.

En pur mec, je dois aussi confesser que, si ce sont mes semblables qui m'ont le plus souvent fait avancer, ce sont quasiment toujours des femmes qui m'ont empêché de tomber ou qui m'ont aidé à me relever. Alors mesdames, mesdemoiselles, cette histoire est pour vous, vous qui ne voyez souvent que nous et que nous ne voyons jamais assez, vous sans qui aucun homme digne de ce nom ne fera rien de grand dans sa vie.

Merci d'avoir fait le chemin avec moi jusqu'à cette page. Chaque livre m'apporte de nouvelles rencontres, de nouveaux soutiens, et cette force – capable de résister à n'importe quelle infamie comme aux cynismes imbéciles – doit être partagée.

Alors du fond du cœur, à toi Janine Brisson, Martine Busson, Mathilde Bouldoire, Marie « Mimi » Camus, Sandrine Christ, Catherine Costes, Chantal Deschamps, Géraldine Devogel, Germaine Fresnel, Élisabeth Héon, Cathy Laglbauer, Hélène Lanjri, Gaby Le Pohro, Gaëlle Leprince, Christine Mejecaze, Christiane Mitton, Céline Thoulouze, Yvette Turpin, Isabelle Béalle-Tignon, Catherine Würgler, je vous dédie ce livre et je vous remercie. Je n'oublie pas Hélène Bromberg, Alice Coutard, Jacqueline Gilardi et Charlotte Legardinier. Je vous connais amies, sœurs, mères, admirables, bouleversantes, parfois folles (c'est papa qui le dit !), courageuses, amoureuses, abattues, éperdues, d'une patience que nous les hommes ne comprendrons jamais mais sans laquelle nous sommes condamnés. Embrassez vos magnifiques familles pour moi.

Merci à Pascale et Willy Joisin – de l'excellente boulangerie-pâtisserie Les Larmes d'Osiris à Saint-Leu-la-Forêt – pour m'avoir permis de capter et d'apprendre encore plus. Merci à Pascale Bazzo, Delphine Vanhersecke, Sandrine Jacquin, Nathalie Vandecasteele pour leur regard et leur appui.

À toi Michèle, pour ce que nous partageons depuis la maternelle, des cabanes dans les arbres du petit bois aux chagrins, pour nos fous rires dans le désespoir, pour ta présence fidèle aux moments clés de ma vie. Comment oublier que la première fois que j'ai entendu parler de tes problèmes de cœur, nous étions en CE2. Je jouais avec mes potes à policier-voleur et tu es arrivée en courant en me hurlant : « Gilou, Gilou, emmène-moi vite chez le docteur, je suis enceinte, Paul vient de m'embrasser sur la bouche ! » Pour plus de discrétion, j'ai changé le nom de Pascal Goulard en Paul.

À toi Sylvie, fidèlement, parce que même si tes quinze ans de médecine experte ne t'ont pas permis de me faire mon vaccin sans me déchiqueter le dos, je tiens énormément à toi, à ton rire, à tes conseils avisés pour savoir s'il faut tenter le 40, à tes remarques qui nous terrifient tous mais que le regard que tu lâches parfois réchauffe définitivement.

À toi Brigitte, pour l'énergie positive et bienveillante dont tu nous inondes, pour le repère, le phare que tu constitues dans ma vie. Dire la vérité est le plus grand luxe d'une existence et, avec toi, il n'en a jamais été autrement. Alors à toi qui n'as peur de rien sauf des mouches, à toi qui peux exploser de rire au pire moment parce que tu sais ce que vaut vraiment cette existence, je propose de continuer ensemble, pour cette vie-là et la suivante, on renégociera ensuite.

À toi Annie, ma belle-maman, pour ta douce folie, pour tes essais qui se mangent presque toujours, pour ta personnalité unique, pour ces moments où tout peut arriver parce que tu as le gaz et des allumettes. Si tu fais vite, tu as encore le temps de refermer la porte du frigo ouverte depuis deux heures avant que Bernard ne s'en rende compte. Merci d'être là.

À ma maman, qui je le déplore ne pourra jamais lire ces mots, et qui avec son caractère de cochon, ses peurs, ses espoirs, ses pommes dauphines brûlées et ses mots bouleversants, a aussi forgé le petit gars que je suis. Tu ne viendras pas déjeuner dimanche et ça m'énerve.

Pardonnez-moi mesdames, mais je dois aussi remercier quelques frères d'armes :

À vous mes potes, ma famille, Roger Balaj, Patrick Basuyau, Stéphane Busson, Steve Crettenand, Jean-Louis Faucon, Michel Héon, Christophe Laglbauer, Éric Laval, Sam Lanjri, Michel Legardinier, Philippe Leprince, Marc Monmirel, Andrew Williams. S'il vous plaît les mecs, ne me laissez jamais tomber. Si je me retrouve seul au milieu de toutes ces femmes, je suis foutu !

À Soizic et Stéphane, particulièrement, pour votre énergie, votre humour et vos valeurs qui nous portent. Comment vous remercier pour cet inoubliable dîner offert le soir même où j'écris ces mots ? Comment croire au hasard ? Venir manger du melon bizarre, sous la pluie, juste avant que Steph ne fasse tomber la viande par terre… Ça s'appelle un signe. Sans rire, merci de cette affectueuse complicité dont vous nous faites le cadeau depuis longtemps. Embrassez Jean-Baptiste et Oriane pour moi.

À toi Bernard, pour ces moments que tu illumines parce que tu oublies la lumière dans le petit atelier, pour ces légumes bio qui font la joie des pigeons et des hérissons et que nous dégustons quand il en reste, pour tes idées tordues qui redressent parfois les choses, pour tout ce que tu apprends aux enfants, à moi-même et pour ces moments partagés. À quatre fois vingt ans, tu as le droit de laisser tomber le masque de « l'ingénieur-sévère-qui-s'énerve-sur-tout-ce-qui-ne-marche-pas » pour être à plein temps « l'affectif-inventif-bourré-de-talent-et-d'espoir » que tu es. J'étais certain que le portail allait finir par rentrer dans le coffre. Par contre, stocker de l'eau dans un container fêlé…

À toi Thomas, à Katia et à Philippe. Merci pour ta présence, ton appui, ta confiance. Je ne sais pas bien expliquer ce qui nous lie, mais le fait est que ça marche et que le monde est bien plus supportable quand on peut compter dessus. Avance, je ne suis pas loin derrière. Pardon. Merci. Bravo. Katia, il faut absolument qu'on te rende ton bonnet péruvien. Philippe, quand tu seras en âge de lire ces mots, demande-moi à propos de tes parents, j'en ai des bonnes à raconter...

À toi Éric, parce que te croiser reste une des plus grandes chances que j'ai eues, parce que te voir faire tous ces trucs plus ou moins stupides auxquels je suis souvent associé est une joie sans fin et parce qu'il faut des frères pour rire de ce que cette vie nous envoie dans les dents. Le jour où tu te demanderas quel est le truc le plus idiot que tu aies fait dans ta vie, interroge-moi, je peux te présenter les résultats alphabétiquement ou chronologiquement, comme tu veux. Pour A, j'ai Araignée et pour R j'ai Repassage, tiens c'est bizarre, les deux tombent à la même date et à la même heure... Tu as vu, je progresse, j'arrête de raconter tes coups de génie, par contre, j'envisage sérieusement de publier LA photo. Alors sois gentil...

À Guillaume, mon fils, le jeune homme qui grandit. Chaque seconde que nous partageons est un trésor, sauf quand tu as la M4 et que tu me vises. J'espère que les diamants magiques de Panda Roux ont dit vrai.

À Chloé, ma fille, la jeune femme qui se révèle chaque jour un peu plus. Tu as beaucoup trop de pouvoir sur moi et je vais faire tout mon possible pour que cela ne change jamais. Écris si tu le veux, mais plus que tout, aime, et surtout, s'il n'est pas gentil...

À toi Pascale, pour avoir eu la bonté d'abandonner ton nom si beau pour prendre le mien qui sonne moins bien mais qui est sur notre boîte aux lettres. Merci de m'avoir attendu, aidé, porté, poussé. Tu m'as inspiré Julie. Mon père avait raison : tu es folle et je suis stupide, mais nous avons la chance de vivre chaque jour ce qui se produit lorsque des gens comme toi et moi se rencontrent. Miaou !

Et pour finir, à toi lecteur : écrire cette histoire en espérant qu'elle te ferait du bien m'a rendu heureux. C'est pour toi que je travaille, tous les matins, avant les poules, avant les boulangers, et c'est un rendez-vous que je ne manquerais pour rien au monde. J'espère que nous ferons un bout de chemin ensemble. Ma vie, comme ce livre, est entre tes mains. Du fond du cœur, merci.

Prenez une belle tranche d'humanité, saupoudrez de beaucoup d'humour, et dégustez sans modération...

Gilles LEGARDINIER
COMPLÈTEMENT
CRAMÉ !

Lassé de tout, Andrew Blake quitte son pays et se fait embaucher comme majordome au Domaine de Beauvillier. Confronté à de surprenantes personnalités, lui qui pensait en avoir fini avec l'existence va être obligé de tout recommencer. Un hymne à la vie poignant, hilarant, qui réconcilie avec le monde.